D0711972

NOTE DE L'ÉDITEUR

Parce que l'œuvre de Charlaine Harris est plus que jamais à l'honneur; parce que nous avons à cœur de satisfaire les fans de Sookie, Bill et Eric, les mordus des vampires, des loups-garous ou des ménades, les amoureux de Bon Temps, du *Merlotte* et de La Nouvelle-Orléans, nous avons décidé de revoir la traduction de ce deuxième tome de *La communauté du Sud*, ainsi que des autres tomes parus.

La narration a été strictement respectée, et chaque nom a été restitué fidèlement au texte original – *Fangtasia*, le fameux bar à vampires, a ainsi retrouvé son nom.

Nos lecteurs auront donc le plaisir de découvrir ou de redécouvrir les aventures de Sookie Stackhouse dans un style au plus près de celui de Charlaine Harris et de la série télévisée.

Nous vous remercions d'être aussi fidèles et vous souhaitons une bonne lecture.

DANS LE TOME PRÉCÉDENT…

Sookie cède à son attirance pour Bill, le vampire auquel elle avait porté secours le soir de leur rencontre. N'en déplaise à ceux qui l'ont mise en garde, elle découvre avec lui des plaisirs insoupçonnés, mais aussi des réalités qui bouleversent sa vie. Lorsque plusieurs femmes, dont sa propre grand-mère, se font assassiner à Bon Temps et que les soupçons se portent à la fois sur l'élu de son cœur et sur son frère, Jason, Sookie décide de mener sa propre enquête. Grâce à son don de télépathe, elle réussit à démasquer le tueur et à lui échapper de justesse. Elle n'en est pas encore remise quand Bill lui annonce qu'il a été élu à un poste d'investigateur par la communauté des vampires. Il pourrait bien avoir besoin d'elle pour l'aider à remplir ses missions…

Du même auteur

DISPARITION À DALLAS

Catalogage avant publication de Bibliothèque et Archives nationales
du Québec et Bibliothèque et Archives Canada

Harris, Charlaine
      Disparition à Dallas
      Nouv. éd.
      (La communauté du Sud ; 2)
      Traduction de : Living dead in Dallas.
      « Série Sookie Stackhouse ».
      ISBN 978-2-89077-386-8
      I. Le Boucher, Frédérique. II. Titre. III. Collection : Harris,
      Charlaine. Communauté du Sud ; 2.
PS3558.A77L5814 2010   813'.54   C2010-942057-8

COUVERTURE
Photo : © Maude Chauvin, 2009
Conception graphique : Annick Désormeaux
INTÉRIEUR
Composition : Chesteroc

Titre original : LIVING DEAD IN DALLAS
Ace Book publié par The Berkley Publishing Group, une filiale de Penguin Group
(USA) Inc.
© Charlaine Harris, 2002
Traduction en langue française : © Éditions J'ai lu, 2005 ; nouvelle édition, 2010
Édition canadienne : © Flammarion Québec, 2010

Tous droits réservés
ISBN 978-2-89077-386-8
Dépôt légal BAnQ : 4ᵉ trimestre 2010

Imprimé au Canada
www.flammarion.qc.ca

CHARLAINE HARRIS

Série Sookie Stackhouse
LA COMMUNAUTÉ DU SUD - 2

Disparition à Dallas

Traduit de l'anglais (États-Unis)
par Frédérique Le Boucher

Revu par Anne Muller

Flammarion
Québec

Je dédie ce livre à tous ceux qui ont aimé
Quand le danger rôde.
Merci pour vos encouragements.

Je tiens à remercier Patsy Asher, de San Antonio ; Chloe Green, de Dallas, ainsi que tous les cyber-amis que je me suis faits sur Dorothy L, pour l'aide qu'ils m'ont apportée et l'enthousiasme et la rapidité avec lesquels ils ont répondu à toutes mes questions. Je fais vraiment un métier formidable !

1

Andy Bellefleur en tenait une bonne. Ce n'était pourtant pas son genre. Et je sais de quoi je parle : je connais tous les piliers de bar de Bon Temps. Après quelques années à travailler comme serveuse au *Merlotte*, plus besoin de faire les présentations. Mais Andy Bellefleur, fils natif de Bon Temps et représentant des forces de l'ordre locales, ne s'était jamais mis dans un état pareil au *Merlotte*. Et j'aurais bien voulu savoir ce qui nous valait cette entorse à la règle.

Nous ne sommes pas précisément intimes, Andy et moi, et je ne pouvais donc pas vraiment lui poser directement la question. Mais j'avais d'autres moyens de satisfaire ma curiosité et j'ai décidé de les employer. J'essaie de ne pas abuser de mon « handicap » ou de mon « don » – appelez ça comme vous voulez – pour découvrir certaines choses qui me concernent, moi ou mes proches. Cependant parfois, la tentation est trop forte.

J'ai donc abaissé ma barrière mentale et lu l'esprit d'Andy. Je n'aurai pas dû.

Le matin même, Andy avait procédé à l'arrestation d'un homme qui avait entraîné la fille de ses voisins dans les bois pour la violer. Une gamine de dix ans. La fillette se trouvait à l'hôpital, et le violeur à l'ombre. Mais les dégâts étaient irréparables. Ça m'a complètement retournée. J'en avais les larmes aux yeux. Ce crime touchait de trop près à mon propre passé. J'étais émue par l'accablement d'Andy.

— Andy Bellefleur, donne-moi tes clés !

Il s'est tourné vers moi. Il était clair qu'il ne comprenait rien. Après un long moment – le temps que le sens de ma phrase pénètre son cerveau embrumé – Andy s'est mis à fouiller dans les poches de son pantalon de travail et a fini par me tendre un gros trousseau de clés. J'ai poussé un énième whisky Coca devant lui, en lui disant : « C'est pour moi », avant d'aller au bout du bar téléphoner à sa sœur Portia. Le frère et la sœur Bellefleur vivaient dans une vieille maison blanche décrépite qui datait de la guerre de Sécession, dans la plus belle rue du quartier le plus chic de Bon Temps. Sur Magnolia Creek Road, toutes les maisons donnent sur la partie du parc que traverse la rivière, avec, çà et là, quelques ponts décoratifs réservés aux piétons. Une route borde la rivière sur les deux rives. La maison des Bellefleur n'était pas la seule de Magnolia Creek Road à dater du XIXᵉ siècle, mais les autres étaient en meilleur état que Belle Rive. Pour Portia, qui était avocate, et Andy, policier, Belle Rive aurait coûté trop cher à restaurer. D'autant plus que l'argent familial, qui aurait pu servir à entretenir une telle propriété, avait été dilapidé depuis bien longtemps. Mais Caroline, leur grand-mère, refusait obstinément de vendre.

Portia a répondu à la deuxième sonnerie.

— Portia ? C'est Sookie Stackhouse.

J'étais obligée d'élever la voix pour couvrir le bruit de fond du bar.

— Vous devez être à votre travail.

— Oui. Andy est assis devant moi et il est complètement ivre. J'ai pris ses clés. Vous pouvez venir le chercher ?

— Andy a trop bu ? Ça ne lui ressemble pas. J'arrive. Je serai là dans dix minutes.

Et elle a raccroché.

— T'es une fille adorable, Sookie, a lâché subitement Andy.

Il venait de finir son verre. Je le lui ai enlevé, en espérant qu'il n'allait pas en commander un autre.

— Merci, Andy. Tu n'es pas mal non plus.

— Il est où, ton… p'tit copain ?

— Ici, a répondu une voix fraîche.

Et Bill est apparu derrière Andy. J'ai lui ai souri par-dessus la tête dodelinante d'Andy. Brun aux yeux noirs, Bill mesurait un mètre quatre-vingt-dix. Il avait la carrure et la musculature d'un homme qui a des années de travail manuel derrière lui. Il avait d'abord aidé son père à la ferme, puis repris l'exploitation familiale avant de partir pour la guerre. La guerre de Sécession.

— Hé ! Bill ! a appelé Micah, le mari de Charlsie Tooten.

Bill a levé la main pour lui rendre son salut.

— Bonsoir, Bill ! a lancé en passant mon frère Jason, très poliment.

Jason n'avait pas exactement accueilli Bill à bras ouverts dans la famille. Il avait cependant tourné la page. Mentalement, je retenais ma respiration en espérant que ce changement d'attitude serait permanent.

— Bill, t'es pas si mal pour un suceur de sang, a déclaré Andy en faisant pivoter son tabouret pour regarder Bill.

J'ai révisé mon estimation à la hausse : Andy était encore plus saoul que je ne l'avais pensé – il avait toujours eu du mal à avaler que le gouvernement ait accepté d'intégrer les vampires à la société américaine.

— Merci, lui a répondu Bill laconiquement. Tu n'es pas mal non plus pour un Bellefleur.

13

Il s'est penché pour m'embrasser. Ses lèvres étaient aussi froides que sa voix, mais je m'y étais habituée – tout comme je m'étais habituée à ne pas entendre de battements de cœur quand je posais la tête sur son torse.

— Salut chérie, a-t-il dit de sa voix grave.

J'ai fait glisser un verre de sang synthétique – du B négatif, mis au point par les Japonais – le long du comptoir. Il l'a vidé d'un trait et s'est passé la langue sur les lèvres. Ses joues ont repris des couleurs aussitôt.

Je lui ai demandé ce qu'avait donné sa réunion : il avait passé la majeure partie de la nuit à Shreveport.

— Je te raconterai ça plus tard.

J'espérais que ses histoires de travail seraient moins déprimantes que celles d'Andy.

— OK. Dis, j'aimerais bien que tu aides Portia à embarquer Andy dans sa voiture. La voilà, justement.

J'ai désigné la porte d'un signe de tête.

Pour une fois, Portia ne portait pas l'uniforme tailleur-chemisier-escarpins qui constituait sa tenue de travail. Elle l'avait troqué contre un jean et un vieux tee-shirt. Portia était aussi carrée que son frère mais elle avait de beaux cheveux châtains longs et épais. Le soin qu'elle apportait à sa coiffure prouvait qu'elle n'avait pas encore tout à fait renoncé à séduire. Elle a fendu la foule animée du bar d'un pas décidé.

— Effectivement, il est cuit ! a-t-elle dit en jaugeant son frère.

Elle ignorait ostensiblement Bill. Elle était toujours mal à l'aise en sa présence.

— Ça ne lui arrive pas souvent, a-t-elle poursuivi. Mais quand il décide de se saouler, il ne fait pas les choses à moitié !

14

— Portia, Bill peut vous aider à porter Andy jusqu'à votre voiture, si vous voulez.

Andy étant plus grand et lourd que Portia, elle n'était manifestement pas de taille à le transporter toute seule.

— Je pense pouvoir me débrouiller, m'a-t-elle répondu d'un ton ferme, en évitant toujours de regarder Bill, qui a levé vers moi un regard interrogateur.

Je l'ai laissée passer un bras autour des épaules de son frère pour tenter de le faire descendre de son tabouret. Andy est resté juché sur son perchoir. Elle a cherché Sam Merlotte des yeux. Pas très grand et d'un physique nerveux, le propriétaire du bar n'en est pas moins étonnamment costaud.

— Il y a une petite fête au country club, ce soir, ai-je précisé. Sam tient le bar. Vous feriez mieux de laisser Bill vous donner un coup de main.

— D'accord, a finalement dit l'avocate avec raideur, les yeux rivés au bois poli du comptoir. Merci beaucoup.

En quelques secondes, Bill avait soulevé Andy et se dirigeait avec lui vers la sortie. À les voir traîner par terre comme ça, on aurait cru que les jambes d'Andy étaient en caoutchouc. Micah Tooten s'est précipité pour ouvrir la porte, et Bill a pu transporter Andy jusqu'au parking d'une seule traite.

— Merci, Sookie. Sa note est réglée ? m'a demandé Portia.

J'ai hoché la tête.

— Parfait.

Elle a plaqué ses mains sur le comptoir, pour donner le signal du départ. Après avoir enduré, au passage, tout un tas de conseils bien intentionnés, elle a suivi Bill en passant la porte du *Merlotte*.

Voilà comment la vieille Buick du lieutenant Andy Bellefleur s'est retrouvée à stationner sur le parking du *Merlotte* toute la nuit et une partie du lendemain. Par la suite, Andy devait jurer que le véhicule était vide lorsqu'il en était sorti pour entrer dans le bar. Il affirma également sous serment qu'il avait été tellement bouleversé par son intervention du matin qu'il avait oublié de verrouiller la portière.

Pourtant, à un moment donné, entre 20 heures, quand Andy était arrivé au *Merlotte*, et 10 heures le lendemain matin, lorsque j'y suis arrivée pour ouvrir le bar, la voiture d'Andy s'était trouvé un nouveau passager.

Un passager qui allait causer bien des déboires au malheureux lieutenant Bellefleur.

Il était mort.

Je n'aurais pas dû être là. J'avais travaillé de nuit, la veille, et j'étais censée recommencer le lendemain. Mais Bill voulait que je l'accompagne à Shreveport, et il m'avait demandé si je pouvais me faire remplacer. Sam n'avait pas refusé. J'avais appelé mon amie Arlène pour savoir si elle voulait bien prendre mon poste. Normalement, elle avait sa journée. Mais elle était toujours prête à travailler la nuit pour encaisser les gros pourboires et avait accepté de venir à 17 heures.

Logiquement, Andy aurait dû récupérer sa voiture avant d'aller travailler. Mais avec sa gueule de bois, il avait préféré se faire conduire directement au commissariat par sa sœur. Portia lui avait dit qu'elle passerait le chercher à midi. Ils iraient déjeuner ensemble au *Merlotte* et il pourrait reprendre sa voiture en même temps.

Par conséquent, la Buick et son passager silencieux avaient dû patienter bien plus longtemps que prévu.

J'avais eu six heures de sommeil la nuit précédente et j'étais en pleine forme. Il peut être épuisant de sortir avec un vampire, quand, comme moi, on est plutôt du matin. Après la fermeture, j'étais rentrée à la maison avec Bill vers 1 heure. Nous avions pris ensemble un bain chaud puis fait d'autres petites choses, mais j'avais réussi à me coucher vers 2 heures. Il n'était pas loin de 9 heures quand je m'étais levée. Quant à Bill, il était retourné sous terre depuis un bon moment.

J'avais bu quelques verres d'eau et de jus d'orange, en ingurgitant des compléments à base de multivitamines et de fer : mon petit déjeuner habituel depuis que Bill était entré dans ma vie, apportant avec lui la menace permanente de l'anémie – sans oublier naturellement l'amour, l'animation et l'aventure. Le temps s'était un peu rafraîchi, quel délice, et j'étais assise sous la véranda, vêtue de mon gilet et de mon pantalon noirs de serveuse. Nous les portions lorsqu'il ne faisait pas assez chaud pour enfiler un short. Ma chemisette blanche portait le nom du bar brodé sur ma poche gauche.

Tout en parcourant le journal, je me disais que, déjà, la pelouse poussait au ralenti. Quelques feuilles commençaient à changer de couleur. La chaleur allait peut-être nous épargner vendredi soir au stade, pour le match du lycée.

L'été a toujours du mal à passer la main, en Louisiane. Même dans le nord de l'état. L'automne commence à contrecœur, comme s'il était prêt à s'effacer à tout moment, permettant ainsi à la chaleur torride de juillet de revenir. Mais je l'avais à l'œil et, ce matin-là, j'avais repéré des preuves irréfutables de son arrivée. Qui dit automne et hiver dit nuits plus longues et, par conséquent, plus de temps avec Bill. Plus d'heures de sommeil, aussi.

J'étais donc de bonne humeur en allant au travail. En voyant la Buick stationnant toute seule sur le parking, en face du bar, j'ai repensé à la cuite inattendue d'Andy, la veille. Je dois avouer qu'en pensant à l'état dans lequel il serait aujourd'hui, j'ai souri. Juste au moment où j'allais faire le tour pour me garer derrière le bâtiment, sur le parking réservé au personnel, j'ai remarqué que la portière de la Buick était entrebâillée. Le plafonnier était donc resté allumé et Andy risquait de se retrouver avec une batterie à plat, me suis-je dit. Ça le mettrait en colère, il serait obligé de venir au bar pour appeler la dépanneuse ou demander à quelqu'un de le remorquer... J'ai donc mis ma voiture au point mort et suis sortie rapidement, en laissant le moteur tourner. Excès d'optimisme caractérisé, comme la suite devait le prouver.

J'ai donné un coup de hanche pour fermer la portière de la Buick. Elle a résisté. Alors, j'ai poussé plus fort, attendant le petit « clic » qui me permettrait de regagner ma voiture. Mais, cette fois encore, la portière a refusé de se fermer. Énervée, je l'ai ouverte entièrement pour voir ce qui bloquait. Une puanteur s'est élevée pour envahir le parking, une émanation épouvantable. Ma gorge s'est serrée d'angoisse, car je reconnaissais cette odeur. J'ai jeté un coup d'œil à l'intérieur de la Buick en portant la main à ma bouche – ce qui ne changeait rien à l'odeur, d'ailleurs.

— Oh, non ! Oh, merde !

Lafayette, le cuisinier du *Merlotte*, gisait sur la banquette arrière. Il était nu. C'était son pied, un pied mince et brun, aux ongles peints d'un rouge foncé, qui empêchait la portière de se fermer. Et c'était le cadavre de Lafayette qui empestait à une lieue à la ronde.

J'ai reculé précipitamment, sauté dans ma voiture et poursuivi mon chemin vers l'arrière du bar, la main sur le klaxon. Sam est sorti comme une fusée par la porte de service, un tablier autour des reins. J'ai coupé le moteur, et suis sortie si vite de ma voiture que je m'en suis à peine rendu compte, pour me jeter dans les bras de Sam et me cramponner à lui comme une pieuvre.

— Qu'est-ce qui se passe ? me demanda Sam.

Je me suis écartée pour le regarder. Pas besoin de lever haut la tête, car Sam n'est pas très grand. Ses cheveux d'un beau blond cuivré brillaient au soleil. Ses yeux bleus paraissaient étrangement sombres : l'appréhension dilatait ses pupilles.

— C'est Lafayette.

Et je me suis mise à pleurer. C'était ridicule, complètement idiot, et ça ne servait à rien, mais je ne pouvais pas m'en empêcher.

— Il est mort, là, dans la voiture d'Andy Bellefleur.

J'ai senti les bras de Sam autour de moi. Il m'a de nouveau attirée contre lui.

— Je suis désolé que tu aies vu ça, Sookie. On va appeler la police. Pauvre Lafayette !

Tenir les fourneaux au *Merlotte* ne nécessite pas précisément des talents de cordon-bleu, car Sam ne propose que des sandwichs et des frites sur sa carte. Le personnel change donc très souvent. Mais, à ma grande surprise, Lafayette était resté plus longtemps que les autres. Lafayette était homo – homo dans le genre exubérant, avec maquillage et ongles longs. Dans le nord de la Louisiane, les gens ne sont pas aussi tolérants qu'à La Nouvelle-Orléans, et j'imagine que Lafayette, gay en plus d'être noir, avait dû en souffrir doublement. Pourtant, en dépit – ou à cause – de ces difficultés, il était toujours de bonne humeur, malicieux et divertissant, très fin, et pour couronner le tout, bon cuisinier. Il avait une sauce spéciale dont il nappait ses hamburgers, et les clients réclamaient régulièrement les Burgers Lafayette.

— Il avait de la famille, ici ?

Soudain gênés de nous sentir si proches, Sam et moi nous sommes brusquement séparés pour nous diriger vers son bureau.

— Il avait un cousin, m'a répondu Sam, tout en appelant le 911. S'il vous plaît, pouvez-vous venir au *Merlotte*, sur Hummingbird Road ? Il y a un cadavre dans une voiture sur le parking. Oui, juste devant le bar. Oh ! Et vous devriez prévenir Andy Bellefleur. C'est sa voiture.

Même de l'endroit où j'étais, j'ai entendu le beuglement au bout du fil.

Danielle Gray et Holly Cleary, les serveuses du matin, ont poussé la porte de service en riant. Toutes deux divorcées et âgées d'environ vingt-cinq ans, Danielle et Holly étaient amies d'enfance. Et tant qu'elles pouvaient rester ensemble, elles adoraient venir travailler. Holly avait un fils de cinq ans en maternelle, et Danielle une fille de sept ans et un garçon trop jeune pour être à l'école. La mère de Danielle s'en occupait pendant que Danielle travaillait au *Merlotte*. Je ne les connaîtrais jamais très bien, même si nous avions à peu près le même âge, car elles prenaient clairement soin de n'avoir besoin de personne.

— Que se passe-t-il ? a demandé Danielle en voyant mon expression.

L'inquiétude est apparue immédiatement sur son fin visage couvert de tâches de rousseur.

— Que fait la voiture d'Andy dans le parking ? a enchaîné Holly.

Elle était sortie avec Andy Bellefleur pendant un temps. Holly avait des cheveux blonds assez courts retombant comme des pétales autour de son visage, et l'une des plus belles peaux que j'aie jamais vue.

— Il a dormi dedans ?

20

Je lui ai répondu d'un ton imperturbable :

— Lui, non. Mais quelqu'un d'autre, oui.

— Qui ça ?

— Lafayctte.

— Andy a laissé un pédé black dormir dans sa voiture ?

Ça, c'était Holly, la moins subtile des deux.

— Qu'est-ce qui lui est arrivé ?

Ça, c'était Danielle, la plus dégourdie des deux.

— On ne sait pas encore, lui a répondu Sam. La police arrive.

— Attends. Tu vcux dire, a repris Danielle en détachant chaque mot, qu'il est mort ?

— Oui. C'est très exactement ce qu'il veut dire, ai-je répondu.

— Bon. Le *Merlotte* est censé ouvrir dans une heure, a annoncé Holly, les mains sur ses hanches rondes. Comment va-t-on faire ? En supposant que la police nous autorise à ouvrir le bar, qui va cuisiner ? Les gens vont vouloir déjeuner.

— Tu as raison, il faut que je m'organise, a dit Sam. Même si, à mon avis, on est bons pour rester fermés jusqu'en fin d'après-midi.

Il est retourné dans son bureau pour passer quelques coups de fil à des remplaçants.

Il était bizarre de continuer comme si de rien n'était, comme si Lafayette allait arriver en minaudant d'une minute à l'autre, avec une nouvelle anecdote à nous raconter au sujet d'une soirée, ainsi qu'il l'avait fait quelques jours plus tôt.

Les voitures de police sont arrivées toutes sirènes hurlantes sur la route qui borde le *Merlotte*. Les pneus ont crissé sur le gravicr du parking de Sam. Nous avions à peine eu le temps de placer les chaises, de dresser les tables et de préparer des couverts roulés dans des serviettes, pour remplacer ceux qui seraient utilisés, que la police était déjà entrée.

Le *Merlotte* se trouve en dehors des limites de la ville proprement dite. C'était au shérif de la commune, Bud Dearborn, de prendre l'affaire en main. Bud, qui avait été un grand ami de mon père, avait les cheveux gris, une tête de pékinois et les yeux d'un brun opaque. Quand il est apparu sur le seuil du bar, il portait de lourdes bottes et une casquette de base-ball des Saints – il devait travailler à la ferme quand on l'avait appelé. Il était accompagné d'Alcee Beck, le seul lieutenant noir de toute la police municipale. Alcee avait la peau si noire que, par comparaison, sa chemise semblait d'une blancheur étincelante. Son nœud de cravate était impeccable et son costume paraissait sortir du pressing. Ses chaussures cirées brillaient.

À eux deux, Bud et Alcee faisaient tourner la police du comté... ou, du moins, certains des principaux rouages qui permettaient à la machine de fonctionner. Mike Spencer, directeur des pompes funèbres et légiste, avait le bras long, lui aussi, et la mainmise sur les affaires locales. C'était un ami proche de Bud. J'étais prête à parier qu'il était déjà sur le parking, en train de prononcer le décès du malheureux Lafayette.

— Qui a trouvé le corps ? a demandé Bud.

— Moi, ai-je répondu.

Bud et Alcee ont légèrement dévié leur trajectoire dans ma direction.

— Est-ce qu'on peut t'emprunter ton bureau, Sam ? a repris Bud.

Sans attendre de réponse, il a désigné la pièce du menton pour m'inviter à y entrer.

— Bien sûr, a répondu mon patron avec ironie. Ça va aller, Sookie ?

— Oui. Merci, Sam.

Je n'en étais pas très sûre, mais il n'y avait rien que Sam puisse changer à la situation sans risquer de s'attirer des ennuis, et cela n'aurait servi à rien. Bud m'a fait signe de m'asseoir. J'ai refusé en secouant la tête tandis qu'Alcee ct lui s'installaient. Bud s'est bien sûr approprié le grand fauteuil de Sam, et Alcee a dû se contenter de la moins inconfortable des chaises, celle qui conservait encore un peu de rembourrage.

— Raconte-nous ce qui s'est passé quand tu as vu Lafayette vivant pour la dernière fois, m'a ordonné Bud.

J'ai réfléchi.

— Il ne travaillait pas hier soir. C'est Anthony qui était de service, Anthony Bolivar.

— Qui est-ce ? a demandé Alcee en fronçant les sourcils. Ce nom-là ne me dit rien.

— C'est un ami de Bill. Il passait dans le coin et il avait besoin de travail. Comme il avait de l'expérience...

Il avait travaillé dans un petit restaurant pendant la crise de 1929.

— Tu veux dire que le cuistot du *Merlotte* est un *vampire* ?

— Et alors ?

Je sentais déjà mes lèvres se serrer et mes sourcils se crisper. Je savais que ma colère se voyait comme le nez au milieu de la figure. Je faisais de mon mieux pour ne pas lire dans leurs pensées, qui montraient clairement qu'ils auraient nettement préféré rester en dehors de tout ça. Mais c'était plus facile à dire qu'à faire : les pensées de Bud Dearborn étaient gérables, mais Alcee projetait ce qu'il avait dans la tête à des kilomètres. Un vrai phare ! À cet instant précis, il irradiait le dégoût et l'effroi.

Durant les mois qui avaient précédé ma rencontre avec Bill, avant que je ne me rende compte à quel point il chérissait mon handicap – qu'il considérait comme un don –, j'avais tout fait pour me prouver à moi-même, et aux autres, que je ne pouvais pas réellement lire dans les pensées. Mais depuis que Bill m'avait libérée de la petite prison que je m'étais construite, je m'étais entraînée et j'avais tenté quelques expériences, qu'il avait encouragées. C'est pour lui que j'avais réussi à mettre des mots sur des choses que je ressentais depuis des années. Il en ressortait que certaines personnes, comme Alcee, envoyaient des messages clairs et puissants. En revanche, la plupart des gens étaient plutôt inconstants dans leurs émissions, comme Bud Dearborn. Tout dépendait de la violence des émotions qu'ils ressentaient, de la clarté de leurs pensées et peut-être même aussi du temps qu'il faisait. Certains renfermaient un vrai bourbier sous leur crâne : impossible de savoir ce qui leur passait par la tête. Je parvenais à discerner leur état d'esprit, à la rigueur, mais rien de plus.

J'avais découvert que si je touchais les gens pendant que j'essayais de lire dans leurs pensées, l'image devenait plus nette – un peu comme quand on se branche sur le câble au lieu d'avoir une antenne extérieure. D'autre part, si « j'envoyais » des images relaxantes à quelqu'un, je pouvais couler à travers son esprit comme de l'eau.

Je n'avais aucune envie de couler dans l'esprit d'Alcee Beck. Pourtant, bien malgré moi, je percevais une vision précise des superstitions qui se réveillaient en lui en apprenant qu'un vampire travaillait au *Merlotte* ; de la répulsion qu'il éprouvait en comprenant que c'était moi, la fille qui sortait avec un vampire ; de sa profonde conviction qu'en affichant son homosexualité, Lafayette avait porté tort à toute la communauté noire... Alcee se disait aussi que quelqu'un devait avoir une belle dent contre Andy Bellefleur, pour avoir balancé le cadavre d'un gay noir dans sa voiture. Il se demandait si Lafayette avait le sida, si le virus avait pu s'infiltrer dans la banquette et s'y installer. Il la revendrait, cette voiture, si c'était la sienne.

Si j'avais touché Alcee, je suis sûre que j'aurais obtenu son numéro de téléphone et la taille de soutien-gorge de sa femme.

Bud Dearborn me regardait bizarrement.

— Vous m'avez parlé?

— Ouais. Je t'ai demandé si tu avais vu Lafayette ici, dans la soirée. Est-ce qu'il est venu boire un verre?

— Je ne l'ai jamais vu ici.

D'ailleurs, en y réfléchissant bien, je n'avais jamais vu Lafayette boire un verre. Pour la première fois j'ai pris conscience que si la clientèle était plutôt métissée à midi, le soir les clients étaient presque exclusivement blancs.

— Où est-ce qu'il passait son temps libre?

— Je n'en ai pas la moindre idée.

Dans toutes les histoires qu'il nous racontait, Lafayette changeait toujours tous les noms pour protéger les innocents. Ou plutôt les coupables.

— Quand l'as-tu vu pour la dernière fois?

— Dans la voiture d'Andy Bellefleur, mort.

Bud a levé les yeux au ciel.

— Vivant, Sookie! Vivant!

— Mmm... il y a trois jours. Il était encore là quand j'ai pris mon service. On s'est dit bonjour. Oh! Et il m'a parlé d'une soirée...

J'ai essayé de me souvenir des mots exacts qu'il avait employés.

— Il m'a dit qu'il était allé dans une maison où ça partouzait dans tous les coins.

Les deux hommes ont écarquillé les yeux.

— Ce sont ses mots à lui! Quant à savoir si c'est vrai...

Je revoyais encore l'expression de Lafayette quand il m'avait raconté ça, avec ses mimiques, le doigt sur ses lèvres pour me faire comprendre qu'il ne me révélerait ni les noms ni les endroits.

— Et tu ne t'es pas dit que tu devais en parler à quelqu'un?

Bud Dearborn n'en croyait pas ses oreilles.

— C'était une soirée privée. Pourquoi en parlerais-je à qui que ce soit?

Mais il était clair que ce genre de soirée ne devait pas avoir lieu dans leur circonscription. Ils me fusillaient tous les deux du regard.

Bud m'a demandé, les lèvres pincées:

— Lafayette a-t-il mentionné l'usage de drogues lors de cette… réunion?

— Non. Je ne me souviens pas qu'il m'ait dit quoi que ce soit là-dessus.

— Et cette soirée était-elle organisée au domicile d'un Blanc ou d'un Noir?

— D'un Blanc.

J'ai aussitôt regretté de ne pas avoir joué les innocentes. Je me rappelais toutefois que Lafayette avait été très impressionné par cette maison – mais pas parce qu'elle était immense ou tape-à-l'œil. Pour quelle raison, alors? Je n'étais pas très certaine de savoir ce qui pouvait impressionner un type qui était né et avait grandi dans la misère. Mais j'étais sûre qu'il avait parlé de Blancs, parce qu'il avait dit: «Et ces tableaux aux murs! Tous, là, à te regarder, blancs comme des lys, avec leur sourire d'alligators.» Je n'ai pas estimé utile de rapporter ce commentaire aux policiers, qui, pour leur part, n'ont pas jugé bon de pousser plus loin.

Après leur avoir expliqué pourquoi la voiture d'Andy se trouvait sur le parking, j'ai quitté le bureau de Sam et regagné mon poste derrière le comptoir. Je n'avais pas envie de voir ce qui se passait dehors et il n'y avait aucun client à servir en salle, puisque la police avait barré les entrées du parking.

Sam passait en revue les bouteilles derrière le bar, en les époussetant au passage, tandis que Holly et Danielle s'étaient installées à une table dans la zone fumeurs pour que Danielle puisse allumer une cigarette.

— Alors ? a demandé Sam.

— Rien de bien méchant. Ils n'ont pas eu l'air d'apprécier, quand je leur ai dit qu'Anthony travaillait ici et que Lafayette se vantait d'avoir été invité à cette fameuse soirée, l'autre jour. Tu sais, cette histoire de sauterie.

Sam a hoché la tête.

— Il m'en a parlé aussi. Ça a dû le marquer. À condition qu'elle ait vraiment eu lieu, évidemment...

— Tu crois que Lafayette a tout inventé ?

— Je ne pense pas qu'il y ait beaucoup de soirées multiraciales et bisexuelles à Bon Temps.

— Ça c'est tout simplement parce que personne ne t'a jamais invité.

Mais je me demandais si je savais vraiment tout ce qui se passait dans notre petite ville. Pourtant, si quelqu'un à Bon Temps était bien placé pour le savoir, c'était moi : j'avais toutes les informations que je voulais à mon entière disposition.

— Enfin, j'imagine que c'est le cas ?

— C'est effectivement le cas, a souri Sam en essuyant une bouteille de whisky.

— Je suppose que mon invitation s'est perdue dans le courrier aussi.

— Tu penses que Lafayette serait venu ici hier soir pour nous reparler de cette soirée ?

J'ai haussé les épaules.

— Il pouvait tout aussi bien avoir un rendez-vous dans le parking. Le *Merlotte* est connu, dans le secteur. Est-ce qu'il avait touché sa paye ?

C'était la fin de la semaine, le moment où Sam nous remettait nos enveloppes, d'ordinaire.

— Non. Peut-être qu'il venait pour ça. Pourtant, je la lui aurais donnée le lendemain. C'est-à-dire aujourd'hui.

— Je me demande qui avait invité Lafayette à cette fête.

— Bonne question.

— Tu ne crois tout de même pas qu'il aurait été assez bête pour essayer de faire chanter quelqu'un ?

Sam s'était mis à astiquer le faux bois du bar avec un chiffon propre. Le comptoir brillait déjà comme un miroir, mais j'avais souvent remarqué qu'il n'aimait pas se retrouver les bras ballants.

— Non, je ne pense pas, a-t-il répondu après un moment de réflexion. En tout cas, ils n'ont pas invité la bonne personne, ça, c'est certain. Lafayette ne connaissait pas le mot discrétion. Non seulement il nous a dit qu'il était allé à cette soirée – et je parie qu'il n'était pas censé souffler un mot là-dessus –, mais il avait toujours tendance à en rajouter ou à en faire un peu trop. Trop au goût des autres… participants, peut-être.

— Tu veux dire qu'il a pu essayer de maintenir le contact avec eux ? Leur adresser des clins d'œil complices en public, par exemple ?

— Un truc dans ce genre-là.

— Si tu couches avec quelqu'un ou que tu le regardes s'amuser avec d'autres, je suppose que tu dois te sentir sur un pied d'égalité avec lui. Ça crée des liens…

28

Je n'avais pas une expérience très étendue dans ce domaine et j'ai employé un ton plutôt dubitatif. Mais Sam hochait la tête.

— Ce que Lafayette voulait plus que tout au monde, c'était de se faire accepter tel qu'il était.

Là-dessus, j'étais bien d'accord avec lui.

2

Nous n'avons pas pu rouvrir avant 16 h 30 et nous étions tous morts d'ennui. J'en avais honte : finalement, nous étions là parce qu'un homme que nous connaissions était mort. Malgré tout, après avoir rangé la réserve, nettoyé le bureau de Sam et fait plusieurs parties de bourré – Sam avait gagné cinq dollars et quelques pièces –, il était indéniable que nous étions tous prêts à voir de nouveaux visages. Alors quand Terry Bellefleur a ouvert la porte de service, nous avons tous poussé un vrai soupir de soulagement.

Terry, un cousin d'Andy Bellefleur, faisait souvent des remplacements au bar ou derrière les fourneaux du *Merlotte*. La cinquantaine bien sonnée, c'était un ancien du Vietnam. Il avait passé un an et demi dans un camp de prisonniers. Il avait le visage lacéré et, d'après mon amie Arlène, ce n'était rien à côté des cicatrices qu'il avait sur le corps. Il était roux, mais les cheveux blancs semblaient gagner du terrain.

J'avais toujours bien aimé Terry, qui se coupait en quatre pour être gentil avec moi. Sauf quand il était dans une de ses mauvaises passes. Il ne fallait pas énerver Terry Bellefleur dans ces cas-là et tout le monde le savait. Les nuits qui précédaient ces jours fatidiques étaient invariablement peuplées d'affreux

31

cauchemars. Ses voisins pouvaient en témoigner : ils l'entendaient hurler la nuit.

Je ne lisais jamais, absolument jamais, dans les pensées de Terry.

Il avait l'air bien, ce jour-là. Il ne jetait pas de regards de bête traquée autour de lui, et ses épaules ne trahissaient aucune tension.

— Ça va, ma jolie ? m'a-t-il demandé en me tapotant le bras.

— Oui, merci, Terry, ça va. Je me sens triste pour Lafayette.

— Ouais, c'était pas un mauvais bougre...

Venant de Terry, c'était un beau compliment.

— Faisait son boulot, toujours à l'heure, laissait la cuisine impeccable, jamais un juron...

La perfection, pour Terry.

— Et puis, voilà qu'on le retrouve mort dans la Buick d'Andy.

— J'ai bien peur que la voiture d'Andy ne soit un peu... un peu...

Je cherchais le mot le plus neutre possible.

— Ça partira au lavage, a dit Terry, qui avait manifestement hâte de changer de sujet.

— Est-ce qu'Andy t'a dit ce qui était arrivé à Lafayette ? ai-je demandé.

— D'après lui, il aurait eu la nuque brisée et... il y aurait des preuves montrant qu'on l'aurait... esquinté.

Il a détourné les yeux, mal à l'aise. « Esquinté », dans la bouche de Terry, désignait quelque chose de violent et de sexuel.

— Oh ! C'est horrible !

Danielle et Holly s'étaient approchées derrière moi, et Sam, qui allait déposer un sac-poubelle dans le bac à ordures extérieur, s'était figé à mi-chemin.

— Il n'avait pas l'air si... enfin, je veux dire, la voiture n'était pas si...

— Sale ?

— C'est ça.

— Andy croit qu'il a été tué ailleurs ct transporté après.

— Beurk ! a fait Holly en portant la main à sa bouche. Arrêtez, là, c'est trop pour moi !

Terry a jeté un coup d'œil aux deux filles par-dessus mon épaule. Il ne les avait jamais portées dans son cœur, ni l'une ni l'autre, sans que j'aie jamais su pourquoi, ni cherché à le savoir. J'essaie de laisser leur intimité aux gens, surtout depuis que je peux mieux contrôler mon talent. Terry a gardé le regard braqué sur elles et, au bout d'un moment, je les ai entendues s'éloigner.

— Portia est venue chercher Andy, hier soir ? a-t-il repris.

— Oui. Je l'ai appelée. Il n'était pas en état de conduire. Mais, maintenant, il doit m'en vouloir de ne pas l'avoir laissé prendre sa voiture.

Décidément, je ne serais jamais dans les petits papiers d'Andy Bellefleur.

— Elle n'a pas eu du mal à le trimbaler toute seule ?

— Bill lui a donné un coup de main.

— Bill ? Le vampire ? Ton homme ?

— Oui.

— J'espère qu'il ne lui a pas fait peur, a-t-il dit, comme s'il avait oublié que j'étais là.

J'ai senti mes mâchoires se crisper.

— Rien au monde ne pousserait Bill à terroriser Portia Bellefleur.

Quelque chose dans ma façon de parler a dû arracher Terry à ses réflexions.

— Portia n'est pas aussi solide qu'on le croit, a-t-il rétorqué. Toi, par contre, tu es une vraie crème en apparence, mais à l'intérieur, il y a un pitbull qui sommeille.

— Je me demande si je dois me sentir flattée ou si je dois te mettre mon poing dans la figure.

— Qu'est-ce que je disais ! Combien de femmes – ou d'hommes, d'ailleurs – oseraient balancer un truc pareil à un dingue dans mon genre ?

Et il a souri, à la manière d'un fantôme. Je n'avais pas compris jusque-là que Terry était parfaitement conscient de sa réputation.

Je me suis dressée sur la pointe des pieds et je l'ai embrassé sur sa joue balafrée, pour bien lui montrer qu'il ne me faisait pas peur. En retombant sur mes talons, je me suis rendu compte que ce n'était pas tout à fait vrai. En certaines circonstances, non seulement je me méfierais sérieusement de cet homme abîmé, mais je pourrais même en avoir une peur bleue.

Terry a noué l'un des tabliers blancs autour de sa taille et s'est dirigé vers la cuisine pour tout mettre en route. Nous nous sommes tous remis au travail. Ma journée était presque terminée, puisque je devais partir à 18 heures pour me préparer et accompagner Bill à Shreveport. J'étais très embêtée que Sam me paie pour la journée que j'avais passée à traîner au *Merlotte* aujourd'hui. Mais, après tout, ranger la réserve et nettoyer son bureau, ça comptait quand même un peu.

La police a enfin rouvert le parking, et les clients sont arrivés, leur flot étant au maximum de ce que peut offrir une petite ville comme Bon Temps. Andy et Portia étaient parmi les premiers, et Terry s'est penché au travers du passe-plat pour leur faire un signe avec sa cuillère en bois. Ils l'ont salué d'un geste de la main. Je me suis demandé quel était leur degré de parenté. Ils n'étaient pas cousins germains, j'en étais sûre. Il est vrai qu'ici, on peut s'appeler cousins, oncles ou tantes sans qu'il y ait besoin du moindre lien de sang. Après la mort de mes parents, dans la crue qui avait emporté leur voiture sur un pont, la meilleure amie de ma mère s'était efforcée de venir chez ma grand-mère une ou deux fois par semaine avec un petit cadeau pour moi : je l'avais appelée tante Patty toute ma vie.

J'essayais de répondre aux questions des clients quand je le pouvais, tout en servant des hamburgers, des salades, du poulet et de la bière jusqu'à m'en sentir étourdie. Lorsque j'ai regardé la pendule, il était l'heure de partir. J'ai croisé ma remplaçante dans les toilettes. Arlène avait remonté sa chevelure flamboyante (d'un rouge plus vif d'au moins deux teintes, ce mois-ci) en un échafaudage de boucles qui cascadaient derrière sa tête, et son pantalon moulant faisait savoir au monde entier qu'elle avait perdu trois kilos. Arlène avait déjà eu quatre maris. Elle était à l'affût du cinquième.

Nous avons discuté du meurtre deux minutes, puis je lui ai fait un compte rendu rapide de mon service, avant de passer en coup de vent prendre mon sac dans le bureau de Sam et de filer par la porte de service.

Il ne faisait pas encore tout à fait nuit quand je me suis garée devant chez moi. C'est une maison ancienne située dans une clairière, à cinq cents mètres d'une petite route peu fréquentée. Une partie du bâtiment remonte à plus de cent quarante ans, mais la maison a été tant de fois remaniée, on y a ajouté tant de parties au cours des années, qu'on ne peut plus lui donner d'âge ni de style. Ce n'est qu'une vieille ferme, de toute façon. C'est ma grand-mère, Adèle Hale Stackhouse, qui me l'a léguée, et j'y tiens comme à la prunelle de mes yeux. Bill m'avait bien proposé d'emménager chez lui, juste de l'autre côté du cimetière, mais je renâclais à l'idée de déserter mon territoire.

J'ai arraché ma tenue de serveuse et ouvert mon armoire. Puisque nous allions à Shreveport pour affaires de vampires, Bill apprécierait certainement que je fasse un petit effort vestimentaire. J'avais du mal à comprendre pourquoi, puisqu'il ne supportait pas qu'on me fasse des avances. Mais il voulait toujours que je sois sur mon trente et un quand j'allais au *Fangtasia*, un bar tenu par des vampires qui tournait essentiellement avec une clientèle de touristes.

Les hommes !

Je n'arrivais pas à me décider, alors j'ai filé sous la douche. Penser au *Fangtasia* me rendait toujours nerveuse. Les vampires auxquels il appartenait faisaient partie des cercles les plus importants de leur communauté. Quand ils avaient découvert mon talent singulier, j'étais devenue pour eux une marchandise intéressante. Seule l'entrée déterminée de Bill au sein de leur système de gouvernement autonome avait garanti ma sécurité, c'est-à-dire mon droit de vivre là où j'en avais envie et de faire le travail que je voulais. En échange, j'étais cependant obligée de me présenter quand on me convoquait et de mettre mes dons de télépathe à leur service. Les vampires qui souhaitaient s'intégrer devaient en effet adopter des techniques plus douces que leurs méthodes précédentes – torture et terrorisme.

L'eau chaude m'a fait du bien immédiatement, et, la sentant ruisseler sur mon dos, je me suis détendue.

— Je peux venir ?

— Bon sang, Bill !

Le cœur battant à cent à l'heure, je me suis appuyée contre la paroi de la douche pour me reprendre.

— Désolé, mon cœur. Tu n'as pas entendu la porte de la salle de bains s'ouvrir ?

— Mais non ! Pourquoi est-ce que tu ne peux pas crier : « Chérie, je suis rentré », ou quelque chose de ce genre ?

— Désolé, a-t-il répété sur un ton qui manquait singulièrement de conviction. Tu veux que je te frotte le dos ?

— Non, merci. Je ne suis pas d'humeur frottage de dos !

Ça l'a fait rire et j'ai pu voir que ses dents de vampire étaient rétractées. Puis il a refermé le rideau de douche.

Quand je suis sortie de la salle de bains, plus ou moins pudiquement enroulée dans une serviette, il était allongé sur mon lit, ses mocassins cirés bien rangés sur le petit tapis, au pied de la table de chevet. Il portait une chemise bleu nuit, un pantalon décontracté et des chaussettes bleues assorties à sa chemise. Il s'était brossé les cheveux en arrière. Ses longues pattes lui donnaient un petit air rétro.

Elles étaient effectivement rétro, et bien plus qu'on ne l'imaginait.

Il a les sourcils arqués et un long nez fin. Sa bouche ressemble à celle des statues grecques, du moins celles que j'ai vues dans des photos. Il est mort à la fin de la guerre de Sécession, ou «Guerre de l'Agression Nordiste», comme l'appelait ma grand-mère.

— Quel est le programme pour ce soir ? ai-je demandé. On y va pour le plaisir ou pour les affaires ?

— Être avec toi est toujours un plaisir, a répondu Bill.

Pas la peine d'essayer de noyer le poisson : ça ne marche pas avec moi.

— Pour quelle raison allons-nous à Shreveport ?

— On nous a convoqués.

— Qui, « on » ?

— Eric, évidemment.

Depuis que Bill s'était présenté aux élections et avait accepté le poste d'investigateur de la Cinquième Zone, il était à l'entière disposition d'Eric – et sous sa protection. Ce qui signifiait, m'avait expliqué Bill, que quiconque s'attaquait à lui aurait également affaire à Eric et que, pour Eric, tout ce qui appartenait à Bill était sacré. Y compris moi. Je n'étais pas ravie de faire partie des possessions de Bill, mais la situation pouvait présenter des avantages.

J'ai fait la grimace.

— Sookie, tu as passé un marché avec Eric.

— Oui, je sais.

— Tu dois tenir parole.

— J'en ai bien l'intention.

— Et si tu mettais ton jean moulant, celui qui est lacé sur les côtés ?

C'était un pantalon taille basse en tissu stretch couleur jean. Bill m'adorait dedans, au point que je m'étais déjà demandé plus d'une fois s'il ne fantasmait pas sur Britney Spears. Comme je savais pertinemment que ce jean m'allait très bien, je l'ai enfilé et j'ai mis un petit haut à carreaux bleu et blanc qui se boutonnait devant, coupé court un peu en dessous de mon soutien-gorge. Et juste pour faire preuve d'un minimum d'indépendance (il ne fallait quand même pas qu'il oublie que je faisais ce que je voulais), j'ai pris le temps de relever mes cheveux en une queue de cheval haut perchée. J'ai caché l'élastique avec un ruban bleu et je me suis maquillée rapidement. Bill a bien regardé une ou deux fois sa montre, mais je ne me suis pas pressée. S'il tenait tant que ça à ce que j'impressionne ses amis vampires, il pouvait bien attendre un peu.

Nous étions dans la voiture, en route pour Shreveport, quand Bill m'a annoncé qu'il venait de monter une société.

Très franchement, je m'étais déjà interrogée sur les revenus de Bill. Il n'était manifestement ni riche, ni pauvre non plus. Mais il ne semblait pas travailler. Ou alors, il le faisait pendant les nuits que nous ne passions pas ensemble.

Ça me perturbait, mais je me doutais bien que tout vampire qui se respecte peut s'enrichir facilement : à partir du moment où l'on contrôle plus ou moins les pensées des gens, il n'est pas très difficile de les persuader de se délester de leur argent ou d'informations sur la bourse ou autres investissements. Avant que les vampires aient acquis une existence légale, ils n'avaient pas d'impôts à payer. Même le gouvernement américain avait bien dû admettre qu'on ne pouvait pas imposer les morts. En revanche, si on leur donnait des droits, s'était-on dit au Congrès, si on leur donnait le droit de vote, notamment, on pouvait les obliger à payer des impôts.

Quand les Japonais avaient lancé sur le marché leur sang de synthèse, qui permettait aux vampires de « vivre » sans avoir besoin de sang humain, les vampires avaient pu sortir du cercueil, en quelque sorte. « Regardez, nous ne sommes pas les prédateurs du genre humain, pouvaient-ils dire. Nous ne sommes pas une menace pour vous. »

Mais je savais que le plus grand plaisir de Bill consistait à boire mon sang. Il avait beau suivre à la lettre son régime à base de LifeFlow (la marque la plus connue de sang de synthèse), pour lui, rien ne remplaçait le plaisir de me planter ses crocs dans le cou. Il pouvait descendre sans problème sa bouteille de A positif dans un bar plein de monde, mais quand il avait l'intention de prendre une gorgée de Sookie Stackhouse, il était infiniment préférable que tout se passe en privé. Bill ne trouvait absolument rien d'érotique à un verre de LifeFlow.

— Et c'est quoi, ce nouveau business ?

— J'ai acheté une galerie commerciale au bord de la nationale, celui où se trouve le restaurant *LaLaurie*.

— À qui ?

— À l'origine, le terrain appartenait aux Bellefleur. Ils en ont confié la gestion à Sid Matt Lancaster, qui s'est chargé du projet de valorisation pour eux.

Sid Matt Lancaster avait défendu mon frère quelque temps plus tôt. Il arpentait les prétoires du comté depuis des lustres et il avait le bras bien plus long que Portia.

— Les Bellefleur vont être contents. Ça faisait plus de deux ans qu'ils essayaient de le revendre. Et Dieu sait qu'ils ont besoin d'argent. Tu as acheté le terrain en plus de la galerie ? Ça représente quoi comme surface ?

— La moitié d'un hectare, pas plus. Mais c'est un bon emplacement, m'a répondu Bill avec une assurance très professionnelle que je ne lui connaissais pas.

— C'est la galerie où il y a *LaLaurie*, un salon de coiffure et la boutique *Tara's Togs* ?

Mis à part le country club, *LaLaurie* était le seul établissement de toute la région qui ait un tant soit peu de prétention. C'était le genre d'endroit où vous emmeniez votre femme pour célébrer vos noces d'argent ; votre patron, si vous convoitiez une promotion ; ou une fille, si vous teniez absolument à l'impressionner. Mais j'avais entendu dire qu'il battait de l'aile.

Je n'avais aucune idée de la façon dont on gérait une affaire, ni de la manière dont on effectuait des transactions commerciales : j'avais passé ma vie à tenter de garder la tête hors de l'eau. Si mes parents n'avaient pas eu la bonne idée de trouver un peu de pétrole sur leurs terres et de mettre de côté l'argent

40

qu'ils en avaient tiré avant que le gisement ne soit épuisé, Jason, Gran et moi n'aurions eu que nos yeux pour pleurer. Par deux fois au moins, nous avions failli vendre la maison de mes parents, rien que pour entretenir celle de Gran et payer les impôts. Il fallait bien nous élever, et elle était toute seule.

— Alors, comment ça marche ? Tu es le propriétaire des murs et les trois affaires te paient un loyer ?

Bill a hoché la tête avant d'ajouter :

— Donc, maintenant, si tu veux te faire coiffer, tu n'as plus qu'à aller au salon de coiffure de la galerie.

Je n'avais mis les pieds chez un coiffeur qu'une fois dans toute ma vie. Quand j'avais des fourches, j'allais généralement chez Arlène, et elle m'égalisait les pointes.

— Tu trouves que je suis mal coiffée ? lui ai-je demandé d'un ton hésitant.

— Non, tes cheveux sont magnifiques, a répondu Bill d'un ton rassurant. Mais si tu avais envie d'y aller, ils proposent des, euh, des manucures, et des produits capillaires.

À la façon dont il prononçait «produits capillaires», on aurait cru qu'il parlait une langue étrangère. J'ai réprimé un sourire.

— Et, a-t-il enchaîné, tu peux inviter qui tu veux chez *LaLaurie*. Tu n'auras rien à régler.

Cette fois, je me suis tournée vers lui pour le regarder fixement.

— Et Tara est au courant : si tu vas t'habiller chez elle, tout sera directement débité de mon compte.

La colère me montait au nez. Je sentais que j'étais sur le point d'exploser.

Bill, malheureusement, ne le sentait pas.

— Donc, en d'autres termes, ai-je répondu, en me félicitant intérieurement de mon calme apparent, ils savent qu'ils doivent satisfaire le moindre désir de la poule du patron.

Bill a dû se rendre compte qu'il venait de commettre une erreur.

— Oh! Sookie, je...

Ah, non, il ne s'en tirerait pas comme ça! J'étais blessée dans mon orgueil. Je ne me fâche pas souvent, mais quand ça m'arrive, je ne fais pas dans la dentelle.

— Tu ne peux donc pas m'envoyer des fleurs, comme n'importe quel autre petit copain? Ou des chocolats? Tu sais que j'adore ça, les chocolats. Ou alors juste une jolie carte. Ou même un petit chat ou un foulard, est-ce que je sais, moi?

— J'avais justement l'intention de t'offrir quelque chose... a-t-il commencé prudemment.

— J'ai l'impression d'être une femme entretenue. En tout cas, c'est à coup sûr ce que pensent maintenant les gens qui travaillent là-bas!

Pour ce que je pouvais en voir à la lueur du tableau de bord, Bill semblait perplexe. Nous venions juste de passer le rond-point du lac Mimosa et j'apercevais les bois touffus, du côté de la route qui donnait sur le lac, dans la lumière des phares.

À ma stupéfaction, le moteur a toussé et la voiture s'est arrêtée net. C'était un signe.

Bill aurait sûrement verrouillé les portières s'il avait deviné ce que j'allais faire, parce qu'il a eu l'air complètement ébahi quand j'ai bondi hors de la voiture et que je me suis dirigée au pas de charge vers le bois.

— Sookie, reviens ici tout de suite!

Là, il était en colère. Il y avait mis le temps!

Sans même daigner jeter un coup d'œil par-dessus mon épaule, je me suis enfoncée dans les bois.

Je savais pertinemment que si Bill voulait vraiment que je retourne dans la voiture, je retournerais dans la voiture : il est à peu près vingt fois plus fort et plus rapide que moi. Après quelques secondes de plongée dans l'obscurité totale, j'ai presque regretté qu'il ne m'ait pas rattrapée. Mais mon ego s'est de nouveau manifesté, et j'ai compris que j'avais pris la bonne décision. Bill ne paraissait pas vraiment saisir la nature exacte de notre relation, et j'avais la ferme intention de lui mettre les points sur les i. Il pouvait toujours aller voir à Shreveport si j'y étais et se débrouiller pour expliquer mon absence à Eric, son supérieur. Ça lui apprendrait !

— Sookie ! a-t-il crié du bord de la route. Je vais aller à la station-service la plus proche pour essayer de trouver un mécanicien.

— Eh bien, bonne chance ! ai-je marmonné.

Une station-service avec un mécanicien à plein temps, ouverte la nuit ? Il devait penser aux années cinquante. Ou à une autre ère.

— Tu te comportes comme une enfant, Sookie, a-t-il repris. Je pourrais venir te chercher si je le voulais. Mais je ne vais pas perdre mon temps à ça. Quand tu te seras calmée, tu n'auras qu'à revenir à la voiture et t'enfermer à l'intérieur. J'y vais.

Monsieur avait sa fierté, lui aussi.

À mon grand soulagement, teinté néanmoins d'inquiétude, j'ai entendu les pas légers sur la route qui signifiaient qu'il courait, à la façon des vampires. Il était donc vraiment parti.

Il estimait certainement que c'était lui qui me donnait une leçon. Alors que c'était le contraire. Je me le suis dit plusieurs fois. De toute façon, il serait revenu dans quelques minutes. J'en étais certaine. Il ne me restait plus qu'à veiller à ne pas m'aventurer trop loin dans les bois, sous peine de me retrouver dans le lac.

Il faisait tout de même bien noir, sous les pins. La lune n'était pas encore pleine, mais la nuit était claire et les arbres faisaient de grandes flaques

43

d'ombre épaisse qui se détachaient nettement dans la clarté opalescente.

J'ai fait demi-tour vers la route. Puis j'ai respiré un bon coup et j'ai commencé à marcher en direction de Bon Temps, c'est-à-dire en sens inverse de Bill. Je me demandais combien de kilomètres nous avions parcourus avant notre petite conversation dans la voiture. Pas tant que ça, me disais-je pour me rassurer, tout en me félicitant d'avoir mis des chaussures de tennis, et non des sandales à talons hauts. Je n'avais pas pris de pull et, sur la portion de peau que mon petit haut et mon jean taille basse laissaient exposée à l'air, j'avais déjà la chair de poule. J'ai commencé à courir à petites foulées. Il n'y avait pas de lampadaires le long de la route, et si la lune n'avait pas été aussi claire, j'aurais vraiment eu du mal à rester sur le chemin.

Je venais juste de me rappeler que le meurtrier de Lafayette rôdait toujours dans les parages, lorsque j'ai entendu des pas dans les bois.

Je me suis arrêtée. Les bruits de pas ont cessé aussitôt.

Je préférais en avoir le cœur net :

— OK. Qui est là ? Si vous avez l'intention de me manger, autant en finir tout de suite.

Une femme est sortie du bois. À ses côtés se tenait un sanglier, un porc sauvage. Ses défenses luisaient dans l'ombre. Dans sa main gauche, la femme tenait une sorte de bâton ou de baguette, avec une touffe de quelque chose au bout.

— Super ! ai-je marmonné en sourdine. Il ne manquait plus que ça !

La femme était aussi terrifiante que le sanglier. J'étais sûre que ce n'était pas une vampire, parce que je captais un esprit en activité, mais elle n'était pas humaine non plus et le signal qu'elle émettait n'était pas très net. Je pouvais néanmoins percevoir

44

la tonalité générale de ses pensées. La situation l'amusait !

Mauvais signe.

J'espérais que le sanglier se sentait de bonne humeur. On en voyait rarement à Bon Temps. Il arrivait parfois qu'un chasseur en repère un, mais il était exceptionnel qu'il en ramène un spécimen. C'était le genre d'événement qui lui valait sa photo dans le journal. Ce sanglier-là dégageait une puanteur abominable.

Je ne savais pas trop à qui m'adresser. Après tout, rien ne me garantissait que le sanglier soit un animal. Il pouvait très bien s'agir d'un métamorphe. C'était l'une des choses que j'avais apprises au cours de ces derniers mois : si les vampires, que l'on avait longtemps pris pour des êtres imaginaires, existaient réellement, alors d'autres créatures, que les humains avaient toujours également considérées comme imaginaires et tout aussi fascinantes, étaient également bel et bien de ce monde.

Je me sentais très nerveuse, alors j'ai souri.

Elle avait une longue crinière de cheveux sombres emmêlés – de couleur indéterminée dans l'obscurité – et ne portait presque rien. Elle n'avait sur le dos qu'une sorte de large chemise de nuit assez courte, toute déchirée et tachée. Elle était pieds nus.

Elle m'a rendu mon sourire. Au lieu de hurler, j'ai souri de plus belle.

— Je ne vais pas te manger, m'a-t-elle annoncé.

— Ravie de l'entendre. Et votre petit copain ?

— Oh ! Le sanglier ?

On aurait dit qu'elle venait de se rendre compte de sa présence. Elle s'est penchée pour lui gratter le cou comme on caresse un gentil chien. Les terribles défenses ont virevolté gentiment en réponse.

— Elle fera ce que je lui dirai de faire, a déclaré la femme d'un air détaché.

Pas besoin de traducteur pour percevoir la menace. J'ai essayé de paraître aussi détendue qu'elle, tout en jetant un regard circulaire autour de moi, à la recherche d'un arbre auquel je pourrais grimper en cas de besoin. Mais ceux qui se trouvaient à proximité n'avaient pas de branches assez basses pour que je puisse m'y hisser. C'étaient ce genre de pins qu'on fait pousser par millions dans le coin, pour le bois de charpente. Les branches commencent à environ cinq mètres du sol.

J'aurais dû y penser plus tôt : la voiture de Bill ne s'était pas arrêtée par hasard. Et notre dispute elle-même n'était peut-être pas une coïncidence.

— Vous vouliez me parler de quelque chose ?

En reportant mon attention sur la femme, je me suis aperçue qu'elle s'était approchée de plusieurs mètres. Je n'avais rien vu. Je distinguais mieux son visage, à présent, ce qui ne me rassurait pas du tout. Une tache sombre ourlait ses lèvres, et quand elle a ouvert la bouche, j'ai remarqué que le bas de ses dents était tout aussi noir. Mademoiselle Mystère venait de se manger un mammifère tout cru.

— Je vois que vous avez déjà dîné.

Je me serais giflée.

— Mmm... tu es le nouvel animal de compagnie de Bill ?

— Oui.

Je n'étais pas vraiment d'accord avec elle sur la terminologie, mais je n'étais pas en position de débattre.

— Et il ne serait pas content du tout s'il m'arrivait quelque chose.

— Comme si la colère d'un vampire pouvait m'importer ! a-t-elle lâché d'un ton désinvolte.

— Pardon, m'dame, excusez-moi de vous demander ça, mais... vous êtes quoi, au juste ?

Elle m'a de nouveau souri. J'ai frémi.

— Inutile de t'excuser. Je suis une ménade.

Ça, c'était grec. Je ne savais pas trop quoi au juste, mais d'après ce que je voyais, c'était sauvage, femelle, et ça vivait dans la nature.

— Très intéressant, ai-je répondu en souriant de toutes mes dents. Et vous êtes là ce soir pour...

— Transmettre un message à Eric Northman, m'a-t-elle annoncé en se rapprochant encore davantage.

Cette fois, je l'ai vue faire. Le sanglier suivait le mouvement en reniflant comme si une corde invisible les reliait. La puanteur qui s'en dégageait était indescriptible. Sa petite queue hérissée se balançait sans cesse, dans un mouvement brusque et impatient.

— Et quel est ce message ?

J'ai relevé les yeux vers elle... et j'ai aussitôt virevolté pour courir de toutes mes forces. Si je n'avais pas ingéré du sang de vampire en début d'été, jamais je n'aurais pu réagir à temps : j'aurais reçu le coup en pleine figure et sur la poitrine. J'ai eu très exactement l'impression que quelqu'un d'une force colossale m'avait balancé un râteau lourd dans le dos, et que les pointes se plantaient bien profondément dans ma chair pour me labourer jusqu'aux reins.

Sous la violence du choc, j'ai basculé et suis tombée face contre terre. J'ai entendu son rire derrière moi et les reniflements du sanglier. Puis le silence s'est installé, et j'ai compris qu'elle était partie. Je suis restée prostrée, à pleurer pendant une ou deux minutes. Je retenais mes cris, haletant comme une femme en train d'accoucher, pour tenter de maîtriser ma douleur. Une douleur atroce me vrillait le dos.

Et j'étais folle de rage – même s'il ne me restait plus beaucoup d'énergie. Je n'étais donc qu'un panneau d'affichage ambulant pour cette garce, cette… ménade ou je ne sais quoi! Je me suis mise à ramper sur le sol, dans la poussière et les aiguilles de pin, m'écorchant sur les brindilles et le terrain rugueux. Plus j'avançais, plus ma colère grandissait. Je tremblais des pieds à la tête de douleur et de rage. Je traînais par terre, centimètre par centimètre, jusqu'à ce que je ne sois plus qu'une loque sanguinolente, même plus bonne à tuer. Je me dirigeais vers la voiture, pensant que c'était là que Bill aurait le plus de chances de me trouver. J'y étais presque quand je me suis dit qu'il n'était pas forcément intéressant de me retrouver à découvert.

J'avais pensé que je trouverais peut-être de l'aide sur la route, mais j'avais tort, naturellement. Tous les gens que l'on rencontrait la nuit, par hasard, n'étaient pas forcément d'humeur généreuse. Je venais d'en faire la cruelle expérience. Et si je tombais sur une autre créature? Une créature affamée, par exemple? L'odeur de mon sang pouvait être en train d'attirer des prédateurs. Il paraît que les requins sont capables de détecter la moindre particule de sang à des kilomètres. Et qu'est-ce qui ressemble plus à un requin, version terre ferme, qu'un vampire?

J'ai donc repris ma reptation pour rentrer à couvert dans les bois, en m'éloignant de la chaussée, où j'aurais fait une proie trop visible. Mourir dans cet endroit manquait singulièrement de panache ou, pour le moins, de dignité. Rien à voir avec le siège de Fort Alamo ou la bataille des Thermopyles. Il ne s'agissait que d'un petit coin de végétation au bord d'une route dans le nord de la Louisiane. J'étais certainement étendue sur un lit de sumac vénéneux. Mais je n'allais probablement pas survivre assez longtemps pour m'en remettre.

48

J'étais si obnubilée par mes efforts pour faire le moins de bruit possible que j'ai failli rater Bill. Il longeait la route, en fouillant les bois des yeux. À sa façon de marcher, j'ai deviné qu'il était sur ses gardes. Il avait senti le danger.

— Bill...

J'avais murmuré mais, pour un vampire, c'était comme un cri. Bill s'est instantanément figé et s'est mis à scruter l'ombre des futaies.

— Ici.

J'ai dû retenir un sanglot, puis j'ai ajouté dans un souffle :

— Fais attention à toi !

J'étais peut-être un appât. Au clair de lune, je parvenais à discerner le visage de Bill. Il était dénué de toute expression, mais j'étais sûre que, tout comme moi, Bill était en train d'évaluer les risques. Il fallait que l'un de nous se décide à bouger. J'ai compris que si je réussissais à sortir de l'obscurité du sous-bois, Bill aurait au moins l'avantage de voir son agresseur arriver, si jamais une attaque se préparait.

J'ai allongé les bras, agrippé des poignées d'herbe à pleines mains et j'ai tiré. Absolument incapable de me mettre à quatre pattes, je ne pouvais que ramper avec une lenteur accablante. Je m'aidais en poussant avec mes pieds, mais, bien que légère, cette sollicitation de mes muscles dorsaux me transperçait d'une douleur fulgurante. J'évitais de regarder Bill : sa fureur risquait de me faire faiblir. Elle était presque palpable.

— Qu'est-ce qui t'a fait ça, Sookie ? m'a-t-il demandé à voix basse.

— Mets-moi dans la voiture. Je t'en prie, sors-moi de là.

Je faisais de mon mieux pour ne pas m'effondrer.

— Si je fais trop de bruit, elle peut revenir.

Cette seule pensée me faisait frissonner d'effroi.

— Conduis-moi auprès d'Eric, ai-je ajouté en essayant de maîtriser ma voix. Elle a dit que c'était un message pour Eric Northman.

Bill s'est accroupi.

— Je dois te soulever, m'a-t-il prévenue.

J'ai commencé à protester, il devait bien y avoir un autre moyen. Mais je savais bien que non. Bill n'a pas hésité une seconde. Avant que j'aie pu anticiper l'ampleur de la douleur, il a passé un bras sous mes épaules, a glissé l'autre entre mes jambes, et je me suis retrouvée sur son épaule.

J'en ai hurlé. J'ai néanmoins essayé de retenir mes sanglots pour ne pas l'empêcher d'entendre la ménade, si celle-ci approchait. Ma tentative n'a pas été très concluante. Bill s'est mis à courir le long de la route vers la voiture. Le moteur tournait déjà au ralenti. Après avoir ouvert la portière arrière, il s'est efforcé de m'installer aussi délicatement que possible sur la banquette de la Cadillac. Il était impossible d'effectuer la manœuvre sans m'infliger plus de douleur. Il a néanmoins fait son possible.

— C'est elle, ai-je dit quand je me suis sentie de nouveau capable d'énoncer deux mots intelligibles. C'est elle qui a provoqué la panne et qui m'a fait sortir de la voiture.

Je n'étais pas encore certaine qu'elle soit à l'origine de notre dispute.

— On en parlera plus tard, m'a-t-il répondu.

Il filait en direction de Shreveport, pied au plancher. Quant à moi, je me cramponnais au rembourrage de la banquette pour ne pas crier.

Tout ce que je me rappelle de ce trajet, c'est qu'il a bien duré deux ans.

Je ne sais comment, Bill a réussi à me transporter jusqu'à l'entrée privée du *Fangtasia*. Il a donné un grand coup de pied dans la porte.

50

— C'est quoi, ce boucan ? a grommelé Pam en ouvrant, hostile.

C'était une jolie vampire blonde que j'avais déjà vue une fois ou deux, avec la tête sur les épaules et un sens aigu des affaires.

— Oh, Bill ! Qu'est-ce qui s'est passé ? Oh, miam, elle saigne.

— Va chercher Eric, a ordonné Bill.

— Il attendait dans le…

Mais Bill ne l'a pas laissée finir. Il est passé droit devant elle d'un pas conquérant, tel un guerrier de retour de la chasse avec son gibier sanguinolent sur l'épaule. Mais je me sentais tellement mal qu'il aurait tout aussi bien pu m'exhiber sur la piste de danse devant tous les clients. Au lieu de cela, il est entré comme un boulet de canon dans le bureau d'Eric.

— C'est ta faute ! lui a-t-il lancé dans un grognement sauvage.

Il m'a secouée comme pour attirer son attention, ce qui m'a fait gémir. Je voyais mal comment Eric aurait pu me rater, car j'étais la seule femme de taille adulte et en sang dans son bureau.

J'aurais bien aimé m'évanouir, tomber pour de bon dans les pommes. Mais non. J'étais juste un fardeau balancé sur l'épaule de Bill, un gros sac de douleur.

J'ai craché entre mes dents :

— Va te faire voir !

— Quoi, mon amour ?

— Va te faire voir !

— Il faut la coucher sur le canapé, a décrété Eric. Laisse-moi faire… Oui, comme ça, sur le ventre.

J'ai senti une deuxième paire de mains m'empoigner les jambes, puis Bill se contorsionner sous moi, et tous deux m'ont installée avec précaution sur le large canapé qu'Eric venait juste d'acheter. Il avait l'odeur caractéristique du cuir neuf. J'étais contente qu'il n'ait pas choisi du tissu.

— Pam, va chercher le médecin, a ordonné Eric.

J'ai entendu des pas s'éloigner, et Eric s'est accroupi pour se mettre à ma hauteur – ce qui n'était pas une mince affaire, pour un homme aussi grand et baraqué, qui ressemble très exactement à ce qu'il est : un ancien Viking.

— Que t'est-il arrivé ?

Je l'ai fusillé du regard. J'étais tellement hors de moi que j'avais du mal à parler.

— Je suis un message à ton intention, ai-je répondu dans un murmure à peine audible. Cette femme, dans les bois, a provoqué la panne de la voiture. Elle s'est même peut-être débrouillée pour qu'on se dispute. Puis elle est venue vers moi avec son espèce de cochon.

— Un *porc* ?

Eric n'aurait pas eu l'air plus ahuri si je lui avais dit qu'elle s'était promenée avec un canari dans le nez.

— Groink groink. Sanglier. Cochon sauvage. Elle a dit qu'elle voulait te transmettre un message. J'ai eu juste le temps de me protéger le visage, mais elle m'a frappée dans le dos. Ensuite, elle est partie.

— Ton visage. Elle a voulu te défigurer, a dit Bill.

J'ai vu ses poings se crisper le long de ses cuisses, puis il a commencé à arpenter le bureau de long en large.

— Eric, a-t-il repris, les plaies de Sookie ne sont pas si profondes. Qu'est-ce qu'elle a ?

— Sookie, à quoi ressemblait cette femme ? a demandé Eric avec douceur.

Son visage était tout près du mien. Ses épais cheveux blonds me frôlaient presque la joue.

— Elle avait l'air d'une folle, voilà à quoi elle ressemblait. Et elle t'a appelé Eric Northman.

— C'est le nom de famille dont j'use dans mes rapports avec les humains. Par « folle », qu'entends-tu au juste ?

— Ses vêtements étaient déchirés, et elle avait du sang autour des lèvres et sur les dents, comme si elle venait de dévorer un animal. Et elle portait une sorte de bâton avec un truc au bout. Elle avait les cheveux longs, tout emmêlés... À ce propos, mes cheveux... dans mon dos.

— Oui, je vois.

Eric s'est efforcé de décoller les longues mèches que le sang faisait adhérer à mes plaies en coagulant.

Pam est revenue avec le médecin. Si j'avais cru qu'Eric parlait d'un médecin normal, du genre stéthoscope et abaisse-langue, je m'étais trompée. Ce docteur-là avait à peine besoin de se pencher pour me regarder dans les yeux. Pendant que la naine en question m'examinait, Bill, penché au-dessus d'elle, suivait les opérations avec une tension qui trahissait une angoisse bien réelle.

Elle portait une tunique et un pantalon blancs, comme tous les médecins de n'importe quel service d'hôpital. Du moins avant qu'ils ne se mettent à porter du vert, du bleu ou je ne sais quelle couleur, au gré de leur fantaisie. On ne lui voyait que le nez au milieu de la figure. Elle avait le teint très mat et des cheveux d'un brun mordoré incroyablement épais, presque crépus tant ils étaient frisés. Elle les avait fait couper très court. Elle me faisait un peu penser à un hobbit. Peut-être qu'elle en était un, après tout – ma conception de la réalité s'était singulièrement assouplie au cours des derniers mois.

Dès que j'ai pu reprendre suffisamment mes esprits, je lui ai demandé :

— Quel genre de docteur êtes-vous, exactement ?

— Du genre qui soigne, m'a-t-elle répondu d'une voix étonnamment grave. Vous avez été empoisonnée.

— Alors c'est pour ça que je n'arrête pas de me dire que je vais mourir, ai-je marmonné.

— Dans très peu de temps, oui.

— Merci pour les encouragements, Doc. Et que pouvez-vous faire pour remédier à ça?

— Nous n'avons pas beaucoup d'alternatives. Avez-vous déjà entendu parler des dragons de Komodo? Leur gueule grouille de bactéries. Eh bien, les blessures de ménade sont tout aussi toxiques. Le dragon de Komodo mord ses proies et se contente de les suivre en attendant que les bactéries fassent le travail pour lui. Quant aux ménades, l'agonie prolongée de leurs victimes ne rend le jeu que plus attrayant. J'ignore si les dragons de Komodo y trouvent le même plaisir.

Merci pour le reportage *National Geographic*, Doc.

— Et qu'est-ce que vous pouvez faire? ai-je insisté, les dents serrées.

— Je peux refermer les plaies, mais le poison sera toujours dans vos veines. Il faut vous faire une transfusion complète : vous vider de votre sang pour le changer intégralement. Ça, c'est un travail pour les vampires.

Ce brave docteur semblait absolument ravi à cette perspective. Tout le monde allait se donner la main pour travailler. Sur moi, en l'occurrence.

Elle s'est tournée vers les vampires, qui assistaient à la scène derrière elle.

— Si l'un d'entre vous prend ce sang empoisonné à lui tout seul, il le paiera très cher. C'est à cause de l'élément de magie de la ménade. Une morsure de dragon de Komodo ne serait qu'une simple formalité pour vous, les enfants, a-t-elle ajouté, avec un rire jovial.

Je la détestais. J'avais le visage inondé de larmes tant je souffrais.

— Donc, a-t-elle repris, quand j'en aurai fini, vous prendrez son sang, chacun à votre tour. N'en

54

retirez qu'un peu à la fois. Ensuite, je lui ferai la transfusion.

— De sang humain, ai-je précisé fermement.

Je tenais à ce que ce soit bien clair. J'avais déjà reçu du sang de Bill, une fois pour survivre à des blessures multiples, et une autre fois à la suite d'un examen un peu particulier. J'avais aussi reçu du sang d'un autre vampire par accident, si bizarre que ça puisse paraître. J'avais constaté des changements chez moi, des changements que je ne voulais pas accentuer en prenant une nouvelle dose. Le sang de vampire était devenu la nouvelle drogue à la mode chez les *people*, mais pour ma part, je la leur laissais sans regret.

— Oui, si Eric peut faire jouer ses relations pour l'obtenir... m'a répondu la naine d'un ton détaché. La transfusion pourra être, sans problème, pour moitié synthétique. Au fait, je suis le Dr Ludwig.

— J'aurai le sang. On lui doit bien ça, ai-je entendu Eric affirmer, à mon grand soulagement.

J'aurais donné cher pour voir l'expression de Bill à cet instant précis.

— De quel groupe sanguin es-tu, Sookie?

— O positif, ai-je répondu, heureuse que mon sang soit si commun.

— Ça ne devrait poser aucune difficulté, m'a-t-il assuré. Tu peux t'en occuper, Pam?

Il y a eu un nouveau bruit de pas dans la pièce. Le Dr Ludwig s'est soudain penché sur moi et a commencé à me lécher le dos. J'ai hurlé.

— Elle est médecin, Sookie, a dit Bill pour me raisonner. C'est sa façon de te soigner.

— Mais elle va s'empoisonner! ai-je protesté, tentant d'invoquer un argument qui ne paraisse pas trop discriminatoire.

Franchement, je n'avais aucune envie de me faire lécher le dos, pas plus par une naine que par un vampire d'un mètre quatre-vingt-dix.

— C'est la guérisseuse, Sookie, est intervenu Eric d'un ton réprobateur. Tu dois accepter son traitement.

— Oh, bon, d'accord ! ai-je dit, sans même prendre la peine de cacher mon mécontentement. Au fait, je n'ai pas encore eu droit à des excuses de ta part, je crois.

Le sentiment de profonde injustice que j'éprouvais l'emportait désormais largement sur toute notion de prudence ou de simple instinct de survie.

— Je suis désolé que la ménade t'ait attaquée.

J'ai réussi à tourner la tête pour lui lancer un regard noir.

— 'Suffit pas.

Je m'accrochais à cette conversation comme à une bouée de sauvetage.

— Angélique Sookie, vision d'amour et de beauté, je suis prostré à l'idée que cette vilaine ménade malfaisante ait pu oser violenter ce corps parfait et voluptueux, dans l'intention de me faire parvenir un message.

— Je préfère ça.

J'aurais sans doute davantage apprécié les regrets d'Eric si je n'avais pas été étourdie de douleur en même temps – le traitement du bon Dr Ludwig n'était pas précisément agréable. Des excuses se doivent d'être soit sincères, soit, à défaut, recherchées. Comme Eric n'avait pas de cœur pour éprouver des sentiments – ou du moins, pas que j'aie remarqué –, il pouvait bien s'efforcer de me distraire avec de belles paroles.

— Je suppose que ce message est une déclaration de guerre contre toi ? lui ai-je demandé pour essayer par tous les moyens d'oublier les agissements douteux du Dr Ludwig.

Je transpirais de partout. La douleur était devenue absolument insupportable. Les larmes coulaient sans discontinuer sur mes joues sans que je puisse les retenir. La pièce semblait s'être remplie d'un brouillard jaunâtre. Tout me donnait la nausée.

Eric a eu l'air surpris.

— Non, pas exactement, a-t-il murmuré d'un ton prudent, avant d'interpeller sa collaboratrice. Pam ?

— Ça arrive, a-t-elle affirmé. Oh. Là, ça ne va pas.

— Commencez maintenant, a demandé Bill d'un ton urgent. Elle change de couleur.

Je me suis vaguement demandé de quelle couleur je devenais. Je ne parvenais plus à garder la tête relevée, comme je m'étais efforcée de le faire jusqu'à maintenant pour avoir l'air plus alerte. J'ai posé ma joue sur le canapé. Ma propre sueur m'a immédiatement collée au cuir. La sensation de brûlure que provoquaient les griffures dans mon dos et qui se répandait dans mon corps tout entier s'est encore accrue, et j'ai hurlé parce que je ne pouvais tout simplement pas m'en empêcher. La naine a sauté à bas du canapé pour examiner mes yeux.

Elle a secoué la tête.

— Il le faut, a-t-elle dit, si nous voulons garder espoir.

Mais sa voix me semblait très lointaine. Elle avait une seringue à la main. La dernière chose que j'ai vue fut le visage d'Eric qui se rapprochait. J'ai eu l'impression qu'il me faisait un clin d'œil.

3

J'ai ouvert les yeux avec beaucoup de réticence. Je me sentais comme si j'avais passé la nuit dans une voiture ou que je m'étais assoupie dans une chaise à dos droit : j'avais mal partout et je me sentais comateuse. Pam était assise par terre, à un mètre du canapé, ses grands yeux bleus rivés sur moi.

— Ça a marché, a-t-elle fait remarquer. Le Dr Ludwig avait raison.

— Super.

— Ça aurait été dommage de te perdre avant d'avoir eu le temps de t'utiliser, m'a-t-elle répondu avec un pragmatisme indécent. La ménade aurait pu choisir parmi tous les autres humains qui travaillent pour nous et qui sont bien plus faciles à remplacer.

— Très réconfortant, Pam, merci.

Je me sentais sale comme un pou. Comme si l'on m'avait plongée dans un bain de sueur et roulée dans la poussière. Même mes dents étaient crasseuses.

— De rien, m'a-t-elle répondu en esquissant un sourire.

Pam avait donc le sens de l'humour. Les vampires ne sont pourtant pas réputés pour ça. Je n'ai jamais entendu parler d'un vampire reconverti dans le comique et, en général, les blagues des humains les laissent plutôt froids (ha ha ha). Certaines des leurs, en revanche, peuvent vous donner une semaine de cauchemars.

— Que s'est-il passé ?

Pam a noué ses doigts autour de ses genoux.

— On a suivi les instructions du Dr Ludwig à la lettre, chacun notre tour, Bill, Eric, Chow et moi. Et quand tu as été presque vidée de ton sang, elle a commencé la transfusion.

J'ai réfléchi un instant, heureuse d'avoir perdu connaissance avant le processus. Bill prenait toujours de mon sang quand nous faisions l'amour, et c'était pour moi le summum des stimulants érotiques. J'aurais été très gênée d'être consciente et de devoir faire un don de sang à un si grand nombre de personnes.

— Qui est Chow ?

— Essaie de t'asseoir, pour voir, m'a conseillé Pam. Chow est notre nouveau barman. Il fait un tabac au bar.

— Ah, bon ?

— Ce sont ses tatouages, a précisé Pam d'un ton qui la rendait presque humaine. Il est plutôt grand pour un Asiatique, et il est exceptionnellement bien pourvu... question tatouages.

J'ai fait semblant d'avoir l'air passionnée. J'ai poussé sur mes mains pour me redresser avec précaution. J'ai eu alors une petite faiblesse et me suis immobilisée. J'avais l'impression que les plaies qui couvraient mon dos venaient juste de se refermer et risquaient de se rouvrir au moindre faux mouvement. Pam m'a confirmé que c'était précisément le cas.

Par ailleurs, je ne portais plus mon haut. Ni rien d'autre. Au-dessus de la ceinture. J'avais toujours mon jean, mais il était remarquablement dégoûtant.

— Ton tee-shirt était en lambeaux, nous avons dû te l'arracher, m'a expliqué Pam, un large sourire aux lèvres. Puis on t'a prise sur nos genoux, l'un après l'autre. Tu as fait l'admiration de tous. Bill était furieux.

— Va au diable !

C'est tout ce j'ai trouvé à lui dire, sur le moment.

— Au diable ? Après tout, qui sait ? a-t-elle rétorqué. Je voulais juste te faire un compliment. Tu es très pudique, pour une humaine.

Elle s'est levée pour ouvrir un des placards. Il y avait des chemises pendues à l'intérieur – un stock de rechange pour Eric, probablement. Pam en a sorti une et me l'a lancée. J'ai levé le bras pour l'attraper au vol. Et je dois dire que j'ai trouvé le mouvement plutôt facile à exécuter.

— Il n'y aurait pas une douche quelque part, Pam ?

Je n'avais pas envie de passer cette chemise immaculée sur mon corps crasseux.

— Si, dans la réserve, à côté des toilettes du personnel.

L'endroit était très spartiate. Mais c'était une douche avec un savon et une serviette. Elle donnait directement sur la réserve. Ce qui n'était sans doute pas gênant pour les vampires, la pudeur n'étant pas une préoccupation majeure chez eux. Pam a accepté de monter la garde devant la porte. J'ai quand même eu besoin de son aide pour ôter mon jean, mes chaussures et mes chaussettes. Ce qu'elle a un petit peu trop apprécié .

Ce fut la meilleure douche de ma vie.

J'ai dû procéder avec lenteur et précaution. Je tremblais des pieds à la tête, comme si je sortais d'une grave maladie, comme une pneumonie ou une grosse grippe. En un sens, c'était le cas. Pam a entrebâillé la porte pour me passer des sous-vêtements. J'ai été agréablement surprise qu'elle y ait pensé. Du moins, jusqu'à ce que je m'apprête à enfiler le slip. Il était si minuscule et la dentelle si fine et si ajourée qu'il méritait à peine le nom de slip. Au moins, il était blanc. J'ai su que je commençais à aller mieux quand je me suis dit que j'aurais bien voulu me voir avec ça dans une glace. Je n'ai pas pu mettre autre chose que la chemise et le slip. Lorsque je suis sortie pieds nus, Pam avait déjà roulé mon jean et le reste de mes affaires dans un sac en plastique, pour que je puisse les rapporter chez moi et les laver. Le blanc immaculé de la chemise faisait ressortir mon bronzage. Je suis retournée à pas très lents dans le bureau d'Eric et j'ai fouillé dans mon sac à main pour récupérer ma brosse. Je commençais à me démêler les cheveux quand Bill est entré. Il m'a aussitôt pris la brosse des mains.

— Laisse-moi faire, mon amour, m'a-t-il tendrement murmuré. Comment te sens-tu ? Enlève donc cette chemise, que je jette un coup d'œil à ton dos.

Je me suis exécutée en espérant qu'il n'y avait pas de caméra de surveillance dans la pièce. D'après le récit de Pam toutefois, il était peut-être inutile que je m'en inquiète.

— Qu'est-ce que ça donne ? ai-je lancé par-dessus mon épaule.

— Il y aura des cicatrices.

— J'imagine.

Mais je préférais avoir des cicatrices dans le dos plutôt que sur le visage. Et je préférais avoir des cicatrices plutôt que d'être morte.

J'ai remis la chemise d'Eric, et Bill a commencé à me brosser les cheveux, un moment privilégié, pour lui. J'étais encore fragile, et j'ai dû m'asseoir très vite dans le fauteuil d'Eric. Bill s'est posté derrière moi pour continuer à me coiffer.

— Alors, pourquoi la ménade m'a-t-elle choisie, moi ?

— Elle devait être à l'affût du premier vampire qui passerait. Elle a eu de la chance que tu te sois trouvée avec moi : tu faisais une proie bien plus facile que prévu.

— C'est elle qui a provoqué notre dispute ?

— Non, je ne crois pas. C'était un concours de circonstances. D'ailleurs, je ne comprends toujours pas ce qui t'a pris.

— Écoute, je suis trop fatiguée pour te l'expliquer. On en discutera demain, d'accord ?

Eric est revenu en compagnie d'un autre vampire. J'ai tout de suite compris que c'était Chow, et pourquoi il attirait la clientèle. C'était le premier vampire asiatique que je voyais, et il était superbe. Il était aussi intégralement couvert de tatouages, du moins sur les parties de son corps que je pouvais voir. J'avais entendu que ce style de dessins très élaborés était prisé par les yakuzas. Qu'il ait ou non été un gangster de son vivant, Chow avait l'air tout à fait sinistre dans l'instant présent. Moins d'une minute après leur arrivée, Pam passait la tête par la porte.

— Tout est bouclé, a-t-elle annoncé. Le Dr Ludwig est parti aussi.

Le *Fangtasia* avait donc fermé ses portes pour la nuit : il devait être 2 heures du matin. Bill continuait à me brosser les cheveux, et moi j'étais assise dans ce fauteuil directorial, les mains sur les cuisses, extrêmement consciente de ma tenue pour le moins dérisoire. Mais, en y réfléchissant bien, Eric était si grand que sa chemise me couvrait plus que certains de mes dessous. Je pense que c'est la coupe française et exotique de mon slip qui me gênait le plus. De surcroît, pas de soutien-gorge. Dieu s'est montré généreux avec moi de ce côté-là, et si je n'en mets pas, ça se remarque.

Mes vêtements révélaient donc de mon anatomie plus que je ne le souhaitais, et tous ces gens avaient déjà aperçu mes nichons dans leur intégralité. Mais qu'importe, je n'allais pas oublier mes bonnes manières.

— Vous m'avez sauvé la vie. Merci à vous tous.

Ma voix n'était peut-être pas très chaleureuse, mais ma reconnaissance n'en était pas moins sincère. J'espérais qu'ils le sentiraient.

— Tout le plaisir était pour moi, a répondu Chow, une touche de lasciveté dans sa voix. Sans le poison, cela aurait été parfait.

Il avait un léger accent, mais je ne connais pas assez les langues asiatiques pour pouvoir l'identifier précisément. J'étais sûre que Chow n'était pas son vrai nom, mais c'était ainsi que les autres vampires l'appelaient.

J'ai senti Bill se raidir derrière moi. Il a posé les mains sur mes épaules. Je les ai aussitôt couvertes des miennes.

— Cela valait le coup, même avec le poison, a renchéri Eric.

Il a porté ses doigts à ses lèvres pour les embrasser, comme s'il louait le bouquet d'un grand cru. Beurk !

Pam m'a souri :

— C'est quand tu veux, Sookie.

Oh, génial. Absolument génial.

— Merci à toi aussi, Bill, ai-je dit en posant la joue contre son bras.

— C'était un honneur.

De toute évidence, il prenait sur lui pour garder son sang-froid.

— Vous vous êtes disputés, avant que Sookie ne fasse cette mauvaise rencontre ? a alors demandé Eric.

— Ça, ce sont nos affaires, ai-je rétorqué sèchement.

Les trois vampires ont échangé des sourires. Ce que j'ai trouvé particulièrement déplaisant.

— Au fait, pourquoi voulais-tu nous voir ce soir, Eric ? ai-je enchaîné pour détourner la conversation.

— Tu te souviens de la promesse que tu m'as faite, Sookie ? Celle d'utiliser tes talents particuliers pour moi, en cas de besoin, à condition que je laisse la vie sauve aux humains concernés ?

— Bien sûr que je m'en souviens !

Je ne suis pas du genre à oublier mes promesses, surtout celles que je fais à des vampires.

— Depuis que Bill a été nommé investigateur de la Cinquième Zone, nous n'avons pas eu beaucoup de mystères dans la région. Mais nos confrères de la Sixième Zone, au Texas, ont besoin de tes dons particuliers. Nous leur avons donc loué ta personne.

On m'avait louée, comme on loue une tronçonneuse ou une pelleteuse ? Je me suis demandé si les vampires de Dallas avaient dû verser une caution.

— Je refuse d'aller là-bas sans Bill.

Je regardais Eric droit dans les yeux. À la légère pression des doigts de Bill sur mes épaules, j'ai compris que j'avais bien réagi.

— Il t'accompagnera. Nous avons négocié ferme, m'a dit Eric avec un large sourire.

L'effet produit était assez déconcertant car, puisqu'il se sentait content, ses crocs étaient sortis.

— Nous avions peur qu'ils ne veuillent te garder ou te tuer. Nous avons donc prévu d'emblée que quelqu'un t'escorterait – et qui serait plus à même de remplir ce rôle que Bill ? Si jamais Bill rencontre un problème, nous t'enverrons un autre garde du corps immédiatement. Et les vampires de Dallas mettront à votre disposition une voiture et un chauffeur. Ils prendront aussi en charge les repas et l'hébergement. Et, bien entendu, de jolis honoraires. Bill en touchera un pourcentage.

Alors que c'était moi qui allais faire tout le boulot?

— Tu dois négocier toi-même avec Bill, a poursuivi Eric d'un ton doucereux. Je suis certaine qu'il te dédommagera pour le temps que tu prends sur ton travail au bar.

Reportage : Quand Votre Petit Ami Devient Votre Manager.

— Pourquoi une ménade?

Ma question les a tous pris de court.

J'ai précisé ma pensée :

— Les naïades sont les nymphes des rivières, les dryades celles des arbres. Alors, pourquoi une ménade? Qu'est-ce que cette créature fabriquait dans les bois? Je croyais que les ménades étaient simplement des femmes que le dieu Bacchus avait poussées à la folie?

— Sookie! Mais tu es pleine de ressources insoupçonnées! s'est exclamé Eric après un temps d'arrêt.

Je n'ai pas jugé bon de lui dire que j'avais appris ça dans un roman. Autant lui laisser croire que je lisais le grec ancien dans le texte. Ça ne mangeait pas de pain.

— On prétend que le dieu prenait possession des ménades, tant et si bien qu'elles devenaient immortelles, ou peu s'en faut, a alors précisé Chow. Bacchus étant le dieu du vin, les bars sont les lieux de prédilection des ménades. Elles s'y intéressent même de si près qu'elles ne supportent pas que d'autres créatures de la nuit s'en mêlent. Pour elles, la violence qui résulte de la consommation d'alcool leur appartient. Elles s'en nourrissent, maintenant que plus personne ne pratique le culte de leur dieu. Elles sont également attirées par l'orgueil.

Ça me rappelait quelque chose... N'était-ce pas précisément notre orgueil blessé qui nous avait amenés à nous disputer, Bill et moi?

66

— Le bruit courait qu'il y en avait une dans les parages, est intervenu Eric. Mais nous n'en savions pas plus, avant que Bill ne t'amène ici ce soir.

— Alors en quoi consistait son avertissement ? Que veut-elle ?

— Un tribut, a répondu Pam. Du moins, c'est ce que nous pensons.

— Quel genre de tribut ?

Elle a haussé les épaules. Apparemment, j'allais devoir me contenter de cette réponse.

— Et si vous n'obéissez pas ?

De nouveau, tous les regards se sont braqués sur moi. J'ai poussé un soupir exaspéré.

— Que va-t-elle faire si vous ne lui payez pas ce tribut ? ai-je insisté.

— Libérer sa folie.

Bill semblait vraiment inquiet. Ce n'était pas bon signe.

— Dans le bar ? Au *Merlotte* ?

Cela dit, il y avait une foule d'autres bars dans la région.

Encore un échange de regards entre vampires.

— Ou à l'intérieur de l'un d'entre nous, a fini par dire Chow. C'est déjà arrivé. Le massacre de Halloween à Saint-Pétersbourg, en 1876.

Ils ont tous hoché la tête avec solennité.

— J'y étais, a murmuré Eric. Nous avons dû nous y mettre à plus de vingt pour faire le ménage. Et nous avons dû planter un pieu dans le cœur de Gregory. Pour ça, il a fallu que nous nous y mettions tous ensemble. Après ça, Phryne, la ménade, a reçu le tribut qu'elle exigeait, tu peux me croire.

Pour que les vampires suppriment l'un des leurs, il fallait vraiment que ce soit du sérieux. Eric avait éliminé un autre vampire qui l'avait escroqué, et Bill m'avait raconté qu'il avait dû payer une lourde amende. À qui ? Bill ne l'avait pas précisé, et je ne lui avais pas posé la question. Il y a certains détails dont je me passe très bien.

— Vous allez donc payer un tribut à cette ménade ? ai-je demandé.

Ils se consultaient mentalement, je le sentais.

— Oui, a déclaré Eric. C'est préférable.

— J'imagine qu'il est plutôt difficile de tuer une ménade, a dit Bill d'un ton interrogateur.

— Oh, que oui, s'est exclamé Eric en frémissant. Oh que oui.

Durant le trajet de retour, Bill et moi n'avons pas échangé un mot. J'avais pourtant beaucoup de questions à lui poser. Mais j'étais morte de fatigue.

— Il faut mettre Sam au courant, ai-je dit, comme nous nous arrêtions devant chez moi.

Bill a fait le tour de la voiture pour venir me tenir la portière.

— Pour quelle raison, Sookie ?

Il m'a tendu la main pour m'aider à sortir de la voiture, conscient que je pouvais à peine marcher.

— Parce que…

Je me suis interrompue. Même si Bill savait que Sam n'était pas humain, lui non plus, je n'avais pas vraiment envie de le lui rappeler. Cependant, Sam tenait un bar, et nous étions plus près de Bon Temps que de Shreveport quand la ménade s'était manifestée.

— Il tient un bar, d'accord, a répondu Bill posément, mais il ne devrait pas avoir de problème. En outre, la ménade a bien dit que le message était destiné à Eric.

Ce n'était pas faux.

— Tu t'inquiètes un peu trop pour Sam, à mon goût, Sookie, a-t-il ajouté.

Sa remarque m'a clouée sur place.

— Tu es jaloux ?

Bill était toujours en alerte quand d'autres vampires semblaient m'admirer. Mais j'avais toujours cru qu'il défendait simplement son territoire. Je ne savais pas comment considérer cette nouvelle évolution. C'était la première fois qu'un homme était jaloux de l'attention que je portais à un autre.

Bill ne m'a pas répondu. Je lui ai trouvé un air un peu buté.

— Tiens, tiens, tiens, ai-je murmuré pensivement avec un sourire.

Bill m'a aidée à monter les marches de la véranda, puis à traverser la vieille demeure pour gagner ma chambre – celle dans laquelle ma grand-mère avait dormi pendant tant d'années. Les murs étaient maintenant repeints en jaune pâle et les boiseries en blanc cassé. Les rideaux, également de couleur blanc cassé mais parsemés de fleurs vives, étaient assortis au dessus-de-lit.

Je suis allée dans la salle de bains me brosser les dents. Quand j'en suis ressortie, je portais toujours la chemise d'Eric.

— Enlève ça, m'a lancé Bill.

— Écoute, Bill, en temps normal, je serais chaude comme la braise, mais ce soir…

— C'est juste que je déteste te voir dans cette chemise.

Eh bien eh bien eh bien! Voilà qui n'était pas désagréable… Néanmoins, s'il poussait ce petit jeu à l'extrême, ça pouvait devenir lassant.

— Bon, d'accord!

J'ai poussé un soupir qui a dû s'entendre de la cave au grenier.

— Eh bien, il va falloir que j'enlève cette vilaine chemise, alors.

Et j'ai commencé à défaire les boutons un à un, lentement. Je savais que Bill avait les yeux rivés sur mes mains et je prenais tout mon temps, écartant les pans de la chemise au fur et à mesure. J'ai fini par l'envoyer voler et je suis restée là sans bouger, dans le slip en dentelle blanche de Pam.

Le soupir de Bill valait tous les compliments de la terre. Au diable les ménades. Sous son regard, je me sentais aussi belle qu'une déesse.

Peut-être que j'irais faire un petit tour à Ruston chez *Foxy Femme Lingerie*, quand j'aurais ma journée. Ou peut-être que le magasin que Bill avait acheté possédait un rayon lingerie?

Il n'a pas été facile d'expliquer à Sam que je devais aller à Dallas. Il avait été vraiment formidable lorsque j'avais perdu ma grand-mère. C'était un bon ami, un excellent patron et de temps en temps, un beau fantasme. Je me suis contentée de lui dire que j'avais besoin de vacances. Dieu sait que je n'en avais jamais pris. Mais Sam a vu clair tout de suite. Et ça ne lui plaisait pas. Ses beaux yeux bleu vif sont devenus brûlants, son visage s'est changé en masque de pierre et même ses cheveux blonds cuivrés semblaient crépiter. Il s'est pratiquement muselé pour ne pas le dire, mais il était évident que pour lui, Bill n'aurait jamais dû accepter de me laisser partir.

Cependant, Sam ne connaissait pas tous les détails des relations que j'entretenais avec les vampires, tout comme Bill était le seul parmi tous les vampires que je connaissais, à avoir compris que Sam était un métamorphe. Et je m'efforçais de ne pas aborder le sujet avec Bill. Je ne tenais pas à ce qu'il réfléchisse à Sam plus que nécessaire. Il aurait pu voir en lui un ennemi, ce que je voulais éviter à tout prix. Bill est un ennemi... redoutable.

Après des années passées à lire les pensées des gens et à récolter des informations dont je ne veux pas, je sais garder un secret, et je suis douée pour contrôler les expressions de mon visage. Je dois

cependant admettre qu'il me fallait toute mon énergie pour avoir des relations avec Bill et Sam sans
aucune interférence entre les deux.

Après m'avoir donné son accord, Sam s'est laissé
retomber contre le dossier de son fauteuil. Son torse
mince et musclé disparaissait sous un large T-shirt
bleu vif à l'effigie du *Merlotte*. Il était en jean, un
vieux jean délavé mais propre, qu'il portait avec de
lourdes bottes sans âge. Je m'étais assise en face
de lui, de l'autre côté de son bureau, avec la porte
fermée derrière moi. Je savais qu'on ne pouvait pas
nous entendre avec tout le brouhaha du bar, le juke-
box qui braillait du zarico et les types éméchés qui
beuglaient. Mais quand on aborde un sujet comme
celui des ménades, on baisse la voix. Je me suis penchée par-dessus le bureau.

Sam m'a aussitôt imitée. J'ai posé la main sur son
bras et j'ai lâché dans un souffle :

— Sam, il y a une ménade qui rôde sur la route de
Shreveport.

Il est demeuré impassible pendant une seconde
interminable, puis tout à coup, il est parti d'un
grand rire incontrôlable.

Il a mis trois bonnes minutes à se reprendre. Trois
minutes durant lesquelles j'ai senti la colère me
gagner assez sérieusement.

— Excuse-moi, excuse-moi, répétait-il, avant de
se remettre à rire de plus belle.

Quand on en est la cause, c'est quelque peu
agaçant.

Il a quitté son fauteuil et fait le tour du bureau, en
essayant de réprimer ses hoquets incessants. Je me
suis levée à mon tour. Je fumais.

— Je suis désolé, Sookie, a-t-il déclaré en me prenant par les épaules. Je n'ai jamais vu de ménade,
mais il paraît qu'elles sont désagréables. En quoi ça
te concerne, cette histoire de ménade ?

— Ça me concerne parce qu'elle n'est pas contente, et tu le saurais si tu voyais les cicatrices que j'ai dans le dos, ai-je rétorqué sèchement.

Là, il a changé de visage.

— Tu as été blessée ? Que s'est-il passé ?

Je lui ai tout raconté. J'ai évité d'insister sur le côté dramatique de l'histoire et édulcoré quelque peu le protocole de guérison préconisé par les vampires de Shreveport. Malgré tout, il a voulu voir mes cicatrices. Alors, je me suis retournée et il a soulevé mon tee-shirt – jusqu'au soutien-gorge, pas plus. Il n'a pas fait un bruit, mais soudain, j'ai senti un contact sur mon dos et j'ai compris qu'il avait embrassé ma peau. J'ai frissonné. Il a rabattu mon T-shirt et m'a fait pivoter vers lui.

— Je suis vraiment désolé, a-t-il murmuré avec un accent d'une profonde sincérité.

Il ne riait plus, à présent. Absolument plus. Il se tenait tout près de moi. Je pouvais presque sentir la chaleur de son corps et l'électricité crépitant dans les poils fins de ses bras.

J'ai pris une profonde inspiration.

— J'ai peur qu'elle ne s'en prenne à toi. Que veulent les ménades comme tribut, Sam ?

— Ma mère racontait toujours à mon père qu'elles adorent les hommes fiers.

Pendant un moment, j'ai cru qu'il me taquinait de nouveau. Mais il était clair, à sa façon de me regarder, qu'il n'y songeait même pas.

— Les ménades n'aiment rien tant que diminuer un homme orgueilleux et le tailler en pièces. Littéralement.

— Beurk ! Et elles ne varient jamais leur menu ?

— Elles peuvent se rabattre sur le gros gibier. Ours, tigres, ou autres espèces de ce genre.

— Pas évident de dénicher un tigre en Louisiane ! Peut-être qu'on pourrait lui trouver un ours.

Mais comment l'amener jusqu'au territoire de la ménade ?

J'y ai réfléchi un instant, sans toutefois trouver de réponse.

— J'imagine qu'elle le voudrait vivant... ai-je rajouté sur un ton interrogateur.

Mais Sam ne semblait pas vraiment préoccupé par le problème. Il me regardait fixement. Il a hoché la tête. Il s'est penché vers moi et m'a embrassée.

J'aurais dû voir le coup venir.

Il dégageait une telle chaleur après Bill, dont le corps ne devient jamais chaud – très légèrement tiède, peut-être. Ses lèvres étaient brûlantes, et sa langue aussi. Notre baiser a été profond, intense, inattendu, avec cette sensation d'excitation que vous éprouvez quand on vous fait un cadeau dont vous ignoriez, avant de le recevoir, à quel point vous le désiriez. Ses bras m'ont enserrée, les miens se sont noués autour de son cou, et nous nous sommes perdus dans ce moment... jusqu'à ce que je revienne sur terre.

Je me suis un peu écartée, et il a relevé lentement la tête.

— J'ai vraiment besoin de changer d'air quelque temps, ai-je dit.

— Pardon, Sookie, a-t-il murmuré. Ça faisait des années que j'attendais ça.

À partir de là, il y avait plusieurs options pour gérer la situation. Mais j'ai fait appel à toute ma détermination.

— Écoute, Sam, tu sais bien que je suis...

— Amoureuse de Bill.

Amoureuse, je n'en étais pas tout à fait sûre. Mais je l'aimais, et je m'étais engagée vis-à-vis de lui. Pour simplifier les choses, j'ai hoché la tête.

Je ne pouvais pas lire clairement dans les pensées de Sam, puisqu'il n'est pas vraiment humain, mais il aurait fallu que je sois simple d'esprit et télépathiquement déficiente, pour ne pas sentir les flots de frustration et de désir qui émanaient de lui.

Après une minute, pendant laquelle nous avons réussi à nous dégager et nous écarter l'un de l'autre, j'ai repris :

— Ce que je voulais dire, c'est que cette ménade s'intéresse de près aux bars, et que celui-ci n'est pas tenu par un humain tout à fait normal, tout comme le bar d'Eric à Shreveport. Alors, tu devrais faire attention à toi.

Sam a semblé touché que je prenne la peine de l'avertir et a repris espoir.

— Merci, Sookie. La prochaine fois que je changerai, je serai prudent dans les bois.

Je n'avais même pas pensé à la possibilité que Sam puisse rencontrer la ménade lors de ses transformations. J'en suis retombée sur ma chaise.

— Oh, non ! lui ai-je dit fermement. Tu ne dois absolument pas te transformer.

— Dans quatre jours, ce sera la pleine lune, a répondu Sam après avoir jeté un œil au calendrier. Je n'aurai pas le choix. J'ai déjà demandé à Terry de me remplacer.

— Qu'est-ce que tu lui dis ?

— Que j'ai un rendez-vous. Ne t'inquiète pas, il ne consulte jamais le calendrier et n'a jamais remarqué que c'est la pleine lune chaque fois que je l'appelle pour me remplacer.

— C'est déjà ça. Est-ce que la police est revenue pour Lafayette ?

— Non. Et j'ai engagé un nouveau cuisinier, un copain de Lafayette. Il s'appelle Khan.

— Comme dans Shere Khan ?

— Comme dans Chaka Khan.

— Si tu veux. Il sait cuisiner, au moins ?

— Il s'est fait virer du *Shrimp Boat*.

74

— Pour quelle raison?

— Tempérament artistique, je crois, a répondu Sam, pince-sans-rire.

— Il n'aura pas beaucoup l'occasion de l'exprimer ici.

J'avais déjà la main sur la poignée de la porte. J'étais contente d'avoir eu cette brève conversation avec Sam. Elle avait permis de détendre un peu l'atmosphère après cette situation aussi tendue qu'inattendue. Nous ne nous étions jamais touchés au travail. En fait, nous ne nous étions embrassés qu'une fois, quand il m'avait ramenée chez moi, après notre unique soirée en tête à tête, quelques mois auparavant. Sam était mon patron, et s'embarquer dans une histoire avec son patron, c'est toujours une mauvaise idée. S'embarquer dans une histoire avec son patron quand on fréquente un vampire, c'est aussi une mauvaise idée. Peut-être même fatale. Sam devait se trouver une femme. Et vite.

Quand je suis nerveuse, je souris toujours. Je souriais jusqu'aux oreilles lorsque j'ai lancé: « Je retourne au boulot » avant de franchir le seuil de son bureau.

J'étais perturbée par ce qui s'était passé avec Sam. Mais j'ai refoulé toutes mes émotions pour me préparer psychologiquement à servir quelques bonnes dizaines de bières.

Il n'y avait rien d'inhabituel au *Merlotte* ce soir-là. Hoyt Fortenberry, un ami de mon frère, buvait un verre avec ses copains. Kevin Prior, que je voyais plus souvent en uniforme qu'en jean, était assis avec Hoyt, mais n'avait pas l'air de s'amuser du tout. À voir sa tête, il aurait nettement préféré être dans sa voiture de patrouille avec sa collègue, Kenya. Mon frère Jason a passé la porte en compagnie de sa nouvelle conquête, Liz Barrett. On la voyait de plus en plus fréquemment à son bras, ces temps-ci.

Liz semblait toujours contente de me voir, mais elle n'essayait jamais de gagner mes faveurs : un bon point pour elle. Ma grand-mère aurait été contente de savoir que Jason sortait avec la même fille aussi régulièrement. Mon frère avait joué au play-boy dans le coin pendant des années, jusqu'à ce qu'il ait épuisé son terrain de chasse : le nombre de femmes à Bon Temps et ses environs était malgré tout limité. Il fallait que Jason se renouvelle.

Point positif supplémentaire, Liz semblait prête à ignorer les petits problèmes que Jason avait eus avec la justice.

— Salut, sœurette ! m'a-t-il lancé. Tu peux nous servir deux whiskies-7-Up ?

— Avec plaisir, lui ai-je souri.

Emportée par une vague d'optimisme, je me suis laissée aller et j'ai écouté les pensées de Liz. Elle espérait que Jason ne tarderait pas à lui passer la bague au doigt. Et le plus tôt serait le mieux : elle était presque sûre d'être enceinte.

Heureusement que j'ai des années d'expérience derrière moi et que je sais contrôler mon expression. Je les ai servis, en me protégeant soigneusement contre d'autres pensées que j'aurais pu capter par mégarde, et j'ai essayé de réfléchir à ce que je pouvais faire. C'est ce qu'il y a de pire avec la télépathie : ce que les gens pensent mais ne disent pas est précisément le genre de choses que les autres, comme moi par exemple, n'ont pas envie de savoir. Croyez-moi, j'ai surpris suffisamment de secrets pour étouffer tout un troupeau de chameaux, et pas un seul ne m'a rapporté quoi que ce soit.

Si Liz était enceinte, il ne fallait pas qu'elle boive d'alcool. Et ce, qui que soit le père.

Je l'ai observée discrètement. Elle a pris une petite gorgée avant de reposer son verre, en veillant à cacher le niveau avec sa main. Elle a bavardé avec

Jason une minute, puis Hoyt a interpellé mon frère et Jason a pivoté sur son tabouret pour se tourner vers son ancien copain de lycée. Liz a contemplé son cocktail comme si elle était prête à le vider d'un trait. Avant qu'elle ne fasse une bêtise, je lui ai tendu un autre verre, rempli uniquement de 7-Up, et j'ai subtilisé l'autre.

Elle m'a regardée avec des yeux ronds.

— Ce n'est pas bon pour toi.

Je lui parlais à mi-voix.

Liz est subitement devenue blême sous son teint mat.

— Tu as la tête sur les épaules, Liz.

Je me creusais la cervelle pour trouver un moyen de lui expliquer mon geste. Je violais délibérément mon code de conduite personnel : ne jamais me laisser influencer par ce que je découvrais par accident dans l'esprit des gens.

— Tu as la tête sur les épaules, tu sais quoi faire, ai-je ajouté.

À ce moment-là, Jason s'est retourné, et un autre client m'a appelée à une de mes tables. Comme je le rejoignais pour prendre sa commande, j'ai vu Portia Bellefleur s'encadrer dans la porte. Elle a scruté la pénombre de la salle comme si elle cherchait quelqu'un. À ma grande surprise, ce quelqu'un n'était autre que moi.

— Sookie, vous avez une minute ?

J'aurais pu compter les discussions que j'avais eues avec Portia Bellefleur sur une seule main ou même un seul doigt. Que pouvait-elle bien me vouloir ?

Je lui ai indiqué une place libre du menton.

— Asseyez-vous là. J'arrive.

— Bon. Autant boire quelque chose en attendant, alors. Vous avez du merlot ?

— Oui. Je vous apporte ça tout de suite.

Je lui ai préparé son verre avec soin et je l'ai posé sur un plateau. Après avoir jeté un coup d'œil dans la salle pour m'assurer que tous mes clients étaient servis, j'ai rejoint Portia avec sa commande. Je me suis juste assise en face d'elle, sur le rebord de ma chaise, pour que tout le monde puisse voir que j'étais prête à sauter sur mes pieds si quelqu'un voulait renouveler sa consommation. J'ai vérifié que l'élastique de ma queue de cheval n'avait pas glissé et je lui ai souri.

— Que puis-je faire pour vous ?

Elle avait l'air fascinée par son verre de vin. Elle le faisait tourner entre ses doigts. Elle a bu une petite gorgée, puis l'a reposé sur le dessous de verre, bien au milieu.

— J'ai un service à vous demander.

Tiens donc. Dans la mesure où je n'avais jamais échangé plus de deux phrases avec Portia, il était clair qu'elle avait besoin de quelque chose.

— Laissez-moi deviner : votre frère vous a envoyée me demander de lire dans les pensées des clients du bar, histoire de voir si je peux apprendre quelque chose sur cette fameuse orgie à laquelle Lafayette aurait participé. C'est ça ?

Comme si je ne l'avais pas vue venir, avec ses gros sabots.

Portia semblait plutôt mal à l'aise, mais bien déterminée.

— Il ne vous aurait jamais demandé ça, Sookie, mais il a de gros ennuis.

— Il ne m'aurait jamais demandé ça parce qu'il ne m'aime pas. Bien qu'il n'y ait pas eu un seul jour de toute sa vie où j'aie été désagréable avec lui. Mais maintenant qu'il a vraiment besoin de moi, monsieur n'hésite pas à me demander un service.

Portia était en train de perdre sa pâleur distinguée au profit d'un rouge tomate peu seyant. Ce n'était

78

pas très gentil de ma part de l'attaquer sur les problèmes de son frère, mais, après tout, elle avait accepté d'être sa messagère. Et on sait ce qui arrive aux messagers.

Cela m'a rappelé le rôle que j'avais joué la veille. J'aurais peut-être dû m'estimer heureuse de m'en être sortie à si bon compte, finalement.

— Je n'étais pas d'accord, a-t-elle grommelé.

Elle trouvait humiliant de s'abaisser à demander une faveur à une simple serveuse. Une Stackhouse, qui plus est.

Personne n'aimait l'idée que j'aie un « don ». Personne n'avait envie d'être soumis personnellement à mon talent. En revanche, tout le monde aurait aimé que je l'utilise à leur profit. Et ils se moquaient bien de savoir ce que cela me faisait de filtrer les pensées généralement ignobles ou ineptes des clients pour glaner quelques précieuses informations.

— Vous aviez probablement oublié que, récemment, Andy a arrêté mon frère pour meurtre ?

Il avait dû le relâcher, il est vrai. Mais tout de même.

Si Portia s'était empourprée davantage, il aurait fallu appeler les pompiers.

— Soit. Faites comme si je n'avais rien dit, a-t-elle rétorqué en se drapant dans sa dignité. Nous n'avons pas besoin de l'aide d'une détraquée comme vous, de toute façon.

Portia s'était toujours montrée polie avec moi, à défaut d'être amicale. J'avais dû la piquer au vif.

— Écoutez-moi bien, Portia Bellefleur. Je vais faire ce que je peux. Et ce ne sera ni pour vous, ni pour votre frère, mais parce que j'aimais bien Lafayette. C'était un ami, et il a toujours été adorable avec moi. On ne peut pas en dire autant de vous, ni d'Andy.

— Je ne vous aime pas.

— Ça m'est bien égal.

— Il y a un problème, mon ange ? a demandé une voix fraîche dans mon dos.

C'était Bill. J'ai abaissé mes barrières mentales pour ressentir le vide reposant derrière moi. Les esprits des gens bourdonnaient comme des abeilles dans un bocal, mais celui de Bill était comme un globe rempli d'air. Merveilleux. Portia s'est levée si brusquement qu'elle a failli renverser sa chaise. Elle était terrifiée à la seule idée de se trouver près de Bill, comme s'il était un serpent venimeux.

— Portia était simplement venue me demander un service.

J'ai remarqué soudain que notre petit trio commençait à attirer l'attention.

— En retour de toutes les gentillesses que les Bellefleur ont eues pour toi, sans doute ? a rétorqué Bill.

C'en était trop pour Portia. Elle a tourné les talons et traversé le bar d'un pas décidé. Bill l'a regardée partir avec une étrange expression de satisfaction

— Il va falloir que je me penche là-dessus maintenant, ai-je fait remarquer en m'appuyant contre lui.

Ses bras sont venus m'encercler. Ça me donnait un peu l'impression d'être câlinée par un arbre.

— Les vampires de Dallas ont pris leurs dispositions, m'a-t-il annoncé. Pourrais-tu partir demain soir ?

— Et toi ?

— Je voyagerai dans mon cercueil, si tu veux bien t'occuper du déchargement à l'aéroport. Ensuite, on aura toute la nuit pour découvrir ce que les vampires de Dallas attendent de nous.

— Il va falloir que je loue un corbillard pour t'emmener à l'aéroport !

— Non, chérie. Contente-toi de t'y rendre en taxi. Il existe un service de transports exprès pour ça.

— Juste pour emporter les vampires d'un endroit à un autre pendant la journée ?

— Absolument. Ils ont une licence spéciale et un accord avec les douanes.

Il allait me falloir un petit moment pour me faire à cette idée.

— Tu veux une bouteille ? Sam en a mis à tiédir.

— Oui, s'il te plaît. O positif, si tu as.

O positif, mon groupe sanguin. Comme c'était mignon ! Je lui ai fait un grand sourire. Et pas mon sourire tendu habituel. Un vrai sourire, de ceux qui viennent du cœur. Nous avions certes nos problèmes de couple, mais j'avais tellement de chance d'être avec lui. Comment avais-je pu en embrasser un autre... Je me suis empressée de chasser cette pensée dès qu'elle s'est présentée à mon esprit.

Bill m'a rendu mon sourire – le spectacle n'étant pas le plus rassurant qui soit, car il était content de me voir.

— Tu peux te libérer dans combien de temps ? a-t-il chuchoté en se penchant pour me parler à l'oreille.

J'ai consulté ma montre.

— Une demi-heure.

— Bon. Alors, je t'attends.

Il s'est assis à la table que Portia venait de libérer, et je lui ai apporté sa bouteille de sang.

Kevin est venu le saluer et a fini par s'asseoir pour discuter avec lui. Je n'ai pas pu m'approcher plus de deux fois pour saisir des bribes de leur conversation. Ils parlaient des faits divers qui avaient secoué notre petite ville, du prix de l'essence et des chances respectives des candidats au poste de shérif lors de la prochaine élection. La conversation était si normale que j'en rayonnais de fierté. Quand Bill avait commencé à fréquenter le *Merlotte*, l'atmosphère avait été plutôt tendue. Maintenant, les clients allaient et venaient comme si de rien n'était. Certains lui adressaient juste un signe en passant, d'autres allaient jusqu'à lui parler, mais personne n'en faisait une histoire. Les vampires avaient déjà assez de problèmes comme ça avec la loi, sans en avoir, en plus, sur le plan social.

Quand Bill m'a raccompagnée à la maison, il avait l'air tout excité. Je ne voyais pas trop pourquoi, jusqu'à ce que je comprenne qu'il se faisait une joie d'aller à Dallas.

— Tu as des fourmis dans les jambes ? lui ai-je demandé, intriguée, mais également un peu inquiète qu'il ait la bougeotte.

— J'ai voyagé pendant des années, Sookie. Ces longs mois passés à Bon Temps ont été merveilleux, a-t-il aussitôt ajouté, en me tapotant affectueusement la main. Mais il est naturel que je me réjouisse de rendre visite à mes semblables. Les vampires de Shreveport ont trop de pouvoir sur moi. Je ne peux pas vraiment me laisser aller, quand je suis avec eux.

— Est-ce que les vampires étaient aussi bien organisés, avant qu'ils ne soient officiellement reconnus ?

En général, j'évitais de poser trop de questions sur le monde des vampires, car je ne savais jamais comment Bill réagirait. Mais je mourais de curiosité.

— Pas de la même manière.

Il se montrait évasif. J'ai bien senti que je n'en saurais pas plus. Ce qui ne m'a pas empêchée de pousser un soupir. Monsieur Mystère. Les vampires avaient fixé des limites très claires. Par exemple, aucun médecin n'avait le droit de les examiner, et ils ne pouvaient en aucun cas être appelés sous les drapeaux. En échange, le gouvernement américain avait demandé à tous les vampires qui avaient embrassé la carrière médicale, médecins ou infir-

82

mières, de rendre leur stéthoscope : les humains ne parvenaient pas à faire confiance à un profession-nel de santé buveur de sang. Pourtant, officiellement et aux yeux de la plupart des humains, le vampirisme n'était qu'une réaction allergique extrême à une combinaison variable de différents produits comprenant notamment l'ail et la lumière du jour.

Bien qu'étant moi-même du genre humain, même si j'étais un spécimen étrange, il ne fallait pas m'en conter. J'avais été ravie de croire que Bill était effec-tivement affecté d'une maladie répertoriée. Je savais maintenant que les créatures que l'on s'était empressé de ranger parmi les mythes et légendes avaient une fâcheuse tendance à se révéler bel et bien réelles. Prenons la ménade. Qui aurait pu croire qu'une légende de la Grèce antique pourrait se promener dans les bois du nord de la Louisiane ?

Peut-être même y avait-il réellement des lutins au fond du jardin, comme le chantait ma grand-mère quand elle étendait le linge.

— Sookie ?

La voix de Bill se faisait doucement insistante.

— Oui ?

— Tu m'as l'air bien songeuse.

— Je pensais juste au futur, ai-je répondu de façon évasive. Et au vol aussi. Il va falloir que tu me fasses un topo détaillé : à quelle heure je dois arriver à l'aéroport, quels vêtements je dois emporter...

Bill a commencé à réfléchir à la question pendant que la voiture s'engageait dans l'allée de la maison. Je savais qu'il prenait mes questions au sérieux. C'était l'une des nombreuses qualités que j'appré-ciais chez lui.

— Avant que tu ne fasses ta valise, m'a-t-il dit un peu plus tard, je dois te parler de quelque chose.

Sous l'arc de ses sourcils sombres, son regard s'était fait très sérieux.

J'étais plantée au milieu de ma chambre, devant mon armoire ouverte quand, j'ai soudain compris qu'il me parlait.

— De quoi ?

— De techniques de relaxation.

Je me suis tournée vers lui, les mains sur les hanches.

— Mais enfin, de quoi parles-tu ?

— De ça.

Et il m'a soulevée dans ses bras façon Rhett Butler dans *Autant en emporte le vent*. Malgré ma tenue, un pantalon en toile en guise de robe rouge à crinoline, il a réussi à me donner l'impression que j'étais la plus éblouissante, la plus inoubliable des Scarlett O'Hara. Il n'a même pas eu besoin de se battre contre l'escalier : le lit était à deux pas.

En général, Bill fait les choses en douceur, en prenant son temps. À tel point que, parfois, j'ai envie de hurler avant même d'atteindre le moment fatidique. Mais ce soir-là, sans doute à cause de l'excitation du voyage et de l'imminence du départ, il avait nettement accéléré son rythme. Nous avons atteint la lumière au même moment et, comme nous restions allongés l'un contre l'autre, tremblant encore des petites secousses qui prolongent l'amour, je me suis demandé ce que les vampires de Dallas allaient penser de notre association...

Je n'étais allée qu'une fois à Dallas, en terminale. Je n'en gardais pas un très bon souvenir. J'étais encore maladroite et je ne savais pas me protéger efficacement des pensées véhiculées sans relâche par les autres. J'avais été profondément affectée par le fait que ma meilleure amie, Marianne, m'abandonne et sorte avec un camarade de classe, un certain Dennis Engelbright. Et puis c'était la première fois que je quittais la maison.

Mais ce serait différent cette fois, me suis-je dit très fermement. J'y allais sur la demande des vampires de Dallas. Ça, c'était glamour, non ? On avait besoin de moi pour mes facultés exceptionnelles. Je devais veiller à ne pas penser à mes aptitudes comme à un handicap. J'avais appris à contrôler ma télépathie instinctive. Du moins avais-je grandement gagné en précision et en fiabilité. J'avais mon homme avec moi. Et personne n'allait m'abandonner.

Pourtant, je dois bien avouer qu'en repensant à cette première visite à Dallas, j'ai versé quelques larmes avant de m'endormir.

4

Il faisait une chaleur d'enfer à Dallas, en particulier sur la piste. En fin de compte, l'automne n'avait tenté qu'une brève percée avant de capituler devant un retour en force de l'été. Des courants d'air torrides, charriant toutes les odeurs et les bruits de l'aéroport de Dallas Fort Worth, semblaient s'être donné rendez-vous au pied de la rampe de déchargement de l'avion que j'avais attendu. J'avais voyagé normalement, sur une ligne commerciale, mais Bill avait bénéficié d'un transport spécial.

Je faisais le pied de grue, en secouant les pans de ma veste de tailleur pour essayer vainement de me rafraîchir, quand un prêtre catholique s'est approché de moi.

Au début, par respect pour son col emblématique, je n'ai pas osé le repousser, même si je n'avais aucune envie de parler à qui que ce soit. Je venais de prendre l'avion pour la première fois, et j'étais encore sous le coup de cette nouvelle expérience. Et j'avais encore d'autres obstacles à franchir.

— Puis-je vous être utile ? m'a demandé le petit homme. Excusez-moi, mais je n'ai pas pu m'empêcher de remarquer votre pénible situation.

Habillé tout de noir comme tout homme d'Église qui se respecte, il semblait déborder de compassion.

Il avait aussi l'attitude des gens habitués à recevoir un bon accueil même lorsqu'ils s'adressent à de parfaits inconnus. Il avait cependant une coupe de cheveux que je trouvais bizarre pour un prêtre : ses cheveux châtains étaient un peu trop longs et emmêlés. Il arborait également une moustache. Cela dit, sur le moment, je n'y ai pas beaucoup prêté attention.

— Ma situation ?

Je ne l'avais pas vraiment écouté. Je venais d'apercevoir le cercueil en bois verni à la porte de l'avion. Bill était un incorrigible traditionaliste. Un cercueil en métal aurait pourtant été plus pratique pour le voyage. Des employés en uniforme le faisaient glisser vers le sommet de la rampe – sans doute l'avaient-ils équipé de roulettes. La compagnie avait promis à Bill qu'il arriverait à destination sans une égratignure. Et les hommes en armes alignés derrière moi veillaient à ce qu'aucun fanatique ne se rue sur le cercueil pour faire sauter le couvercle. C'était l'une des options dont la compagnie Anubis Air faisait la publicité. À la demande de Bill, j'avais également précisé qu'il devait être le premier à sortir de la soute.

Jusque-là, tout s'était bien passé.

J'ai levé les yeux vers le ciel assombri. Les lumières de l'aéroport s'étaient allumées quelques minutes auparavant. La tête de chacal noir sur la queue de l'appareil n'en paraissait que plus sauvage, dans la lumière crue qui créait de nouvelles zones d'ombre profonde. J'ai consulté ma montre pour la énième fois.

— Oui, je suis vraiment navré.

J'ai lancé un regard distrait à mon visiteur indésirable. Était-il monté dans l'avion à Baton-Rouge ? Son visage ne me disait rien. Mais j'avais été plutôt nerveuse durant tout le vol.

— Je suis désolée mais pourquoi ? Il y a un problème ?

Il a pris un air ostensiblement abasourdi.

— Eh bien...

Il a hoché la tête en direction du cercueil qui descendait maintenant la rampe sur le tapis roulant.

— Votre deuil, a-t-il ajouté. Un être cher, sans doute ?

Il s'est encore rapproché.

— Eh bien, naturellement, ai-je dit, à mi-chemin entre la perplexité et l'exaspération.

Que faisait-il ici ? L'aéroport ne payait quand même pas un prêtre pour accueillir toutes les personnes qui accompagnaient un cercueil ! Et surtout pas déchargé par Anubis Air.

— Sinon pourquoi serais-je ici à attendre ?

J'ai commencé à m'inquiéter.

Lentement, prudemment, j'ai abaissé mes barrières mentales pour examiner les pensées de l'inconnu qui se tenait à mes côtés. Oui, je sais, je sais : violation de sa vie privée. Mais il ne s'agissait pas que de ma propre sécurité. J'étais aussi responsable de celle de Bill.

Le prêtre, qui se trouvait être un puissant émetteur, pensait lui aussi à la tombée de la nuit, avec autant d'intensité que moi, mais aussi beaucoup d'appréhension. Et il espérait que ses amis étaient bien là où ils étaient censés se trouver.

En m'efforçant de ne rien montrer de mes soupçons, j'ai de nouveau levé les yeux vers le ciel. Il ne restait qu'une faible lueur crépusculaire dans le ciel du Texas.

— Votre époux, peut-être ?

Il a refermé sa main sur mon bras.

Vraiment louche. Je lui ai jeté un regard. Il observait les porteurs qui s'activaient dans la soute. Tous arboraient le logo d'Anubis Air sur leurs combinaisons noir et argent. Son regard s'est ensuite porté sur les employés de l'aéroport qui se préparaient à charger le cercueil sur une espèce de long chariot capitonné. Il voulait… Que voulait-il exactement ? Il était préoccupé. Il attendait que tous les hommes regardent ailleurs. Il ne voulait pas qu'ils le voient. Qu'ils ne le voient pas faire quoi ?

— Non. C'est mon petit ami.

Je ne voulais pas éveiller ses soupçons. Ma grand-mère m'a appris la politesse, mais elle ne m'a pas appris à être bête. J'ai subrepticement ouvert mon sac pour prendre la bombe lacrymogène que Bill m'avait donnée pour parer à toute éventualité. Je l'ai cachée dans ma main, le bas ballant le long de ma jambe. J'ai voulu m'écarter du faux prêtre et de ses intentions indéchiffrables, mais il a immédiatement resserré son emprise sur mon bras. C'est à ce moment-là que le cercueil s'est brusquement ouvert.

Les deux bagagistes qui étaient dans l'avion avaient sauté à terre. Ils se sont inclinés profondément. Celui qui avait guidé le cercueil pour le mettre sur le chariot a lâché un « Merde ! » retentissant avant de les imiter (un petit nouveau, je présume). Ce déballage d'obséquiosité faisait aussi partie des extras d'Anubis Air, mais je le trouvais vraiment surfait.

Le prêtre a crié « Seigneur, aidez-moi ! ». Mais au lieu de tomber à genoux, comme on aurait pu s'y attendre, il s'est porté d'un bond sur ma droite, m'a saisie par le bras qui tenait la bombe lacrymogène et a commencé à me tirer derrière lui.

Au début, j'ai cru qu'il essayait de me protéger du danger que représentait le cercueil ouvert. Et j'imagine que c'est l'impression qu'ont eue les bagagistes, tout absorbés qu'ils étaient par le rôle qu'ils jouaient en tant qu'employés d'Air Anubis. Car personne n'a bougé, pas même quand j'ai hurlé : « Lâchez-moi ! » à pleins poumons. Le « prêtre » tentait à présent de courir, m'entraînant toujours à sa suite. Je freinais des deux pieds, les talons aiguilles plantés dans le bitume, et je me débattais en secouant le bras. Je ne suis pas vraiment du genre à laisser quelqu'un m'emmener là où je n'ai pas envie d'aller. Pas sans me défendre, en tout cas.

— Bill !

Je commençais à avoir vraiment peur. Le prêtre n'était pas un colosse, mais il était tout de même plus grand et plus lourd que moi, et presque aussi déterminé. J'avais beau lui opposer autant de résistance que possible, centimètre par centimètre, il me rapprochait d'une porte réservée au personnel. Un vent chaud et sec venait de se lever. Si j'utilisais ma bombe, les produits chimiques me reviendraient en pleine figure.

Bill s'était redressé lentement dans son cercueil et jetait à présent un regard circulaire autour de lui, en se passant la main dans les cheveux.

La porte de service s'est ouverte. Il y avait du monde derrière. Le prêtre avait donc des renforts…

— Bill !

J'ai senti un violent courant d'air autour de moi. Le prêtre m'a brusquement lâchée. Détalant comme un lapin sur une piste de lévriers, il s'est faufilé par la porte. J'ai trébuché. Je serais tombée sur les fesses si Bill n'avait pas ralenti pour me retenir.

— Salut, mon bébé !

J'étais terriblement soulagée. J'ai tiré sur la veste de mon tailleur tout neuf et me suis félicitée d'avoir pensé à me remettre du rouge à l'atterrissage. Puis j'ai jeté un coup d'œil dans la direction que le prêtre avait prise, tout en rangeant ma bombe lacrymogène dans mon sac.

— Ça, c'était franchement dingue.

— Ça va, Sookie ? s'est inquiété mon vampire en se penchant pour m'embrasser, sans se soucier une seule seconde des murmures impressionnés des bagagistes qui travaillaient sur un charter à côté de la porte d'Anubis Air.

Le monde entier avait peut-être découvert, deux ans plus tôt, que, loin d'être des personnages légendaires destinés à faire le bonheur des amateurs de films d'horreur, les vampires cohabitaient avec nous depuis toujours, mais beaucoup de gens n'en avaient encore jamais vu en chair et en os.

Bill les ignorait souverainement – il est très doué pour ignorer les choses qu'il n'estime pas dignes de son attention.

— Oui, oui, ça va, ai-je répondu d'un ton légèrement hébété. Je me demande pourquoi il tentait de m'enlever.

— Il a peut-être cru que je te menaçais.

— Non, je ne pense pas. Il avait l'air de très bien savoir que je t'attendais et de tenir à m'emmener avant que tu te réveilles.

— Voilà un problème qui mérite plus ample réflexion, s'est contenté de répondre Bill, roi incontesté de l'euphémisme. En dehors de cet étrange incident, comment s'est déroulée ta soirée?

— Le vol? Ça a été, ai-je répondu, laconique et boudeuse.

— Rien d'anormal?

Le ton de sa voix s'était fait un tantinet ironique. Il savait parfaitement que j'étais vexée.

— Étant donné que je n'avais jamais voyagé en avion avant, j'ignore ce que tu considères comme normal en la matière, ai-je rétorqué, acerbe. Je dirai que tout s'est passé sans incident jusqu'à ce que le prêtre apparaisse.

Bill a haussé les sourcils, avec cet air supérieur qu'il prend parfois, pour m'intimer de m'expliquer plus précisément.

— Je suis convaincue que cet homme n'était pas un prêtre. Que fabriquait-il à la descente de l'avion?

Pourquoi est-il venu me parler ? Ce qui est sûr, c'est qu'il attendait que tout le staff d'Anubis Air regarde ailleurs.

— On discutera de tout ça en privé, a répliqué mon vampire, jetant un œil sur l'attroupement qui se formait autour de l'avion.

Il a fait quelques pas en direction des employés d'Anubis Air et les a réprimandés à voix basse parce qu'ils n'étaient pas venus à mon secours. C'est du moins ce que j'ai compris, à voir la façon dont ils blêmissaient et se sont mis soudain à bafouiller. Puis il m'a prise par la taille et nous nous sommes dirigés tranquillement vers le terminal.

— Livrez le cercueil à l'adresse indiquée sur le côté, a-t-il lancé par-dessus son épaule. J'ai réservé au *Silent Shore*.

Le *Silent Shore* était le seul hôtel de toute la région de Dallas à avoir entrepris les importants travaux de rénovation nécessaires pour recevoir dignement la nouvelle clientèle des vampires. D'après la brochure, c'était l'un des plus somptueux et vénérables hôtels du centre de Dallas. Je n'avais encore jamais vu le centre de Dallas, ni aucun somptueux et vénérable hôtel.

Bill s'est arrêté en bas d'un petit escalier crasseux qui débouchait sur le grand hall d'accueil des passagers.

— Maintenant, raconte-moi tout, m'a-t-il ordonné.

J'ai levé les yeux vers lui et me suis exécutée, lui relatant par le menu les événements survenus depuis mon arrivée. Il était d'une pâleur cadavérique. Il devait mourir de faim. La blancheur de sa peau faisait ressortir le noir de ses sourcils, et ses yeux semblaient encore plus sombres que de nature.

Il m'a ouvert une porte, et je me suis brusquement retrouvée plongée dans la bruyante agitation de l'un des plus grands aéroports du monde.

— Et tu n'as pas sondé son esprit ?

— Mes barrières étaient encore en place, à cause du vol. Le temps que j'y pense, tu sortais déjà de ton cercueil, et il s'est mis en fuite. Pourtant, juste avant, j'ai eu une drôle d'impression…

J'ai hésité. C'était un peu tiré par les cheveux.

Bill attendait la suite sans rien dire. Il n'est pas du genre à perdre sa salive pour rien. Il me laisse toujours finir. Nous nous sommes immobilisés en même temps, avant de nous déplacer vers un mur.

— J'ai eu l'impression qu'il était là pour me kidnapper. Je sais, ça a l'air délirant. Qui pourrait savoir qui je suis, ici à Dallas ? Qui aurait pu savoir que j'allais attendre ton avion ? C'est pourtant bel et bien l'impression que j'ai eue.

Bill a pris mes mains tièdes dans ses mains fraîches.

J'ai levé la tête vers lui. Non pas qu'il soit si grand que ça, ou que je sois si petite que ça, mais je dois quand même lever les yeux pour le regarder. C'est d'ailleurs quelque chose dont je suis assez fière : je peux le regarder droit dans les yeux sans succomber au fameux charme des vampires. Pourtant, parfois, je voudrais bien que Bill puisse effacer certains de mes souvenirs – celui de la ménade, par exemple. Mais c'est impossible.

Bill était en train de réfléchir à ce que je venais de lui dire, enregistrant les éléments en vue de futurs recoupements éventuels.

— Alors, tu t'es ennuyée pendant le vol ? m'a-t-il demandé à brûle-pourpoint.

— Pas du tout, en fait, ai-je avoué. J'ai d'abord vérifié que les gens de chez Anubis t'avaient bien embarqué et installé dans la soute de leur avion. Après, je suis montée à bord du mien, et l'hôtesse nous a montré ce qu'il fallait faire en cas de crash. J'étais assise juste à côté d'une sortie de secours.

Elle nous a dit de changer de place si nous pensions ne pas pouvoir gérer une situation d'urgence. Mais moi je crois que je pourrais, non ? Gérer une situation d'urgence, je veux dire ? Et puis, elle m'a apporté un magazine et une boisson.

En tant que barmaid, j'avais rarement l'occasion de me faire servir. J'avais adoré ça.

— Je suis persuadé que tu peux gérer à peu près n'importe quelle situation, Sookie. As-tu eu peur au moment du décollage ?

— Non. Mais j'étais un peu tendue à cause de ce soir. En dehors de ça, c'était génial.

— Je suis désolé de ne pas avoir pu être avec toi, a-t-il dit dans un murmure qui m'a enveloppée comme de l'eau fraîche.

Il m'a serrée contre lui. J'ai chuchoté contre sa chemise :

— Ce n'est pas grave.

Je le pensais presque.

— Tu sais l'effet que ça fait, quand on prend l'avion pour la première fois : c'est à la fois excitant et effrayant. Mais tout s'est bien passé… jusqu'à l'atterrissage.

Je pouvais geindre et râler, mais j'étais réellement heureuse que Bill se soit levé à temps pour me guider dans l'aéroport. Je me sentais de plus en plus dans la peau de la petite cousine de province qui débarque dans la grande ville.

Nous n'avons pas reparlé du prêtre, mais je savais que Bill n'avait pas dit son dernier mot. Il m'a emmenée récupérer les bagages, puis nous nous sommes mis en quête d'un taxi. Il aurait très bien pu me laisser quelque part et s'en occuper tout seul, mais, comme il me l'a rappelé à maintes reprises, il fallait que j'apprenne à me débrouiller seule, surtout si nos affaires nous amenaient à atterrir quelque part en plein jour.

Bien que l'aéroport soit bondé de gens maussades et chargés comme des baudets, j'ai réussi à m'orienter en suivant les pancartes, avec quelques petits coups de pouce de la part de Bill de temps à autre. Après avoir renforcé mes barrières mentales : il était déjà suffisamment dur de baigner dans l'abattement et la lassitude des voyageurs sans avoir à supporter la liste détaillée de leurs lamentations. J'ai indiqué la station de taxis au porteur qui s'occupait de nos bagages – que Bill aurait facilement pu prendre sous un seul bras. Quarante minutes après l'émergence de Bill, nous étions en route pour l'hôtel. Les employés d'Anubis Air avaient promis à Bill qu'ils livreraient son cercueil dans sa chambre dans les trois heures suivant l'atterrissage. Nous verrions bien. S'ils ne respectaient pas leurs engagements, nous avions droit à un voyage gratuit.

J'avais oublié l'immensité de Dallas depuis la fin de mes années de lycée sept années plus tôt. La densité de la circulation et les lumières de la ville m'impressionnaient. Tournée vers la vitre, je contemplais tout avec de grands yeux de gamine émerveillée. Quant à Bill, il me regardait avec un petit sourire indulgent plutôt agaçant.

— Tu es très jolie, Sookie. Tu as très bien choisi tes vêtements, ils sont parfaits.

— Merci.

Ça m'a rassurée. Et flattée. Bill avait tenu à ce que j'aie l'air « professionnelle ». Quand je lui avais demandé « professionnelle de quoi ? », il m'avait lancé un de ses regards. Je portais donc un tailleur anthracite avec un chemisier blanc, des perles aux oreilles, un sac en cuir noir et des escarpins. J'avais même tiré mes cheveux en arrière pour me faire un chignon avec un accessoire que j'avais commandé à la télévision. Mon amie Arlène m'avait aidée. À mon avis, je ne pouvais pas faire plus professionnel – un peu trop employée des pompes funèbres, peut-être, mais Bill avait l'air d'approuver. J'avais acheté toute la panoplie chez *Tara's Togs* et mis le tout sur son compte. Car il s'agissait de frais de représentation. Je ne pouvais donc pas me plaindre d'avoir dû faire des dépenses inutiles.

Je me serais sentie beaucoup mieux dans ma tenue du *Merlotte*. Entre un short avec un tee-shirt, et une robe avec un collant, le choix est vite fait pour moi. De plus, avec mon uniforme de serveuse, j'aurais pu porter mes Adidas, au lieu de ces maudits talons aiguilles. J'ai poussé un soupir.

Le taxi s'est garé devant l'hôtel, et le chauffeur est descendu pour sortir nos bagages du coffre. Nous avions pris des vêtements pour trois jours. Si les vampires de Dallas avaient suivi mes directives, je pourrais accomplir ma mission et nous serions de retour à Bon Temps dès le lendemain soir, pour y vivre à l'abri du danger et de la politique des vampires. Mais il valait mieux ne pas trop compter là-dessus, aussi avais-je prévu quelques tenues de rechange.

Je suis descendue de voiture pendant que Bill payait le chauffeur. Un chasseur de l'hôtel était déjà en train de charger les bagages sur un chariot. Il s'est tourné vers Bill.

— Bienvenue au *Silent Shore*, monsieur. Je m'appelle Barry et je...

Bill s'est approché de la porte, et la lumière du hall de l'hôtel a éclairé son visage.

— ... je suis votre porteur, a achevé Barry d'une voix mal assurée.

Je l'ai remercié pour lui laisser le temps de se reprendre.

Il ne devait pas avoir plus de dix-huit ans. Ses mains tremblaient un peu. J'ai sondé son esprit pour déterminer la source de son désarroi.

Après avoir fouillé rapidement, je me suis aperçue, à ma très grande surprise, que Barry était également télépathe. Mais il en était encore au stade où j'en étais quand j'avais douze ou treize ans. Le pauvre était en très mauvais état. Il était parfaitement incapable de se contrôler et ses barrières étaient en ruines. Pour couronner le tout, il était en pleine phase de déni. J'étais partagée entre l'envie de le serrer dans mes bras et celle de le secouer comme un prunier. Puis j'ai compris que son secret ne m'appartenait pas. J'ai détourné les yeux et je me suis balancée d'un pied sur l'autre, comme quelqu'un qui s'ennuie.

— Je vais vous suivre avec vos bagages, a-t-il marmonné.

Bill lui a souri avec douceur. Barry lui a rendu un sourire hésitant, puis s'est concentré sur son chariot. C'était sans doute l'apparence de Bill qui l'avait secoué, puisque Barry ne pouvait pas lire dans ses pensées – c'est l'attrait principal des morts vivants pour les personnes comme moi. Barry allait devoir apprendre à se détendre au contact des vampires, puisqu'il avait accepté de travailler dans un hôtel spécialement aménagé pour eux.

Pour certaines personnes, tous les vampires sont terrifiants. Pour moi, ça dépend du vampire. Je me souviens de la première fois que j'ai vu Bill. Je l'ai trouvé extrêmement différent, c'est vrai, mais il ne m'a pas vraiment effrayée.

Je n'aurais pas pu en dire autant de la vampire qui nous attendait dans le hall de l'hôtel. En voilà une qui vous donnait des frissons. Le pauvre Barry devait appeler sa mère chaque fois qu'il l'approchait ! Elle nous a abordés au moment où, après avoir signé le registre à la réception, Bill rangeait sa carte de crédit dans son portefeuille – à ce propos, essayez donc d'obtenir une carte de crédit quand vous avez cent soixante ans. La croix et la bannière !

J'ai profité de ce que Bill tendait un pourboire à Barry pour me cacher derrière mon vampire, en espérant qu'elle ne me remarquerait pas.

— Bill Compton ? L'investigateur de Louisiane ?

Sa voix était aussi calme et fraîche que celle de Bill, mais sans la moindre inflexion. Elle était morte depuis belle lurette. Elle était blanche comme un linge et aussi plate qu'une planche à repasser. Sa longue robe bleu et or ne faisait rien pour améliorer les choses, au contraire : elle accentuait son extrême pâleur et sa silhouette longiligne dépourvue de formes. Sa tresse châtain clair qui tombait sous ses fesses et le vert étincelant de ses yeux la rendaient plus étrange encore.

— Oui.

Les vampires ne se serrent pas la main. Bill et elle se sont regardés, puis ont échangé un léger signe de tête.

— C'est elle ?

Elle a dû agiter la main dans ma direction, dans un de ces mouvements rapides comme l'éclair, parce que j'ai vaguement détecté une tache floue du coin de l'œil.

— Laissez-moi vous présenter ma compagne et collègue, Sookie Stackhouse, a répondu Bill en acquiesçant d'un hochement de tête.

La vampire a marqué une pause, puis a opiné du chef pour lui faire comprendre qu'elle avait bien saisi le sous-entendu. Puis elle s'est présentée à son tour.

— Je suis Isabel Beaumont. Après avoir récupéré vos bagages et pris le temps de vous installer confortablement dans votre chambre, vous descendrez me rejoindre ici.

— Je dois me nourrir, lui a dit Bill.

Isabel m'a jeté un regard pensif, probablement étonnée que je ne subvienne pas aux besoins de mon compagnon. Mais ça ne la regardait pas.

— Il vous suffira d'appeler le room service, a-t-elle dit.

Quant à moi, misérable mortelle, il ne me resterait plus qu'à commander à la carte. Mais en réfléchissant aux délais impartis, j'ai compris que je me sentirais bien mieux si j'attendais d'avoir réglé l'affaire de ce soir pour dîner.

Une fois les bagages posés au milieu de la chambre, assez grande pour contenir un lit double et un cercueil, le silence, dans le petit salon (on nous avait réservé une suite), est vite devenu insupportable. Il y avait bien un minibar rempli de Pure-Blood, mais je savais que ce soir Bill n'allait pas pouvoir s'en contenter.

— Il faut que je téléphone, Sookie.

Nous en avions déjà discuté, avant le départ.

— Oui, bien sûr.

Sans le regarder, j'ai quitté la pièce en refermant la porte derrière moi. Il était obligé de se nourrir sur une autre pour que je puisse garder mes forces en prévision de la soirée, mais je n'étais pas obligée de regarder ni d'apprécier. Quelques minutes plus tard, on a frappé à la porte de la suite, et j'ai entendu Bill faire entrer quelqu'un, son dîner sur pattes, je présume. Il y a eu quelques chuchotements, suivis d'un gémissement étouffé.

Malheureusement pour ma tension, qui s'élevait dangereusement, j'avais trop de bon sens pour jeter ma brosse à cheveux ou une de ces fichues chaussures à talon à travers la pièce. Il me restait peut-être également une part de dignité, ainsi qu'une certaine conscience de la quantité de caprices que Bill était à même d'accepter. À la place, j'ai défait ma valise et commencé à ranger mes produits de toilette dans la salle de bains.

Les vampires n'ont aucun besoin d'équiper leurs habitations de toilettes. J'ai pu noter à cette occasion que s'ils le font toutefois, il leur arrive d'oublier le papier.

Peu de temps après, j'ai de nouveau entendu la porte de la suite s'ouvrir et se refermer. Puis Bill a frappé avant d'entrer dans la chambre. Il avait les joues fraîches et roses, les traits parfaitement détendus.

— Prête ? m'a-t-il demandé.

C'est alors que j'ai brusquement pris conscience de ce qui m'attendait. Mon premier vrai contrat pour les vampires. J'ai été de nouveau prise de sueurs froides. Si j'échouais, ma vie ne tiendrait plus qu'à un fil, et Bill pourrait devenir encore plus mort qu'il ne l'était déjà. J'ai hoché la tête, la gorge sèche.

— Ne prends pas ton sac.

— Pourquoi ?

J'ai examiné l'objet en question avec des yeux ronds. Qui aurait pu s'y opposer ?

— On peut cacher des choses dans un sac, m'a-t-il expliqué.

Des choses comme des pieux, ai-je supposé.

— Tu n'as qu'à mettre la clé de la chambre dans ta poche. Tu en as une, au moins ?

— Non.

— Eh bien, glisse-la dans tes sous-vêtements.

J'ai soulevé ma jupe pour que Bill se rende très exactement compte de la nature exacte de ce dont je disposais pour caser la clé. J'ai terriblement apprécié l'expression sur son visage.

— C'est... euh... ça doit être... ce qu'on appelle un string ? a balbutié Bill d'un ton soudain préoccupé.

— Ça doit être ça, oui. Je n'ai pas jugé utile de pousser le look professionnel jusqu'aux sous-vêtements sur ma peau.

— Et quelle peau, a murmuré Bill. Si bronzée, si... satinée.

— Eh oui, j'ai décidé de ne pas porter de collant.

J'ai coincé le petit rectangle en plastique sous la lanière qui barrait ma hanche droite.

— Oh! Je ne pense pas que ça tiendra, a dit Bill en fixant sur la clé de grands yeux lumineux. Nous pourrions nous retrouver séparés, il faut absolument que tu l'aies sur toi.

J'ai décalé le rectangle.

— Sookie! Tu ne pourras jamais l'attraper là en cas d'urgence! Nous devons... euh, nous devons y aller.

Bill s'est secoué pour sortir de sa transe.

— Bon... puisque tu insistes.

Et j'ai lissé ma jupe de tailleur sage sur mon sous-vêtement.

Il m'a lancé un regard plein de rancune, puis a tapoté ses poches comme le font tous les hommes pour s'assurer qu'ils n'ont rien oublié : geste étonnamment humain pour un vampire. Ça m'a touchée plus que je ne saurais l'expliquer. Nous nous sommes ensuite adressé un petit hochement de tête, avant de marcher d'un même pas vers l'ascenseur. Isabel Beaumont devait déjà nous attendre, et quelque chose me disait qu'elle n'en avait pas vraiment l'habitude...

La vampire sans âge, qui semblait n'avoir que trente-huit ans tout au plus, se tenait exactement telle que nous l'avions laissée. Ici au *Silent Shore*, Isabel n'avait pas besoin de jouer la comédie : elle était libre de se comporter en vampire, ce qui comprend des périodes d'immobilité à durée illimitée. Les gens s'agitent tout le temps. Ils se sentent obligés d'avoir l'air affairés, tendus vers un objectif précis. Les vampires, eux, peuvent se contenter d'occuper l'espace sans avoir à le justifier.

Lorsque nous sommes sortis de l'ascenseur, Isabel ressemblait à une statue. On aurait presque été tenté d'y accrocher son chapeau. Ce que l'on aurait amèrement regretté.

Son système d'alerte personnel avait dû l'avertir et, quand nous sommes arrivés à moins de deux mètres d'elle, elle a tourné les yeux vers nous, tel un automate. Puis, comme si quelqu'un venait d'appuyer sur le bouton de mise en marche, elle a tendu le bras vers la droite.

— Suivez-moi, nous a-t-elle ordonné en se dirigeant vers la sortie.

Elle semblait glisser sur le sol. Barry a juste eu le temps d'ouvrir la porte devant elle. Il a quand même eu la présence d'esprit de baisser les yeux sur son passage – tout ce que vous avez entendu dire sur le pouvoir du regard des vampires est absolument vrai.

Comme on pouvait s'y attendre, le véhicule d'Isabel était une Lexus noire, avec toutes les options dernier cri. Les vampires ne se déplacent pas avec n'importe quoi. Bizarrement, elle a attendu que j'aie bouclé ma ceinture avant de démarrer. Bill et elle ne se sont pas donné cette peine. Nous nous sommes retrouvés immédiatement plongés dans la circulation de Dallas, au milieu d'une large avenue. Isabel était du genre silencieux. Néanmoins, après cinq bonnes minutes de trajet, elle a semblé se secouer, comme si elle s'était souvenue qu'elle avait des ordres.

Nous étions en train de tourner à gauche. Je regardais une sorte d'étendue herbeuse et j'aperçus une forme incertaine qui pouvait être une borne historique. Elle a pointé un long doigt décharné vers la droite.

— Le TSBD, le dépôt des livres scolaires du Texas, a-t-elle annoncé.

J'ai vu qu'elle se sentait obligée de me le montrer. Ce qui signifiait qu'elle en avait reçu l'ordre. Très intéressant, ça. J'ai tourné les yeux dans la direction indiquée et observé avec curiosité le grand bâtiment en briques rouges. Je m'étais attendue à quelque chose de plus impressionnant.

— C'est là que le président Kennedy a été assassiné ?

J'étais terriblement impressionnée. C'était comme si je m'étais retrouvée devant le dirigeable Hindenburg ou une autre légende tout aussi chargée d'histoire.

Isabel a opiné imperceptiblement, ce que je n'ai pu déceler que parce que sa tresse avait bougé.

— Il y a un musée dans le dépôt, a-t-elle ajouté.

Voilà quelque chose que j'aimerais bien voir en plein jour. Si nous restions ici assez de temps, j'irais à pied, ou peut-être en taxi, pendant que Bill dormirait dans son cercueil.

Nous avons bientôt quitté le quartier des affaires pour une partie plus résidentielle de la ville. Les premiers bâtiments que j'ai vus restaient de taille modeste, avec des lignes simples. Mais, progressivement, les maisons sont devenues de plus en plus grandes, comme si elles avaient pris des anabolisants – même si les terrains ne semblaient pas vraiment plus étendus. Notre destination n'a pas tardé à se profiler : un énorme édifice, planté au milieu d'une minuscule parcelle. Même dans le noir, la disproportion entre la pelouse et la maison cubique frisait le ridicule.

J'ai regretté que le trajet n'ait pas duré un peu plus longtemps, voire beaucoup plus longtemps.

Nous nous sommes garés dans la rue, en face du manoir – car c'est à cela que ressemblait la bâtisse. Bill est descendu et m'a tenu la portière. Je suis restée un instant plantée sur le trottoir. Je n'étais pas vraiment pressée de m'attaquer au... projet. Je savais qu'il y avait des vampires à l'intérieur. En grand nombre. Je le sentais, tout comme j'étais capable de sentir la présence des humains. La différence, c'était qu'au lieu de percevoir les flux de pensées qui trahissaient l'activité mentale des humains, je détectais des... comment expliquer ça ? Il y avait des vides dans l'espace, à l'intérieur de la maison. Chaque vide représentait un vampire. J'ai fait quelques pas en direction de la porte d'entrée, et là, enfin, j'ai perçu un premier effluve mental humain.

Le perron était éclairé, et j'ai aperçu les briques beiges des murs bordés de blanc. Je savais qu'on avait allumé la lumière à mon intention : les vampires voient aussi bien dans le noir qu'un humain en plein jour, et avec une bien meilleure acuité. Isabel s'est approchée de la porte nichée au creux d'une succession d'arches de brique de taille décroissante. Une jolie couronne de vigne et de fleurs séchées masquait presque le judas. Une décoration habilement humaine. De fait, rien dans l'aspect extérieur de cette demeure ne la distinguait des autres maisons surdimensionnées devant lesquelles nous étions passés. Rien ne laissait deviner qu'elle abritait des vampires.

Mais ils étaient bel et bien là. Et en force. Tout en suivant Isabel à l'intérieur, j'ai fait le décompte : quatre dans la pièce principale à laquelle la porte d'entrée donnait directement accès, deux dans le couloir, et au moins six dans la cuisine, laquelle semblait avoir été conçue pour préparer de véritables banquets. Il était clair que le premier propriétaire de cette maison, celui qui l'avait fait construire, n'était pas un vampire. Lorsque les vampires conçoivent leurs plans, ils ne laissent qu'un espace minuscule pour la cuisine – ou l'excluent totalement. Ils n'ont besoin que d'un réfrigérateur pour stocker leurs bouteilles de sang de synthèse et d'un micro-ondes pour les réchauffer. Que cuisine-raient-ils ?

Devant l'évier, un grand humain efflanqué faisait la vaisselle. Peut-être y avait-il des domestiques humains à demeure, finalement. Il s'est à moitié retourné quand nous sommes entrés dans la pièce. Il portait des lunettes et il a hoché la tête en me regardant passer. Mais Isabel nous entraînait déjà dans ce qui semblait être la salle à manger, et je n'ai pas eu le temps de lui parler.

Bill était tendu. Je ne pouvais peut-être pas lire dans ses pensées, mais je le connaissais assez pour remarquer ses épaules crispées. Aucun vampire n'est parfaitement décontracté quand il pénètre sur le ter-ritoire d'un de ses semblables. Les vampires ont autant de règlements et de lois que n'importe quelle autre communauté organisée. Ils s'arrangent seule-ment pour les tenir secrets. Mais je commençais à les déchiffrer.

Je n'ai pas tardé à repérer le leader parmi tous les vampires de la maisonnée. Il était assis en compa-gnie d'autres vampires à la longue table qui trônait au centre de l'immense pièce. Il avait tout d'un véri-table geek. Du moins, c'est l'impression que j'ai eue de prime abord, avant que je ne me rende compte qu'il s'était soigneusement déguisé en geek. Il était très étrange, dans sa différence. Ses cheveux blonds gominés étaient peignés en arrière. Il était d'une sta-ture mince et ordinaire. Ses lunettes aux montures noires n'étaient que pur camouflage. Il portait une chemise oxford à fines rayures, rentrée dans un pan-talon en polyester et coton. Sa peau était livide – évidemment – et parsemée de taches de rousseur. Ses yeux étaient pourvus de cils transparents, et ses sourcils à peine visibles.

— Bill Compton, a dit le geek.

— Stan Davis, a dit Bill.

— Oui. Bienvenue à Dallas.

Il avait un léger accent. *Il s'appelait Stanislaus Davidovitz de son vivant.* Cette information inattendue m'est venue à l'esprit, et je me suis empressée de l'effacer comme on efface une ardoise. Si l'un des vampires s'apercevait qu'il m'arrivait de capter une pensée perdue dans le silence de leur esprit, je serais exsangue avant d'avoir eu le temps de comprendre ce qui m'arrivait.

Même Bill n'était pas au courant.

J'ai enfoui ma peur au plus profond de moi, tandis que les yeux décolorés de Stan Davis me détaillaient de la tête aux pieds.

— Bel emballage.

Je suppose que ce commentaire était censé être élogieux. Une espèce de petite claque dans le dos pour Bill.

Bill a incliné la tête en silence.

Les vampires ne se montrent jamais très loquaces. Un humain, dans la position de Stan Davis, aurait demandé à Bill comment allait Eric, son supérieur ; il l'aurait discrètement menacé, au cas où je n'aurais pas été à la hauteur de ses espérances, et nous aurait peut-être présentés aux principaux vampires présents. Pas Stan Davis. Le chef des vampires a levé la main, et un jeune vampire hirsute et hispanique a quitté la pièce. Il n'a pas tardé à revenir avec une fille qu'il tenait fermement par le bras. Quand elle m'a vue, la fille s'est mise à hurler et s'est jetée vers moi, se débattant pour essayer d'échapper à l'emprise du vampire.

— Aidez-moi ! s'est-elle égosillée. Je vous en supplie, aidez-moi !

Pas de doute, j'avais affaire à une idiote. Qu'aurais-je pu faire pour l'aider contre toute une armée de vampires ? Cet appel au secours était parfaitement ridicule. C'est ce que je me suis répété plusieurs fois de suite, à toute vitesse, pour réussir à garder mon sang-froid et à exécuter la tâche qu'on m'avait confiée.

J'ai planté mes yeux dans les siens et j'ai porté un doigt à mes lèvres pour lui faire signe de se taire. Dès qu'elle a pu me regarder, ses yeux se sont accrochés aux miens et elle a obéi. Non que j'aie le pouvoir hypnotique des vampires. Mais je n'ai strictement rien de menaçant. J'ai le parfait physique de la brave fille qui fait un job sous-payé dans une petite ville du Sud : blonde, la poitrine généreuse, jeune, et bronzée. Il se peut que je n'aie pas l'air d'être très maligne. À mon avis, c'est parce que beaucoup de gens – et de vampires – pensent qu'à partir du moment où vous êtes blonde, jolie et où vous faites un travail peu reluisant, vous êtes forcément niaise.

Je me suis tournée vers Stan Davis, soulagée d'avoir Bill derrière moi pour me soutenir.

— Monsieur Davis, vous devez bien être conscient que j'ai besoin d'un peu plus d'intimité pour interroger cette fille. J'aimerais également savoir ce que vous cherchez.

La fille a éclaté en longs sanglots déchirants… et incroyablement énervants, étant donné les circonstances.

Les yeux délavés de Davis se sont rivés aux miens. Pas pour m'hypnotiser, ni pour me soumettre à sa volonté. Juste pour m'examiner de plus près.

— Je croyais que votre compagnon connaissait les termes de mon accord avec son chef de zone, a répondu Stan Davis.

D'accord. Message reçu. Je n'étais même pas digne de son mépris : on ne méprise pas une humaine. Que j'aie seulement osé lui adresser la parole était aussi incongru qu'aurait pu l'être la supplique d'un poulet s'adressant à un client chez KFC. Néanmoins, il fallait bien que je sache où j'allais.

— Il est parfaitement clair que vous avez rempli toutes les conditions posées par la Cinquième Zone, ai-je insisté, faisant de mon mieux pour empêcher ma voix de chevroter. Et je peux vous assurer que je vais faire de mon mieux. Mais si j'ignore ce que je cherche, je ne peux pas commencer.

— Nous voulons retrouver l'un de nos frères, a-t-il fini par lâcher.

Je me suis efforcée de ne rien laisser paraître de ma stupeur.

Comme je l'ai déjà dit, certains vampires, comme Bill, vivent seuls. D'autres préfèrent la sécurité d'une vie en groupe, d'un nid. Ceux qui ont partagé le même nid pendant un certain temps se donnent du « frère » ou du « sœur » entre eux. Certains nids subsistent pendant plusieurs dizaines d'années. Il y en a même un, à La Nouvelle-Orléans, qui a duré plus de deux siècles. Je savais, pour l'avoir appris de la bouche de Bill avant notre départ de Louisiane, que les vampires de Dallas appartenaient à un nid particulièrement développé.

Je suis loin d'être un neurochirurgien mais, même moi, j'ai compris que, pour un vampire aussi puissant que Stan Davis, perdre un de ses frères de nid n'était pas seulement surprenant, mais également humiliant.

Or, les vampires apprécient d'être humiliés à peu près autant que les humains.

— Pourriez-vous me donner des détails, s'il vous plaît ? ai-je demandé de mon ton le plus neutre.

— Cela fait cinq nuits que mon frère Farrell n'a pas regagné le nid, a répondu Stan Davis.

Je savais qu'ils avaient certainement passé au crible les terrains de chasse de prédilection du disparu et interrogé tous les vampires de Dallas pour retrouver la trace de Farrell. Pourtant, comme tout humain l'aurait fait à ma place, je ne pouvais manquer de poser la question pour m'en assurer. Mais lorsque j'ai ouvert la bouche, Bill m'a discrètement touchée dans le dos. Comme je jetais un petit coup d'œil derrière moi, il a secoué la tête très légèrement. Stan Davis aurait pris ma question comme une terrible insulte. J'ai donc changé mon fusil d'épaule.

— Et la fille ?

Elle s'était calmée, mais tremblait toujours comme une feuille. Le vampire hispanique qui la tenait par le bras semblait être la seule chose qui l'empêchait de s'effondrer.

— Elle travaille dans le club où Farrell a été vu pour la dernière fois. C'est l'un de nos établissements : le *Bat's Wing*.

Les vampires ont une nette propension à investir leur argent dans les bars, qui fonctionnent à plein régime la nuit. Curieusement, un pressing tenu par un vampire n'a pas le même cachet qu'un bar bondé de vampires.

Au cours des deux dernières années, les bars à vampires étaient devenus les endroits les plus prisés des noctambules. Les fangbangers, les humains pathétiques qui tombaient dans l'obsession des vampires, hantaient les bars à vampires, souvent déguisés et grimés à l'image de leurs idoles, dans l'espoir d'attirer leur attention. Quant aux touristes, ils venaient lorgner les fangbangers et les morts vivants. Il était relativement dangereux de travailler dans ces bars.

J'ai lancé un regard au vampire hispanique, en lui désignant l'une des chaises autour de la table. Il a poussé la fille et l'a obligée à s'asseoir. Je me suis penchée vers elle, prête à me glisser dans son esprit. Elle n'avait pas la moindre protection mentale. J'ai fermé les yeux.

Elle s'appelait Bethany et avait vingt et un ans. Elle s'était toujours considérée comme l'enfant terrible de la famille, une vraie dure. Jusque-là, elle n'avait eu aucune idée des ennuis qu'elle pouvait s'attirer. Le fait d'avoir postulé au *Bat's Wing* avait été le grand geste rebelle de sa vie. Mais l'initiative allait peut-être s'avérer fatale.

J'ai relevé les yeux vers Stan Davis.

— Nous sommes bien d'accord : si elle me donne les informations que vous cherchez, elle repart libre et sans qu'il lui soit fait aucun mal.

Je savais que je prenais un risque terrible. Davis avait déjà indiqué qu'il comprenait les conditions du contrat. Mais j'avais besoin d'en être sûre.

J'ai entendu Bill pousser un soupir excédé derrière moi. Pas très heureux, le garçon. Stan Davis était tellement furieux que ses yeux se sont mis à luire, l'espace d'un instant.

— Oui, a-t-il craché, ses canines à moitié sorties. J'ai donné mon accord.

Nos regards sont restés rivés l'un à l'autre une seconde. Nous savions tous les deux que moins de deux ans auparavant les vampires de Dallas auraient enlevé Bethany et l'auraient torturée jusqu'à ce qu'ils aient obtenu la dernière miette d'information qu'ils auraient pu lui arracher – et quelques-unes qu'elle aurait inventées.

L'intégration des vampires dans la société américaine et la révélation publique de leur existence avaient certes eu beaucoup d'avantages pour eux. Mais il y avait aussi un prix à payer. Dans ce cas précis, le prix de mes services.

— À quoi ressemble Farrell ?

— À un cow-boy, a répondu Stan Davis sans la moindre touche d'humour. Il porte toujours un jean, une chemise fermée par des boutons-pression en fausse nacre et ces espèces de lacets qui font office de cravate.

Les vampires de Dallas ne semblaient pas très au fait de la mode. Peut-être que j'aurais pu garder mon uniforme de serveuse, finalement.

— Couleur des yeux ? Des cheveux ?

— Il a les cheveux bruns grisonnants et les yeux marron. Une mâchoire large. Il mesure environ... un mètre... quatre-vingt-cinq...

Il avait manifestement dû faire une conversion.

— Vous lui donneriez entre trente-huit et quarante ans, a-t-il poursuivi. Il n'a ni barbe ni moustache et il est plutôt maigre.

— Accepteriez-vous que j'emmène Bethany ailleurs ? Avez-vous une pièce plus petite, plus privée ?

J'ai pris un air aussi engageant que possible.

Stan Davis a agité la main, presque trop vite pour que je puisse percevoir son geste, et en une seconde, littéralement, tous les vampires présents ont disparu. Tous, sauf Bill et lui, bien entendu. Je n'avais pas besoin de regarder Bill pour savoir qu'il se tenait debout, adossé au mur, prêt à intervenir à la moindre alerte. J'ai pris une profonde inspiration. Il était temps de passer aux choses sérieuses.

— Comment ça va, Bethany ? ai-je demandé à la fille, en m'efforçant de prendre un ton bienveillant.

— Comment savez-vous mon nom ? s'est-elle écriée, en s'effondrant brusquement sur son siège.

Elle était assise sur une chaise à roulettes. Je l'ai fait tourner pour la diriger face à la mienne. Stan présidait toujours, en bout de table. Je pouvais l'apercevoir du coin de l'œil, derrière moi, sur ma gauche.

— Je sais pas mal de choses sur toi, Bethany, ai-je repris d'une voix qui se voulait chaleureuse et omnisciente.

J'ai alors commencé à trier les pensées de son esprit, comme on cueille des pommes sur un arbre.

— Tu avais un chien baptisé Woof quand tu étais petite, et ta mère fait les meilleurs gâteaux à la noix de coco du monde. Un jour, ton père a tellement perdu au poker que tu as dû mettre ta Playstation au clou pour l'aider à rembourser ses dettes de jeu sans que ta mère s'en rende compte.

Elle était bouche bée. Pendant un instant du moins, elle avait complètement oublié le danger terrifiant qu'elle courait.

— C'est dingue! s'est-elle exclamée. Vous êtes aussi calée que le médium de la télé, celui de la pub!

— Je ne suis pas médium, Bethany. Je suis télépathe, ai-je rectifié un peu trop sèchement. Ça veut dire que je peux lire dans tes pensées. Même celles dont tu n'as absolument pas conscience. Maintenant, je vais te détendre, puis nous allons nous souvenir de cette soirée où tu travaillais au bar. Pas celle d'aujourd'hui, mais celle d'il y a cinq jours.

J'ai consulté Stan du regard. Il a hoché la tête en silence.

— Mais je ne pensais pas du tout aux gâteaux de ma mère! a protesté Bethany, s'accrochant à ce qui l'avait frappée.

J'ai réprimé un soupir.

— Tu ne t'en es peut-être pas aperçue, mais tu y as bel et bien pensé. Ça t'a traversé l'esprit quand tu as regardé cette vampire très pâle, Isabel. Son visage était si blanc que ça t'a rappelé le glaçage des gâteaux de ta mère. Et, du coup, tu as repensé à ton chien qui te manquait tellement, parce que tu pensais à tes parents, auxquels tu allais tellement manquer.

Les mots étaient à peine sortis de ma bouche que j'ai compris que j'avais commis une erreur. Et ça n'a pas raté: confrontée à sa situation actuelle, elle s'est remise à pleurer.

— Alors pourquoi êtes-vous ici? a-t-elle demandé entre deux sanglots.

— Je suis là pour t'aider à te souvenir, Bethany.

— Mais vous avez dit que vous n'étiez pas médium.

— Et je ne le suis pas.

Vraiment ? Par moments, je me demandais s'il n'y a pas un peu de ça dans mon don – c'est ainsi que les vampires considèrent mon handicap. Quant à moi, j'y avais toujours vu une malédiction, jusqu'à ce que je rencontre Bill.

— En touchant des objets, les médiums parviennent à obtenir des informations sur leurs propriétaires. Certains ont des visions du passé ou de l'avenir. D'autres communiquent avec les morts. Moi, je suis télépathe. Je lis dans les pensées des gens. Théoriquement, il n'est pas impossible que je puisse aussi leur en envoyer, mais je n'ai encore jamais essayé.

Maintenant que j'avais rencontré un autre télépathe, l'idée me paraissait tentante. Mais j'y réfléchirais plus tard. Il fallait d'abord que je me concentre sur l'affaire en cours.

Assise en face de Bethany, genoux contre genoux, j'étais en train de prendre une série de décisions. Il était nouveau pour moi de lire volontairement dans les pensées des gens. Je passais même le plus clair de mon temps à essayer de ne pas les entendre, par tous les moyens. C'était à présent mon métier, et la vie de Bethany en dépendait très certainement. Quant à la mienne, c'était une évidence.

— Écoute, Bethany, voilà ce qu'on va faire : tu vas essayer de te rappeler cette soirée, et moi, je vais te suivre. Dans ton esprit.

— Ça va faire mal ?

— Pas du tout.

— Et après ?

— Eh bien, après, tu partiras.

— Je pourrai rentrer chez moi ?

— Bien sûr.

Avec une mémoire légèrement revue et corrigée, dc laquelle toute trace de moi-même et de cette soirée aurait été effacée. Cadeau de la maison.

— Ils ne vont pas me tuer ?

— Certainement pas.

— Vous le jurez ?

— Je le jure, ai-je répondu en réussissant à lui sourire.

— Bon, alors… d'accord.

J'ai fait légèrement pivoter sa chaise pour qu'elle ne voie pas Stan par-dessus mon épaule. Je ne savais pas ce qu'il fabriquait dans mon dos, mais le spectacle de son visage livide n'allait certainement pas aider Bethany à se détendre.

— Vous êtes jolie, vous savez, a-t-elle tout à coup murmuré.

— Merci, Bethany. Toi aussi, tu es jolie.

Elle devait l'être, en temps normal. Elle avait une bouche un peu trop petite, mais certains hommes devaient trouver ça séduisant : ça faisait une bouche en cœur. Elle avait une magnifique chevelure brune, épaisse et drue. Elle était très mince, avec une poitrine menue. Puisqu'une autre femme la regardait, elle pensait maintenant à ses vêtements froissés et à son maquillage qui avait coulé.

J'ai pris ses mains dans les miennes.

— Ne t'inquiète pas, tu es très bien comme ça, ai-je dit pour la rassurer. Maintenant, on va juste se tenir les mains une minute. Et je te jure que je n'essaie pas de te draguer.

Elle a pouffé, et j'ai senti la tension de ses doigts se relâcher. J'en ai profité pour entamer la séance.

À vrai dire, ce n'était pas vraiment nouveau pour moi. Bill m'avait encouragée à développer mes dons de télépathe et, au lieu d'essayer d'éviter de les utiliser, je m'étais entraînée pour les développer. Le

115

personnel du *Fangtasia* m'avait servi de cobayes. J'avais découvert par hasard que je pouvais hypnotiser les gens en un clin d'œil. Je n'en profitais pas pour les manipuler ou leur donner des instructions. Cela me permettait simplement de me glisser dans leur esprit avec une facilité déconcertante. Lorsque vous pouvez lire dans les pensées des gens, vous savez ce qui les détend vraiment, si bien que les plonger dans une sorte de transe devient un vrai jeu d'enfant.

— Qu'est-ce que tu t'offres quand tu veux te faire un petit plaisir, Bethany ? ai-je demandé d'une voix douce. Est-ce que tu te paies un massage, de temps en temps ? Ou peut-être que tu aimes te faire faire une manucure ?

Tout en posant ces questions, je m'immisçais délicatement dans son esprit. Il fallait que je choisisse le meilleur moyen pour atteindre mon but.

— Tu es chez le coiffeur, lui ai-je suggéré de cette même voix douce et monocorde. Et c'est ton coiffeur préféré... Jerry, qui va s'occuper de toi. Il a d'abord soigneusement brossé tes cheveux, encore et encore, et maintenant, ils sont parfaitement démêlés. Il les divise en mèches, soigneusement. Ils sont tellement épais. Il va lui falloir du temps, pour les couper, mais il est heureux de le faire parce qu'il les trouve si beaux, si soyeux... Jerry soulève une boucle, et tu entends les ciseaux faire un petit bruit. Une mèche fine tombe du peignoir en plastique et atterrit sur le sol. Tu sens ses doigts se glisser dans tes cheveux. Et il recommence sans cesse, ses doigts dans tes cheveux, il soulève une boucle, lui donne un coup de ciseaux. Parfois il les peigne de nouveau, pour vérifier sa coupe. C'est tellement agréable d'être assise là et d'avoir quelqu'un qui ne s'occupe que de toi. Tu es toute seule...

Stop. J'avais causé une sensation de malaise.

116

— Il n'y a pas grand monde, et ils sont tous aussi occupés que Jerry. L'un d'eux s'active avec le séchoir, et tu entends à peine les murmures provenant des autres fauteuils. Ses doigts se glissent dans tes cheveux, soulèvent, coupent, peignent, encore et encore, sans s'arrêter...

Je ne sais pas ce qu'un hypnotiseur professionnel dirait de ma méthode, mais elle a marché pour moi, du moins cette fois. Bethany avait l'esprit en paix, libre, vacant. Il ne me restait plus qu'à lui donner quelque chose à faire.

J'ai poursuivi avec le même ton de voix.

— Pendant que Jerry s'occupe de tes cheveux, on va aller se promener du côté de cette fameuse nuit au club. Mais il va continuer à te coiffer, ne t'inquiète pas. Tu te prépares pour aller travailler. Ne t'occupe pas de moi, je ne suis qu'un souffle d'air sur ton épaule. Tu entendras peut-être ma voix, mais elle vient d'un des fauteuils voisins dans le salon de coiffure. Tu ne comprendras même pas ce que je dis, à moins que je ne t'appelle par ton prénom.

J'informais Stan ainsi, en même temps que je rassurais Bethany. Il était temps, à présent, de plonger plus profondément dans la mémoire de Bethany.

Elle était dans son appartement. Il était minuscule, plutôt bien rangé, et elle le partageait avec une autre employée du *Bat's Wing*, une certaine Désirée Dumas. Vue à travers le regard de Bethany, Désirée semblait aussi superficielle que son nom, qu'elle avait inventé : un look affecté de sirène, un peu trop ronde et un peu trop blonde, et convaincue de son pouvoir érotique.

Suivre Bethany dans cette aventure revenait un peu à regarder un film – une très mauvaise série B. Elle avait presque une trop bonne mémoire : aucun détail ne lui échappait. En laissant de côté les épisodes les plus ennuyeux, comme sa dispute avec

Désirée sur les mérites comparés de deux différentes marques de mascara, voilà à quoi ressemblaient les souvenirs de Bethany : elle s'était préparée pour aller travailler et s'était rendue en voiture avec Désirée au club. Désirée travaillait dans la boutique cadeaux du *Bat's Wing*. Vêtue d'un bustier rouge lacé et de cuissardes noires, elle troquait des souvenirs vampiriques contre de gros billets. Elle posait aussi avec les touristes, affublée de fausses canines, en échange d'un honnête pourboire. Maigre et timide, Bethany, n'était qu'une simple serveuse. Ça faisait plus d'un an qu'elle guettait l'occasion de travailler à la boutique cadeaux. Elle ne se ferait pas de gros pourboires, comme Désirée, mais son salaire de base serait plus élevé. Et elle pourrait s'asseoir lorsqu'il n'y aurait pas de clients. Pour l'heure, elle en était toujours au même point. Elle avait beaucoup de rancœur à ce sujet, envers Désirée. Ça n'avait aucun intérêt, mais je me suis entendue en parler à Stan, comme s'il s'agissait d'une information cruciale.

Je ne m'étais jamais coulée aussi profondément dans l'esprit de quelqu'un. J'essayais bien de trier les souvenirs de Bethany au fur et à mesure, mais je n'y arrivais pas. J'ai décidé de laisser faire. Bethany était parfaitement détendue, toujours dans son salon de coiffure. Elle avait une excellente mémoire visuelle et était aussi profondément plongée que moi dans sa soirée au travail.

Dans son esprit, Bethany n'avait servi du sang de synthèse qu'à quatre vampires : une femelle à la chevelure flamboyante, une petite Hispanique boulotte aux yeux noir de jais, un adolescent aux cheveux blonds couvert de tatouages séculaires et un grand brun à la mâchoire prognathe avec une *bolo tie*, la fameuse cravate de cow-boy que Stan avait comparée à un lacet. Enfin ! L'image de Farrell était donc imprimée dans le cerveau de Bethany. Mais je devais à tout prix étouffer la surprise et la jubilation que j'éprouvais. Au contraire, je devais redoubler d'attention et diriger Bethany avec plus de fermeté.

— C'est lui, Bethany, ai-je chuchoté. Qu'a-t-il fait ? Essaie de te souvenir.

— Ah lui ! s'est-elle exclamée à voix haute.

Je m'y attendais si peu que j'ai failli tomber de ma chaise. Bethany s'était mentalement tournée vers Farrell pour l'examiner de plus près. Elle lui avait servi deux verres de O positif, et il lui avait laissé un joli pourboire.

Elle fronçait les sourcils, focalisant toute son attention sur la question que je lui avais posée. Des morceaux de la soirée commençaient à s'agglomérer et elle se tendait vers ceux qui contenaient les souvenirs du vampire aux cheveux bruns.

— Il est allé aux toilettes avec le blond, a-t-elle dit.

Je voyais dans son esprit le vampire blond tatoué, celui qui semblait si jeune. Si j'avais été douée pour le dessin, j'aurais pu faire son portrait.

Je l'ai aussitôt décrit à voix basse à l'intention de Stan :

— Un jeune vampire. Peut-être seize ans. Cheveux blonds. Tatoué.

J'ai alors cru surprendre une lueur d'étonnement dans le regard de Stan. Mais je ne m'y suis pas attardée. J'avais déjà suffisamment de choses à contrôler, comme si j'étais en train de jongler. Mais il me semblait bien avoir vu une expression de surprise passer sur le visage du vampire. Bizarre…

— Tu es sûre que c'était un vampire, Bethany ?

— Il a vidé sa bouteille de sang, a-t-elle répondu sans ciller. Il avait cette peau blanche. Rien qu'à le regarder, il me filait la chair de poule. Oui, j'en suis sûre.

Et il avait entraîné Farrell dans les toilettes ? Je trouvais cela troublant. La seule raison pour un

119

vampire d'aller dans cet endroit serait qu'il s'y trouvât un humain, avec qui il souhaitait avoir des rapports sexuels ou dont il voulait sucer le sang, ou (le summum pour tout vampire) les deux à la fois. Je me suis de nouveau immergée dans l'esprit de Bethany, replongeant avec elle dans ses souvenirs. Elle servait d'autres clients. J'ai pu les dévisager un à un, ainsi que les autres clients du bar. La plupart avaient tout du touriste inoffensif. Pourtant, l'un d'eux me disait quelque chose. C'était un homme plutôt basané avec une grosse moustache. J'ai essayé de prendre note de ses compagnons : un grand maigre avec des cheveux blonds qui lui arrivaient aux épaules, et une femme trapue avec la pire coupe de cheveux que j'aie jamais vue.

J'avais quelques questions à poser à Stan, mais il fallait d'abord en finir avec Bethany.

— Est-ce que tu l'as vu ressortir des toilettes, Bethany ? Celui qui ressemblait à un cow-boy.

Elle n'a pas répondu tout de suite.

— Non. Je ne l'ai pas revu.

J'ai cherché avec attention des blancs dans sa mémoire. Je ne pourrais jamais remplacer ce qui avait été effacé, mais peut-être pourrais-je déterminer si on avait saboté sa mémoire. Mais je n'ai rien trouvé. Et elle se donnait du mal, pourtant. Je sentais les efforts qu'elle faisait pour tenter de retrouver une image de Farrell qu'elle aurait oubliée. À la nature de ses efforts, j'ai perçu que je commençais à perdre le contrôle.

— Et le jeune blond couvert de tatouages, Bethany ?

Elle a réfléchi un moment. Elle était presque lucide, maintenant.

— Je ne l'ai pas revu non plus.

Un nom a traversé son cerveau rapidement.

— Qu'est-ce que c'est, Bethany ? ai-je demandé en maintenant un ton bas et calme.

— Rien ! Rien !

Elle avait les yeux grands ouverts, à présent. Sa coupe de cheveux était terminée. Je l'avais perdue. Ma technique n'était pas encore très au point.

Elle cherchait à protéger quelqu'un. Elle ne voulait pas qu'il lui arrive ce qu'elle endurait. Mais elle ne pouvait pas s'empêcher de penser son nom et je l'ai entendu. Je ne comprenais pas bien pourquoi elle pensait que cet homme savait quelque chose. Pourtant, elle en était certaine. Je ne gagnerais rien à l'informer que j'avais percé son secret. Je lui ai donc souri, tout en lançant à Stan, sans me retourner pour le regarder :

— Elle peut y aller. J'ai tout enregistré.

J'ai vu le soulagement se peindre sur le visage de Bethany, avant de pivoter sur ma chaise pour me tourner vers Stan. Il savait que j'avais quelque chose en tête, mais je voulais qu'il se taise. On ne sait jamais ce que pense un vampire quand il se méfie. Mais j'étais certaine qu'il me comprenait.

Il n'a pas dit un mot mais une jeune vampire est entrée dans la pièce. Elle avait dû avoir le même âge que Bethany lorsqu'elle était passée de l'autre côté. Stan avait fait le bon choix. Elle s'est penchée vers Bethany pour lui prendre la main, en lui souriant. Ses crocs étaient rétractés.

— On va t'emmener chez toi maintenant, d'accord ?

— Oh, génial ! s'est écriée Bethany, le soulagement éclairant son visage aussi clairement que des néons.

— Oh, génial, a-t-elle répété d'un ton plus hésitant. Euh... vous allez vraiment me reconduire chez moi ?

Mais la vampire avait déjà plongé les yeux dans les siens.

— Tu ne garderas aucun souvenir de ce qui s'est passé aujourd'hui, lui a-t-elle murmuré. Tu ne te rappelleras que la soirée à laquelle tu es allée.

— Une... soirée? a bredouillé Bethany d'une voix pâteuse, sans grande curiosité.

— Oui. Tu étais invitée à une soirée, souviens-toi. Une super-soirée, a poursuivi la vampire en entraînant Bethany hors de la pièce. Tu as d'ailleurs rencontré un type très mignon. Tu es même sortie avec lui...

Elle murmurait toujours en quittant la pièce. J'espérais qu'elle lui laisserait un joli souvenir...

— Alors? m'a demandé Stan une fois la porte refermée.

— Bethany croit que le videur de la boîte en sait davantage. Elle l'a vu entrer dans les toilettes juste après Farrell et le vampire que vous ne connaissez pas.

Ce que j'ignorais, de mon côté – et je me voyais mal poser la question à Stan –, c'était si les vampires couchaient ensemble. Le sexe et la nourriture étaient si intimement liés, pour eux, que je voyais mal un vampire avoir ce genre de relation avec quelqu'un qui ne soit pas humain, c'est-à-dire quelqu'un dont il ne pourrait boire le sang. Arrivait-il aux vampires de se nourrir les uns des autres s'il ne s'agissait pas d'une situation extrême? Quand l'existence d'un vampire était en jeu, je savais qu'un autre vampire pouvait lui donner son sang pour le sauver. Mais je n'avais jamais entendu parler d'autres circonstances où de tels échanges se seraient pratiqués. Décidément, je préférais ne pas demander à Stan. Peut-être pourrais-je aborder le sujet avec Bill, lorsque nous aurions quitté cette maison.

— Donc, ce que vous avez découvert dans la tête de cette fille, c'est que Farrell est venu au bar, qu'il s'est éclipsé aux toilettes avec un autre vampire, un jeune mâle blond tatoué aux cheveux longs, a récapitulé Stan. Et l'homme chargé de la sécurité du club est entré dans les toilettes pendant que les deux vampires s'y trouvaient.

— Exact.

Il y a eu un long silence. Stan devait sans doute réfléchir aux dispositions qu'il convenait de prendre. Quant à moi, j'attendais patiemment, ravie de ne pas avoir à partager ses tergiversations intérieures. Pas la moindre vision, pas même le plus vague aperçu.

Fort heureusement, de tels aperçus de l'esprit d'un vampire ne survenaient que très rarement. Je n'avais découvert que récemment que c'était possible, mais je n'en avais jamais eu avec Bill. Voilà pourquoi sa compagnie demeurait un pur plaisir pour moi. Pour la première fois de ma vie, je pouvais avoir une relation normale avec un homme. Bien sûr, ce n'était pas un homme vivant, mais on ne peut pas tout avoir.

Comme s'il avait lu dans mes pensées, Bill a posé sa main sur mon épaule. J'ai posé ma main sur la sienne, à défaut de pouvoir le serrer tout contre moi. Mauvaise idée devant Stan. Ça aurait pu lui donner faim…

— Nous ne connaissons pas le vampire qui accompagnait Farrell, a conclu Stan, ce qui semblait bien peu pour autant de réflexion.

Peut-être avait-il eu l'intention de me fournir de plus amples explications, avant de se raviser, estimant sans doute que j'étais trop bête pour comprendre. Je préférais nettement qu'il me sous-estime. L'inverse eût été beaucoup plus dangereux.

— Et qui est le videur du *Bat's Wing* ?

— Un humain qui se fait appeler Re-Bar, m'a répondu Stan avec une indéniable pointe de dégoût dans la voix. C'est un fangbanger.

Re-Bar avait donc trouvé le job de ses rêves : il travaillait avec des vampires, pour des vampires et passait toutes ses nuits en compagnie de vampires. Pour quelqu'un qui vouait un culte aux morts vivants, on ne pouvait pas faire mieux.

— Mais qu'est-ce qu'il pourrait faire si un vampire commençait à s'énerver ? ai-je demandé, intriguée.

— Il n'est là que pour les ivrognes humains. Nous avons constaté qu'un vampire avait tendance à abuser de sa force.

Je n'avais pas très envie d'y réfléchir.

— Est-ce que Re-Bar se trouve ici ?

— Il sera là dans quelques minutes, a répondu Stan sans consulter qui que ce soit. Il devait très certainement rester en contact mental avec eux d'une façon ou d'une autre. Je n'avais jamais vu ça auparavant et j'étais sûre qu'Eric et Bill ne communiquaient pas mentalement. Stan avait sans doute un don particulier.

En attendant, Bill est venu s'asseoir à côté de moi et m'a pris la main. Ça m'a réconfortée et j'ai ressenti une bouffée d'amour pour lui. Je maintenais le calme dans mon esprit : je devais garder toute mon énergie pour l'interrogatoire à venir. Mais je commençais malgré tout à m'inquiéter quant à la situation des vampires de Dallas. J'étais préoccupée par les clients que j'avais pu apercevoir, et particulièrement par cet homme que j'avais cru reconnaître.

— Oh, non ! me suis-je exclamée.

Je me suis soudain souvenue de l'endroit où je l'avais vu.

Les deux vampires se sont raidis instantanément, sur le qui-vive.

— Quoi, Sookie ? a demandé Bill.

Stan semblait sculpté dans la glace. Ses yeux brillaient d'une lueur verte. Et ce n'était pas mon imagination.

Dans ma précipitation, je me suis mise à bafouiller :

— Le prêtre ! Celui qui s'est enfui à l'aéroport, celui qui a tenté de m'enlever. Il était au bar !

Il était habillé différemment et, sur le moment, je n'avais pas fait le rapprochement. Mais maintenant que je n'étais plus dans l'esprit de Bethany, j'en étais sûre.

— Je vois, a dit Bill pensivement.

Bill bénéficie d'une mémoire infaillible. Le visage de cet homme serait à jamais gravé dans son esprit, je pouvais compter sur lui.

— Je n'ai pas cru à son déguisement, à l'aéroport. Je suis certaine qu'il était au club la nuit où Farrell a disparu... Habillé normalement, pas avec le col blanc et la chemise noire.

Il y eut un silence chargé d'électricité.

— Quoi qu'il en soit, cet homme, ce faux prêtre, n'aurait jamais pu emmener Farrell dans un endroit où il ne voulait pas aller, même avec l'aide de ses deux compagnons, a objecté Stan délicatement.

J'ai regardé mes mains et je n'ai pas soufflé mot. Je ne voulais pas être celle qui jetterait le pavé dans la mare. Bill, tout aussi prudent, n'a rien dit non plus. Finalement, c'est Stan Davis lui-même, chef des vampires de Dallas, qui a conclu :

— D'après Bethany, quelqu'un accompagnait Farrell quand il est entré dans les toilettes. Un vampire que je ne connais pas.

J'ai hoché la tête, en regardant ailleurs.

— Ce vampire a donc dû participer à l'enlèvement de Farrell, a-t-il poursuivi.

— Est-ce que Farrell est gay ? ai-je demandé, comme si cette question venait juste de me traverser l'esprit.

— Il préfère les hommes, oui, a confirmé Stan. Vous pensez que...

— Je ne pense rien du tout !

Et j'ai secoué la tête avec emphase pour bien lui montrer à quel point je ne pensais pas. Bill m'a broyé la main. Aïe !

Le silence est retombé, de plus en plus pesant, jusqu'à ce que la jeune vampire revienne avec un humain robuste que j'avais aperçu dans les souvenirs de Bethany. Il ne ressemblait pourtant pas à la vision qu'elle en avait. Il avait moins de muscles, plus de graisse et il était beaucoup moins séduisant qu'elle ne le croyait. Il avait même l'air plus négligé. Il n'en demeurait pas moins parfaitement identifiable : c'était bien Re-Bar.

Dès le début, j'ai compris que quelque chose n'allait pas chez lui. Il avait suivi la vampire docilement et a souri à tout le monde dans la salle. Attitude étrange : n'importe quel humain sain d'esprit se serait inquiété. Et ce, même avec une conscience blanche comme neige. Je me suis levée et suis allée vers lui. Il m'a regardée approcher avec un plaisir évident.

— Salut, copain ! ai-je dit doucement en lui tendant la main.

J'ai lâché la sienne aussi vite que la correction m'y autorisait et j'ai reculé d'un pas. J'avais envie d'avaler un Advil et d'aller directement au lit.

— Eh bien, ai-je dit à Stan, il a un trou dans la tête, c'est certain.

Il a scruté le crâne de Re-Bar d'un air sceptique.

— Expliquez-moi ça.

— Ça baigne, m'sieur Stan ? lui a lancé Re-Bar.

J'étais prête à parier que personne n'avait jamais parlé sur ce ton à Stan Davis, du moins pas au cours des cinq cents dernières années.

— Je vais bien, Re-Bar. Et vous ?

Je dois lui rendre justice, Stan a gardé son calme de manière admirable.

126

— Oh, moi, vous savez, j'peux pas aller mieux, s'est écrié Re-Bar en secouant la tête avec un air émerveillé. Chuis le salopard le plus veinard du monde – s'cusez, m'dame.

— Il n'y a pas de mal.

J'éprouvais des difficultés à parler.

— Que lui est-il arrivé, Sookie? s'est enquis Bill.

— On lui a brûlé le cerveau. Je ne vois pas comment expliquer ça autrement. J'ignore comment on l'a fait, parce que je n'avais jamais vu ça, mais quand j'essaie de lire dans ses pensées, je ne trouve rien qu'un gros trou. C'est comme si Re-Bar avait eu besoin de se faire enlever une toute petite tumeur et que le chirurgien lui ait enlevé la rate, et l'appendice avec, juste pour être sûr. Vous savez, quand vous remplacez une partie de la mémoire de quelqu'un?

J'ai balayé la pièce de la main pour montrer que j'incluais tous les vampires.

— Eh bien, quelqu'un a ôté un bon morceau de l'esprit de Re-Bar, mais n'a rien mis à la place. Comme une sorte de lobotomie, ai-je ajouté, prise d'une subite inspiration.

Je lis énormément. J'ai eu beaucoup de soucis à l'école, à cause de mon petit problème. La lecture me permettait d'échapper à ma situation. Je suis une autodidacte.

— Donc, tout ce que Re-Bar savait de la disparition de Farrell a été effacé? m'a demandé Stan.

— Exactement. Ainsi que pas mal de composantes de sa personnalité et un tas d'autres souvenirs.

— Est-il toujours opérationnel?

— Eh bien... euh... oui, je crois.

Je n'avais jamais rien vu de tel, et je n'aurais même jamais pu imaginer que c'était possible.

— Mais je ne sais pas s'il fera encore un videur très efficace, ai-je ajouté pour être tout à fait honnête.

— Il a été blessé dans l'exercice de ses fonctions. Nous nous occuperons de lui. Peut-être pourra-t-il participer au nettoyage du club, après la fermeture.

À en juger par l'intonation qu'il avait adoptée, il était clair que Stan tenait à ce que je prenne bien note de cette preuve de générosité. Les vampires aussi pouvaient faire preuve de compassion, ou, tout au moins, d'esprit de justice.

— Ça s'rait trop cool ! s'est écrié Re-Bar, rayonnant. Merci, m'sieur Stan.

— Reconduis-le chez lui, a ordonné Stan à l'intention de sa subordonnée.

Elle est repartie sans un mot, l'homme lobotomisé attaché à ses pas.

— Qui a pu faire du si mauvais travail ? s'est demandé Stan. N'étant pas venu là en tant qu'investigateur, mais pour me protéger, Bill n'a pas jugé bon de répondre. C'est à ce moment-là qu'est entrée une grande femelle rousse, celle que j'avais vue au bar, non loin de Farrell, la nuit où il avait disparu.

— Avez-vous remarqué quelque chose d'anormal, le soir de la disparition de Farrell ? lui ai-je demandé sans penser au protocole

Elle m'a grogné dessus, la blancheur étincelante de ses crocs formant un contraste violent avec sa langue sombre et son rouge à lèvres éclatant.

— Coopère, a énoncé Stan.

La rousse a instantanément changé de visage, toute expression agressive quittant aussitôt ses traits comme si on les avait lissés au fer à repasser.

— Je ne m'en souviens pas, a-t-elle affirmé.

La capacité qu'avait Bill de se souvenir de ce qu'il avait vu dans les moindres détails n'était donc pas une caractéristique des vampires, mais bel et bien un don qui lui était propre.

— Je ne me rappelle pas avoir vu Farrell plus d'une ou deux minutes, a-t-elle précisé.

128

Stan s'est tourné vers moi.

— Pouvez-vous faire à Rachel ce que vous avez fait à la serveuse ? m'a-t-il demandé.

— Non.

Peut-être avais-je répondu un petit peu trop vite, et d'un ton un peu trop catégorique.

— Je ne peux pas lire dans les pensées des vampires, ai-je précisé. Pour moi, l'esprit d'un vampire est comme une page blanche.

Bill a pris le relais.

— Vous rappelez-vous un garçon blond – l'un des nôtres – qui semble avoir environ seize ans ? Il a des tatouages bleus très anciens sur le torse et les bras.

— Ah, oui ! s'est aussitôt exclamée Rachel. Ses tatouages dataient du temps des Romains, je crois. Ils étaient un peu primitifs, mais intéressants. Je me suis interrogée à son sujet, parce que je ne l'avais pas vu venir ici pour demander l'autorisation à Stan de chasser sur le territoire.

Tiens donc ! Les vampires de passage sur le territoire d'un des leurs étaient donc tenus de signaler leur présence. J'ai classé l'information dans ma mémoire, à toutes fins utiles.

— Il était avec un humain ou, du moins, il s'est entretenu avec lui, a poursuivi la vampire à la chevelure flamboyante.

Elle portait un jean et un pull vert qui me paraissait beaucoup trop chaud pour la saison. Mais les vampires se moquent bien de la température. Elle a jeté un coup d'œil à Stan, puis à Bill, qui lui a fait signe de continuer.

— C'était un homme aux cheveux noirs avec une moustache, si mes souvenirs sont bons, a-t-elle précisé avec un geste vague de la main qui signifiait clairement : « Ils se ressemblent tous. »

Après le départ de Rachel, Bill a demandé à Stan s'il y avait un ordinateur dans la maison. Stan a acquiescé en dévisageant Bill avec curiosité. Il a semblé encore plus intrigué quand Bill lui a demandé s'il pouvait l'utiliser, en s'excusant de ne pas avoir apporté son portable. Stan a de nouveau hoché la tête. Sur le point de quitter la pièce, Bill s'est tourné vers moi.

— Ça va aller, Sookie ? s'est-il inquiété.

— Bien sûr, ai-je répondu en m'efforçant de prendre un ton serein.

Stan a renchéri :

— Elle ira très bien. Elle a encore d'autres gens à voir.

J'ai acquiescé, et Bill est sorti. J'ai souri à Stan – c'est ce que je fais quand je suis angoissée. Ce n'est pas un sourire radieux, mais c'est quand même mieux que de hurler.

— Cela fait longtemps que vous êtes ensemble, Bill et vous ? m'a demandé Stan.

— Quelques mois.

Moins Stan en saurait sur nous, mieux ce serait.

— Vous vous plaisez en sa compagnie ?

— Oui.

— Vous l'aimez ?

Ça semblait l'amuser.

— Ça ne vous regarde pas, ai-je rétorqué en souriant jusqu'aux oreilles. Vous avez bien dit que j'avais encore des gens à voir ?

Employant la même technique qu'avec Bethany, j'ai tenu d'autres mains et passé au crible un groupe de cerveaux inintéressants. Bethany avait manifestement été la plus observatrice du bar. Les autres – une autre serveuse, le barman et un habitué, un fangbanger qui s'était porté volontaire pour l'expérience, n'avaient que de vagues souvenirs sans intérêt et une mémoire très limitée. J'ai tout de même découvert que le barman volait de la marchandise pour la revendre ensuite, et après son départ, j'ai

130

conseillé à Stan de le licencier, pour ne pas se retrouver impliqué dans une enquête de police. Stan a semblé plus impressionné par cette information que je ne l'aurais souhaité. Je ne voulais pas qu'il s'attache trop à mes services.

Quand Bill est revenu, j'en avais presque terminé avec le dernier employé du club. Bill avait l'air content de lui. J'en ai déduit que ses recherches avaient abouti. Dernièrement, il avait passé le plus clair de son temps sur son ordinateur. Ce que je n'appréciais pas particulièrement.

— Le vampire tatoué s'appelle Godric, a-t-il annoncé dès que Stan et moi avons été seuls avec lui dans la pièce. Mais depuis une centaine d'années, il est plus connu sous le nom de Godfrey. C'est un repentant.

Je ne sais pas ce qu'en pensait Stan, mais moi, j'étais vraiment impressionnée. En quelques minutes, Bill avait fait un superbe travail d'investigation.

Quant à Stan, il avait l'air atterré. Et moi je devais avoir l'air perplexe.

— Il s'est allié avec les humains extrémistes. Il a prévu de se suicider, m'a expliqué discrètement Bill, profitant du silence de Stan, visiblement absorbé dans ses réflexions. Ce Godfrey a l'intention de rencontrer le soleil. Il ne peut plus supporter l'existence qu'il mène en ce bas monde.

— Et il a décidé d'entraîner quelqu'un avec lui ?

Godfrey aurait donc prévu d'exposer Farrell à la lumière en même temps que lui ?

— Il nous a trahis et vendus à la Confrérie, a lâché Stan.

« Trahis » est un mot qui sent le mélodrame, mais je n'ai même pas songé à sourire quand Stan l'a prononcé. J'avais entendu parler de la Confrérie, sans toutefois avoir jamais rencontré l'un de ses membres. La Confrérie du Soleil était pour les vampires ce que le Ku Klux Klan avait été pour les Noirs américains. Le nombre de ses adeptes augmentait de jour en jour aux États-Unis.

Une fois de plus, je me retrouvais à nager dans des eaux trop profondes pour moi.

5

De nombreux humains n'avaient pas apprécié d'apprendre qu'ils partageaient la planète avec des vampires. Bien qu'ils l'aient toujours fait sans le savoir, une fois qu'ils avaient admis leur existence, ils s'étaient mis en tête de les exterminer. Et ils n'étaient pas plus regardants sur leurs méthodes de meurtre que n'importe quel vampire dissident quand il a repéré sa proie.

Parmi les morts vivants, les vampires dissidents étaient d'incurables passéistes. Ils n'avaient pas voulu se révéler aux humains, pas plus que les humains n'avaient eu envie de les connaître. Les dissidents refusaient de boire le sang de synthèse qui constituait désormais le régime de base de la grande majorité des vampires. Ils ne voyaient d'avenir pour les leurs que dans un retour à une existence secrète et invisible. Maintenant, les dissidents massacraient les humains simplement pour le plaisir. Les représailles dont leur race était victime les arrangeaient: ils y voyaient un excellent moyen de convaincre les intégrationnistes qu'il n'existait pour eux d'issue que dans un retour à leur mode de fonctionnement antérieur. En outre, les persécutions constituaient un excellent moyen de contrôle démographique.

Bill m'avait également appris qu'après de longues années passées parmi les hommes, certains vampires étaient affligés de terribles remords – ou peut-être d'une dépression liée à leur longévité. Ces repentants décidaient de « rencontrer le soleil », expression qu'employaient les vampires pour désigner le suicide, qui consistait à s'exposer au lever du soleil.

Une fois de plus, mon petit ami si particulier m'avait menée sur des chemins que je n'aurais jamais empruntés sans lui. Si je n'étais pas née avec le handicap de la télépathie, jamais je n'aurais eu besoin de savoir tout ça. Jamais je n'aurais imaginé sortir avec quelqu'un qui soit décédé. J'étais un genre de paria pour les humains. Vous imaginez bien à quel point il est impossible de sortir avec quelqu'un dont vous pouvez lire les pensées. Quand j'ai rencontré Bill, j'ai vécu avec lui les plus beaux moments de mon existence. Il n'en demeure pas moins que j'avais indubitablement eu plus de problèmes depuis que je le connaissais, autrement dit en l'espace de quelques mois, qu'au cours des vingt-cinq années que j'avais passées sur cette terre.

— Donc, vous pensez que Farrell est déjà mort ? ai-je demandé en m'efforçant de me concentrer sur le problème à l'ordre du jour.

Je n'avais vraiment pas envie de lui poser cette question, mais il fallait que je sache.

— Possible, m'a répondu Stan après un long silence.

— Peut-être qu'ils le retiennent quelque part, a suggéré Bill. En général, la Confrérie ne manque pas de convoquer la presse à ces… cérémonies.

Stan s'est contenté de regarder dans le vague pendant quelques minutes, puis il s'est levé.

— Le même homme se trouvait à la fois au club et à l'aéroport… a-t-il dit d'une voix songeuse, comme s'il se parlait à lui-même.

Stan, ce vampire au look de geek qui dirigeait les vampires de Dallas, s'est alors mis à arpenter la pièce de long en large. Ça me rendait dingue mais il n'était pas question de le dire. Nous étions quand même chez lui, et c'était son « frère » qui avait disparu. Mais je n'ai jamais pu supporter longtemps les longs silences. J'étais fatiguée et j'avais hâte de rentrer me coucher.

— Bon, ai-je lancé d'un ton qui se voulait décidé. Comment ont-ils su que je serais ici cette nuit ?

Qu'y a-t-il de pire qu'un vampire qui braque les yeux sur vous ? Deux vampires qui braquent les yeux sur vous.

— Pour qu'on ait appris la date de votre arrivée, a dit Stan, nous avons un traître parmi nous.

Stan Davis répandait autour de lui une telle tension que l'atmosphère vibrait, saturée d'électricité.

Mais moi, j'avais une idée moins dramatique. J'ai attrapé un bloc-notes qui traînait sur la table et j'ai griffonné : « Et si vous étiez sur écoute ? » Ils m'ont tous les deux regardée comme si je venais de leur proposer un Big Mac. Les vampires, qui possèdent d'incroyables pouvoirs de toutes sortes, oublient parfois que les humains ont développé quelques techniques de leur cru. Stan et Bill ont échangé un coup d'œil dubitatif, mais aucun d'eux n'a semblé capable d'émettre la moindre suggestion.

Eh bien, qu'ils aillent au diable. Je n'avais vu faire ça que dans les films, mais je me suis dit que si quelqu'un avait collé un mouchard dans cette pièce, il avait dû agir vite et il avait dû être mort de peur. Par conséquent, le micro ne devait pas être très loin, ni très bien caché. J'ai enlevé ma veste et mes escarpins. En tant qu'humaine, je n'avais aucune dignité à perdre devant Stan. Je me suis donc mise à quatre pattes sous la table et j'ai commencé à la remonter sur toute sa longueur, repoussant au passage les chaises à roulettes. Pour la énième fois de la journée, j'ai regretté de ne pas être en pantalon.

J'étais à moins d'un mètre des jambes de Stan quand j'ai repéré quelque chose de bizarre : une petite bosse noire sous le plateau en bois blond. Je l'ai examinée de près du mieux que j'ai pu dans la pénombre. Ce n'était pas un vieux chewing-gum.

Maintenant que j'avais trouvé l'objet du délit, je ne savais plus trop quoi faire. Je suis sortie de ma cachette, un peu plus poussiéreuse qu'au départ, et j'ai émergé pile aux pieds de Stan. Il m'a tendu la main. Je l'ai prise avec réticence, et il m'a aidée à me relever. Il n'a pas tiré fort, mais je me suis brusquement retrouvée debout, nez à nez avec lui. Il était moins grand que je ne l'aurais pensé, et j'aurais nettement préféré ne pas avoir à le regarder dans les yeux comme ça. J'ai levé mon index pour être certaine que j'avais toute son attention, puis j'ai désigné la table.

Bill a quitté la pièce comme une fusée. Stan avait encore pâli, et ses yeux lançaient des éclairs. Quant à moi, je regardais désespérément ailleurs. Je n'avais aucune envie d'être à portée de ses yeux tandis qu'il prenait pleinement conscience que quelqu'un avait posé un micro dans sa salle d'audience. Il avait bel et bien été trahi, mais pas comme il l'avait imaginé.

Je cherchais farouchement un moyen de me rendre utile. J'ai adressé un large sourire à Stan. Puis j'ai levé machinalement les mains pour redresser ma queue de cheval et j'ai réalisé que j'arborais toujours mon chignon sophistiqué, qui devait maintenant l'être considérablement moins. Remettre un peu d'ordre dans ma coiffure m'a donné un excellent prétexte pour baisser la tête.

À mon grand soulagement, Bill n'a pas tardé à revenir avec Isabel et l'homme que j'avais vu faire la vaisselle dans la cuisine. Ce dernier avait une bassine remplie d'eau dans les mains.

— Je suis désolé, Stan, a dit Bill. Si j'en crois ce que nous avons appris ce soir, j'ai bien peur que Farrell ne soit déjà mort. Sookie et moi n'avons plus rien à faire ici, et si vous n'avez plus besoin de nous, nous repartirons pour la Louisiane dès demain.

Pendant ce temps, Isabel avait désigné la table d'un geste, et l'homme avait posé sa bassine dessus.

— Je ne vois aucune raison de vous retenir davantage, a répondu Stan d'une voix glaciale. Vous m'enverrez votre note. Votre maître, Eric, s'est montré très pointilleux à ce sujet. Il faudra que je le rencontre un jour.

Le ton qu'il avait employé indiquait que cette entrevue ne serait pas agréable pour Eric.

— Espèce d'humain débile ! s'est soudain écriée Isabel. Tu as renversé mon verre !

Bill a passé brusquement la main sous la table pour arracher le mouchard et l'a jeté dans la bassine, qu'Isabel a aussitôt remportée d'une démarche encore plus souple, pour ne pas la renverser. L'homme qui l'avait accompagnée est resté dans la pièce.

L'affaire avait été rondement menée. Il n'était pas impossible que la personne chargée de l'espionner ait cru à cette petite comédie improvisée. Une fois le micro ôté, la tension est retombée. Stan lui-même paraissait presque moins effrayant.

— Isabel m'a dit que vous aviez des raisons de croire que Farrell avait été enlevé par la Confrérie du Soleil, a déclaré l'homme à lunettes. Peut-être que cette jeune femme et moi-même pourrions aller au centre de la Confrérie demain pour essayer de savoir si une cérémonie quelconque se prépare.

Stan et Bill l'ont dévisagé en silence.

— C'est une bonne idée. Un couple paraîtra sans doute moins suspect, a reconnu Stan.

Bill s'est tourné vers moi.

— Sookie ?

— Il est clair qu'aucun d'entre vous ne peut y aller. Au pire, on pourra toujours faire un repérage des lieux. Si vous pensez qu'il y a vraiment une chance que Farrell y soit détenu.

Si je parvenais à en savoir un peu plus sur ce qui se passait au centre de la Confrérie, je réussirais peut-être à empêcher les vampires d'attaquer. Il était en effet évident qu'ils n'allaient pas se rendre au commissariat, au service des personnes disparues, pour signaler la disparition de Farrell, afin de pousser gentiment la police à fouiller le centre de la Confrérie. Quel que soit leur désir de respecter les lois de la société américaine et de s'intégrer, je savais que s'il était prouvé qu'un des vampires de Dallas était retenu captif au centre de la Confrérie, des humains allaient le payer de leur vie. On retrouverait bientôt des cadavres dans tous les coins de l'État. Je pouvais peut-être éviter ça et repérer Farrell du même coup.

— Si ce vampire tatoué est effectivement un repentant, s'il a bien l'intention d'entraîner Farrell avec lui dans son projet de suicide et si le tout est organisé sous l'égide de la Confrérie du Soleil, alors ce faux prêtre qui a essayé de te kidnapper à l'aéroport doit travailler pour eux. Donc, maintenant, ils connaissent ton visage, m'a dit Bill. Tu vas être obligée de porter ta perruque.

Il m'a adressé un sourire satisfait. C'était lui qui avait eu l'idée de la perruque.

Une perruque. Par cette chaleur. Oh non. Mais j'ai fait de mon mieux pour cacher mon irritation. Je préférais avoir la tête en feu plutôt que d'être démasquée : il ne devait pas faire bon se promener avec l'étiquette « à la solde des vampires » au beau milieu d'un des centres de la Confrérie du Soleil.

138

— Il serait préférable qu'un autre humain m'accompagne, ai-je reconnu, navrée de devoir exposer quelqu'un d'autre au danger.

— Lui, c'est l'humain actuel d'Isabel, précisa Stan.

Il marqua une pause, sans doute pour communiquer mentalement avec Isabel.

Et ça n'a pas manqué : dans la seconde qui a suivi, Isabel a de nouveau passé la porte. Ça devait être drôlement pratique de pouvoir appeler les gens comme ça. Même pas besoin d'interphone ni de portable. Je me demandais jusqu'à quelle distance ce genre de message portait. Heureusement que Bill ne pouvait pas en faire autant avec moi. J'aurais un peu eu l'impression d'être son esclave. Stan pouvait-il appeler des humains comme il appelait ses semblables ? Peut-être n'avais-je pas vraiment envie de savoir…

Le type à lunettes a réagi à l'apparition d'Isabel comme un chien d'arrêt qui flaire une caille. Ou plutôt comme un homme affamé auquel on aurait servi un gros steak, mais qui doit attendre la fin du bénédicité avant de l'attaquer. On pouvait presque le voir baver. J'espère bien que je ne fais pas cette tête-là quand je suis avec Bill.

— Isabel, ton humain s'est porté volontaire pour accompagner Sookie au centre de la Confrérie du Soleil, lui a annoncé Stan. Crois-tu qu'il puisse faire un converti crédible ?

— Oui, a répondu Isabel sans hésiter, en fixant l'intéressé.

— Bien. Avant que je ne te libère, y a-t-il des visiteurs, ce soir ?

— Oui, un. Il vient de Californie.

— Où est-il ?

— Ici.

— Est-il passé dans cette pièce ?

Évidemment, Stan espérait que le vampire ou l'humain qui l'avait placé sur écoute était un étranger.

— Oui.

— Fais-le venir.

Après cinq bonnes minutes, Isabel est revenue avec un grand vampire blond sur les talons. Il devait faire au bas mot un mètre quatre-vingt-dix. Solide, rasé de près, il arborait une crinière couleur de blé mûr. J'ai baissé les yeux immédiatement pour regarder mes chaussures et j'ai senti Bill se figer à côté de moi.

— Voici Leif, a dit Isabel.

— Leif, a répondu Stan. Bienvenue dans mon nid. Ce soir, nous avons un problème.

Je gardais les yeux obstinément rivés au plancher. J'aurais donné cher pour me retrouver seule avec Bill et lui demander ce qui se passait exactement. Parce que le vampire ne s'appelait pas Leif et ne venait pas de Californie.

C'était Eric.

La main de Bill est soudain apparue dans mon champ de vision et s'est refermée sur la mienne. Il m'a serré légèrement les doigts et a passé le bras autour de ma taille pour que je puisse m'appuyer contre lui. J'en avais sacrément besoin.

— En quoi puis-je vous être utile ? a demandé Eric – non, disons Leif, pour le moment.

— Il semble que quelqu'un soit entré dans cette pièce, et qu'il ait accompli un acte d'espionnage.

C'était une jolie façon de présenter les choses. Stan ne tenait pas à ébruiter cette histoire de micro pour l'instant. Dans la mesure où il y avait sûrement un traître dans la maison, il n'avait probablement pas tort.

— Je ne suis qu'un simple visiteur au sein de votre nid et je n'ai aucun désaccord avec vous ni avec l'un des vôtres.

Le démenti calme et sincère de Leif était sidérant. Je savais pourtant que sa présence ici n'était qu'une supercherie destinée à servir un mystérieux objectif vampirique.

— Excusez-moi, ai-je dit, m'efforçant de sembler aussi frêle et humaine que possible.

Stan a eu l'air passablement irrité par cette interruption. Qu'il aille se faire voir !

— Le… euh… matériel en question n'a pas pu être mis en place aujourd'hui, puisqu'il devait fournir toutes les données sur notre vol à destination de Dallas.

J'essayais de prendre un ton susceptible de laisser entendre à tous que Stan y avait forcément déjà pensé avant moi.

Stan me fixait d'un regard dénué de toute expression.

Au point où j'en étais, autant aller jusqu'au bout.

— Et, désolée, mais je suis vraiment épuisée. Est-ce que Bill pourrait me raccompagner à l'hôtel, maintenant ?

— Isabel va s'en charger, m'a répondu Stan, manifestement agacé.

— Non, monsieur.

Les pâles sourcils de Stan ont fait un bond au-dessus de ses lunettes de pacotille.

— Non ? a-t-il répété, comme s'il n'avait jamais entendu ce mot.

— Non. Selon les termes de mon contrat, je ne peux pas me déplacer sans être accompagnée par un vampire de ma zone. Bill a été choisi pour cette mission. La nuit, je ne vais nulle part sans lui.

Stan m'a dévisagée en silence. Je pouvais remercier le Ciel d'avoir trouvé le mouchard et de m'être rendue utile, sinon je crois que je n'aurais pas duré longtemps sur le territoire de Stan.

— Disparaissez, a-t-il finalement lâché.

Bill et moi ne nous sommes pas fait prier. Nous ne pouvions rien pour Eric si Stan venait à le soupçonner et nous risquions de le compromettre. De nous deux, j'étais la plus susceptible de le trahir par un geste ou un mot malheureux qui n'aurait certainement pas échappé au regard d'aigle de Stan. Les vampires ont eu des siècles pour observer les humains : tout prédateur s'attache à en savoir autant que possible sur ses proies.

Isabel est sortie en même temps que nous et nous a ramenés au *Silent Shore* dans sa Lexus. Les rues de Dallas étaient beaucoup plus calmes que lorsque nous étions arrivés au nid, en début de soirée. Il ne devait pas rester plus de deux heures avant le lever du jour. J'ai poliment remercié Isabel quand la voiture s'est garée devant la porte cochère du *Silent Shore*.

— Mon humain viendra vous chercher à 15 heures, m'a-t-elle annoncé.

Réprimant un « Oui, mon général ! » et un claquement de talons, j'ai acquiescé.

— Au fait, comment s'appelle-t-il ?

— Hugo Ayres.

— OK.

Je savais déjà d'Hugo qu'il ne manquait pas de présence d'esprit. C'était plutôt rassurant. Bill m'a rejointe dans le hall quelques secondes plus tard. Nous avons pris l'ascenseur en silence.

— Tu as ta clé ? m'a-t-il demandé en arrivant devant la porte de la suite.

J'étais déjà à moitié endormie.

— Où est la tienne ? ai-je marmonné de mauvaise grâce.

— J'avais juste envie de te voir récupérer la tienne.

Je me suis sentie de bien meilleure humeur, tout à coup.

— Peut-être que tu aimerais le faire toi-même ?

Un vampire avec une crinière noire qui lui arrivait à la taille a remonté le couloir, le bras passé

142

autour d'une fille bien en chair qui secouait sa masse de boucles rousses en riant. Bill a attendu qu'ils aient disparu dans une chambre, à quelques mètres de la nôtre, pour commencer à chercher la clé.

Il n'a pas mis longtemps à la trouver.

Nous avions à peine franchi le seuil qu'il me soulevait pour m'embrasser longuement. Nous avions à parler, car il s'était passé beaucoup de choses au cours de cette nuit interminable. Mais je n'avais pas la tête à ça et lui non plus.

J'ai ainsi découvert que l'avantage des jupes, c'est qu'il suffit de les remonter et que, s'il n'y a qu'un string en dessous, il peut disparaître en une fraction de seconde. Déjà, ma veste de tailleur gisait par terre, mon chemisier blanc l'avait rejointe, et j'avais les bras noués autour du cou de Bill et les jambes autour de sa taille.

Bill s'était adossé au mur du salon et se débattait avec son pantalon quand on a frappé à la porte.

— Oh non, a-t-il chuchoté dans mon oreille.

— Allez-vous-en ! a-t-il dit ensuite d'une voix plus forte.

J'ai gigoté contre lui, et il a retenu son souffle. Il a enlevé une à une les épingles et autres accessoires pour laisser retomber mes cheveux dans mon dos.

— Il faut que je vous parle, a dit une voix familière, un peu étouffée par l'épaisseur de la porte.

— Oh, non ! ai-je gémi. Faites que ce ne soit pas Eric.

Le seul être au monde que nous étions tout à fait obligés de laisser entrer.

— C'est Eric, a insisté la voix.

J'ai dénoué mes jambes, et Bill m'a reposée doucement sur le sol. Folle de rage, je suis allée dans la chambre au pas de charge pour enfiler mon peignoir. Je n'allais certainement pas me rhabiller !

143

Quand je suis revenue dans le salon, Eric félicitait Bill.

— Bravo à toi aussi, Sookie. Tu as été merveilleuse, a-t-il dit tout en détaillant mon peignoir court et rose.

J'ai levé les yeux vers les siens, tout au sommet de sa stature sans fin, en le maudissant de ne pas être au fond de la Red River, avec son sourire éclatant, sa crinière dorée et tout le reste.

— Oh! Mille fois merci d'être venu jusque dans notre suite pour nous le dire, ai-je rétorqué, acerbe. Nous n'aurions pas pu nous endormir sans te savoir satisfait de nos services.

Eric a pris une mine innocemment réjouie.

— Oh mince! s'est-il exclamé. Serais-je arrivé au mauvais moment? Ceci serait-il à toi, Sookie, par hasard?

Il brandit un morceau de ficelle noire qui avait appartenu à mon string.

— En un mot comme en cent, oui, lui a répondu Bill. Y a-t-il autre chose dont tu veuilles discuter avec nous, Eric?

Je n'aurais pas été surprise de voir du givre sortir de la bouche de Bill.

— Nous n'en avons plus le temps, hélas, a dit Eric. L'aube est proche, et j'ai encore quelques petites affaires à régler avant de dormir. Mais nous devons nous voir demain. Quand vous aurez appris ce que Stan attend exactement de vous, laissez-moi une note à la réception et nous conviendrons d'un rendez-vous.

Bill a hoché la tête.

— Bonne nuit, donc, a-t-il dit.

— Tu ne me proposes pas un dernier verre?

Attendait-il qu'on lui offre une bouteille de sang? Les yeux d'Eric se sont posés sur le réfrigérateur, puis sur moi. Je regrettais de n'être vêtue que d'un

144

bout de tissu très fin, au lieu d'un gros peignoir en tissu éponge.

— Tout tiède, directement au goulot?

Bill a préféré garder le silence. Un silence de plomb.

Ses yeux s'attardant sur moi jusqu'au dernier moment, Eric a franchi le seuil et refermé la porte derrière lui.

— Je suis sûre qu'il écoute derrière la porte, ai-je chuchoté, tandis que Bill dénouait la ceinture de mon peignoir.

— Eh bien, qu'il écoute! a grommelé Bill, avant de passer aux choses sérieuses.

Quand je me suis réveillée, vers 13 heures, l'hôtel semblait plongé dans un profond silence. Et pour cause: la plupart de ses pensionnaires dormaient. Les femmes de chambre n'entraient pas dans les chambres durant la journée. Le soir précédent, j'avais remarqué le service de sécurité, assuré par des vampires. Évidemment, de jour, ils devaient se faire relayer et l'établissement devait être placé sous haute surveillance. C'était ce que recherchaient ses clients et ce pour quoi ils payaient des prix si élevés. Pour la première fois de ma vie, j'ai appelé le room-service pour commander mon petit déjeuner. N'ayant pas pris de dîner la veille, j'avais une faim de loup. Quand le garçon d'étage a frappé à ma porte, je m'étais déjà douchée et j'avais enfilé mon peignoir. Après avoir vérifié qu'il était bien ce qu'il prétendait, je l'ai laissé entrer.

Après ma tentative d'enlèvement à l'aéroport, j'étais sur mes gardes. Les bras le long du corps, je tenais ma bombe lacrymogène tandis que le jeune homme dressait le couvert, déposant la nourriture et la cafetière. S'il avait seulement esquissé un pas en direction de la porte derrière laquelle dormait

Bill, je l'aurais gazé sans hésiter. Mais Arturo avait été bien formé : ses yeux n'ont jamais quitté la pièce. Il ne m'a jamais regardée non plus. Ça ne l'empêchait pas de penser à moi. J'aurais dû mettre un soutien-gorge avant de le laisser entrer.

Comme Bill me l'avait recommandé, j'ai rajouté un bon pourboire sur la note en la signant. Puis j'ai tout mangé : la saucisse, les crêpes, et un bol rempli de melon taillé en petites billes... Que c'était bon ! Le sirop d'érable avait vraiment le goût de sirop d'érable. Le fruit était à parfaite maturité. La saucisse était hors du commun. J'étais contente que Bill ne soit pas présent pour me regarder, ce qui me mettait toujours mal à l'aise. Il n'aimait pas tellement me voir me nourrir – et il ne supportait pas que j'absorbe de l'ail.

Je me suis brossé les dents et les cheveux, puis j'ai élaboré mon maquillage. Il était temps de me préparer pour ma petite visite au centre de la Confrérie. J'ai relevé mes cheveux et les ai plaqués sur mon crâne avec des épingles. Ensuite, j'ai sorti ma perruque de sa boîte : elle était brune, courte et passe-partout. J'avais pris Bill pour un fou quand il avait suggéré que j'en achète une, et je me demandais toujours ce qui lui était passé par la tête. Mais j'étais bien contente de l'avoir maintenant. J'avais également des lunettes du même style que celles de Stan, et certainement tout aussi fausses. Le bas des verres était pourvu d'un certain degré de grossissement et je pouvais donc prétendre qu'il s'agissait de verres correcteurs destinés à la lecture.

Que portaient des fanatiques pour se rendre à une assemblée de fanatiques ? D'après mon expérience limitée, les fanatiques étaient en général plutôt conservateurs. Soit parce qu'ils étaient trop préoccupés par d'autres sujets pour s'en soucier, soit parce que s'habiller avec recherche avait à leurs yeux quelque chose de sulfureux. Si j'avais été à Bon Temps, je serais allée tout droit au supermarché du coin et j'aurais dépensé beaucoup d'argent. Mais je me trouvais ici, au *Silent Shore*, un établissement cher – et sans fenêtres. Cependant, Bill m'avait dit que je pouvais appeler la réception si j'avais besoin de quoi que ce soit.

— Réception, a répondu une voix masculine qui essayait d'imiter le ton froid et feutré d'un vampire sans âge. Que puis-je pour vous ?

J'ai presque eu envie de lui dire d'arrêter sa comédie. Que voulez-vous faire d'une copie quand vous avez l'original sous votre toit ?

— Bonjour. Ici Sookie Stackhouse, chambre 314. J'ai besoin d'une longue jupe en jean, taille trente-huit, et d'un haut en jersey ou d'un chemisier à fleurs dans les tons pastel, même taille.

— Bien, madame, a répondu le réceptionniste, après un certain temps d'arrêt. Quand voulez-vous que je fasse monter ces articles dans votre chambre ?

— Rapidement.

Waouh ! C'était vraiment amusant. J'ai décidé de forcer un peu la dose.

— En fait, le plus vite possible.

Je commençais à prendre le coup. C'était génial de vivre aux frais de la princesse. J'adorais ça !

En attendant ma livraison, j'ai regardé les informations. C'était la même chanson que dans toutes les autres grandes villes : problèmes de circulation, problèmes de banlieue, problèmes d'insécurité...

— Le corps d'une femme a été découvert ce matin dans les poubelles d'un grand hôtel, disait le présentateur avec une gravité de circonstance.

Il a incurvé la bouche, les commissures tombantes, pour souligner le sérieux de l'affaire.

— Le corps de Bethany Rogers, une jeune femme de vingt et un ans, a été retrouvé derrière le *Silent*

Shore, établissement du centre-ville connu pour être le premier hôtel de Dallas à accueillir les morts vivants. Bethany Rogers a été tuée d'une balle dans la tête. La police parle d'une exécution en règle. Le lieutenant Tawny Kelner a déclaré à notre reporter que, pour l'heure, plusieurs pistes étaient à l'étude.

Sur l'écran, le visage faussement tragique du présentateur a laissé place au visage réellement sinistre du lieutenant de police. C'était une femme d'une quarantaine d'années, très petite, avec une longue tresse dans le dos. La caméra a reculé pour inclure le reporter : un homme brun, guère plus grand que le lieutenant, en costume élégant fait sur mesure.

— Lieutenant Kelner, est-il vrai que Bethany Rogers travaillait dans un bar à vampires ? a-t-il demandé.

Le froncement de sourcils du lieutenant s'est encore accentué.

— C'est exact. Cependant, ce n'était pas une animatrice, mais une simple serveuse. Elle ne travaillait là-bas que depuis quelques mois, a-t-elle précisé.

Une animatrice ? Mais que pouvaient bien faire des animatrices dans un bar à vampires ?

— Mais le lieu où l'on a retrouvé le corps n'incrimine-t-il pas plus ou moins directement les vampires ?

Le reporter se montrait plus insistant que je ne l'aurais fait.

— Au contraire. Je pense que le corps a été déposé là pour envoyer un avertissement aux vampires, a objecté Kelner sèchement. Maintenant, si vous voulez bien m'excuser…

Elle s'était subitement refermée. Comme si elle regrettait d'en avoir autant dit.

— Bien sûr, inspecteur, a répondu le reporter, manifestement déstabilisé. Donc, Tom, a-t-il enchaîné en se tournant vers la caméra, comme s'il s'adressait directement au présentateur du journal, il est possible qu'il s'agisse d'une question provocante.

Pardon ?

Le présentateur, qui s'était rendu compte que le reporter disait n'importe quoi, s'est empressé d'embrayer sur un autre sujet d'actualité.

La pauvre Bethany était morte, et je ne pouvais en parler avec personne. Je retenais mes larmes. Avais-je seulement le droit de la pleurer ? Je me demandais ce qui lui était arrivé quand elle avait quitté le nid, la nuit précédente. S'il n'y avait pas de marques de dents sur son corps, il était presque certain que son assassin n'était pas un vampire. En principe, un vampire n'aurait pas laissé passer cette occasion de se nourrir.

Consternée et déprimée, je me suis assise en reniflant sur le canapé pour chercher un crayon dans mon sac. J'ai fini par dénicher un stylo. Je m'en suis servie pour me gratter sous ma perruque. Malgré l'air conditionné de la suite, ça me démangeait déjà. Environ une demi-heure plus tard, on a frappé à la porte. J'ai de nouveau regardé par le judas. C'était encore Arturo. Il portait tout un tas de vêtements sur le bras.

— Nous rendrons à la boutique ceux dont vous ne voulez pas, m'a-t-il dit en me tendant le tout.

Il faisait manifestement des efforts pour ne pas regarder ma perruque. Je l'ai remercié et lui ai donné un pourboire. J'étais en train d'y prendre goût.

L'heure du rendez-vous avec Ayres, le petit chéri d'Isabel, approchait. J'ai enlevé mon peignoir et examiné ce qu'Arturo m'avait apporté. Un chemisier couleur pêche à fleurs blanc cassé... Ça irait. Mais la jupe... Hum ! Il n'en avait pas trouvé en jean, apparemment. Les deux modèles qu'on lui avait donnés étaient en coton kaki. Bon. Je ferais avec.

149

J'en ai enfilé une. Elle était trop moulante pour l'effet recherché. Il avait bien fait de m'en proposer une autre. La seconde était parfaite. J'ai chaussé des sandales plates, mis de toutes petites perles à mes oreilles, et j'étais prête. J'avais même un vieux sac en paille façon cabas pour compléter l'ensemble. Malheureusement, j'ai honte de le dire, c'était le mien. Mais il allait à merveille avec la tenue. Je l'ai vidé de tout ce qui aurait pu révéler mon identité, en me disant que j'aurais dû y penser avant : qu'avais-je pu oublier d'autre, comme mesures de sécurité ?

Ainsi parée, je suis sortie dans le couloir désert. L'atmosphère n'avait pas changé depuis la veille. Pas de miroirs, pas de fenêtres. L'impression d'être enfermé était pesante. Le rouge sombre du tapis et les tons fédéraux du papier peint rouge, bleu et crème ne faisaient rien pour arranger les choses. Les portes de l'ascenseur se sont ouvertes dès que j'ai effleuré le bouton d'appel, et je suis descendue au rez-de-chaussée. J'étais toute seule dans la cabine, et il n'y avait même pas de musique d'ambiance ! Le *Silent Shore* méritait bien son nom de « Rivage Silencieux ».

Des vigiles armés montaient la garde dans le hall. Ils fixaient les battants de la porte d'entrée de l'hôtel, manifestement verrouillée. Un écran placé à côté des portes permettait de surveiller le trottoir, et un autre offrait un panorama plus large sur la rue.

Sur le coup, j'ai cru à un assaut imminent et je me suis figée, le cœur battant. Mais, après quelques secondes de calme absolu, j'ai compris que ce devait être le mode de fonctionnement habituel de l'hôtel. C'était même la raison pour laquelle les vampires venaient ici et dans d'autres établissements spécialisés similaires. Personne ne pouvait franchir la porte de l'hôtel pour emprunter l'ascenseur. Personne ne pouvait accéder aux chambres dans lesquelles dormaient les vampires vulnérables. D'où les tarifs exorbitants. Les agents de sécurité en faction, deux colosses en livrée noire – tout le monde semble croire que les vampires n'aiment que le noir –, portaient des armes qui m'ont paru énormes. Mais bon, je ne suis pas habituée aux armes à feu. Ils m'ont jeté un coup d'œil au passage, avant de reprendre leur morne surveillance de l'entrée.

Même le personnel de la réception était armé. On pouvait voir des fusils accrochés à des racks derrière le comptoir. Je me demandais jusqu'où ils étaient capables d'aller pour protéger leurs clients. Seraient-ils vraiment prêts à tuer d'autres êtres humains ? Comment ce genre d'homicide serait-il considéré par la loi ?

Un homme blond très mince, au nez chaussé de lunettes, était assis dans l'un des fauteuils capitonnés du hall. Il devait avoir environ trente ans. Il portait un costume d'été kaki léger, une cravate classique et des mocassins. Pas de doute, il s'agissait du plongeur de la veille.

— Hugo Ayres ?

Il s'est levé d'un bond et m'a serré la main.

— Vous êtes Sookie ? Mais… vos… Hier, vous étiez blonde…

— Je le suis toujours. C'est une perruque.

— Ah ! Ça fait très naturel.

— Tant mieux. On y va ?

— Ma voiture est garée devant l'hôtel.

Il a posé la main dans mon dos pour m'orienter dans la bonne direction, comme si j'allais rater la porte. Mais j'ai apprécié sa courtoisie, sinon le sous-entendu. J'étais en train d'essayer de le sonder. Mais Hugo Ayres n'émettait pas grand-chose.

— Depuis quand fréquentez-vous Isabel ? lui ai-je demandé alors que nous attachions nos ceintures dans sa Chevrolet Caprice.

— Ah! Hum... Ça doit faire presque un an.

Il avait de grandes mains avec des taches de rousseur. Je trouvais étonnant qu'il ne vive pas dans un pavillon de banlieue avec une épouse bien coiffée et deux petites têtes blondes.

— Vous êtes divorcé?

J'avais lancé ça sans réfléchir, et je m'en suis voulu quand j'ai vu la douleur crisper ses traits.

— Oui. C'est récent.

— Je suis désolée.

J'allais lui poser des questions sur ses enfants, puis j'ai décidé que cela ne me regardait pas. À vrai dire, je lisais assez clairement dans son esprit pour savoir qu'il avait une petite fille. Mais je ne parvenais pas à découvrir son nom, ni son âge.

— Est-il vrai que vous pouvez lire dans les pensées? m'a-t-il soudain demandé.

— Oui, c'est vrai.

— Pas étonnant que les vampires vous trouvent si intéressante.

Aïe! Eh bien, Hugo!

— En effet, ça doit compter pour beaucoup, lui ai-je répondu d'un ton détaché. Parlez-moi un peu de vous. Qu'est-ce que vous exercez comme métier, le jour?

— Je suis avocat.

— Pas étonnant que les vampires vous trouvent si intéressant, ai-je répliqué d'un ton aussi neutre que possible.

— Je suppose que je n'ai que ce que je mérite, a admis Hugo après un silence prolongé.

— Laissez tomber. Essayons plutôt de nous trouver une couverture crédible.

— Est-ce que nous ne pourrions pas être frère et sœur?

— Pourquoi pas? J'en ai vu qui se ressemblaient moins que nous. Mais je crois qu'il vaudrait mieux

152

qu'on se fasse passer pour un couple. Ça permettrait d'expliquer nos lacunes, si jamais nous étions séparés et interrogés. Je ne dis pas que ça va arriver – je serais même la première surprise –, mais en tant que frère et sœur, nous sommes censés tout savoir l'un de l'autre.

— Tu as raison. Pourquoi ne pas dire que nous nous sommes rencontrés au temple ? Tu viens d'emménager à Dallas et je t'ai rencontrée à l'office du dimanche, au temple méthodiste Glen Craigie. C'est réellement ma paroisse, d'ailleurs.

— OK. Et si j'étais... gérante d'un restaurant ?

Avec mon expérience du *Merlotte*, je devais pouvoir me montrer convaincante dans le rôle, si on ne me posait pas de questions trop pointues.

Hugo a eu l'air étonné.

— Pourquoi pas ? Quant à moi, je ne suis pas très bon acteur : je préfère rester avocat.

— Pas de problème. Comment as-tu rencontré Isabel ?

J'étais intriguée, bien évidemment.

— Je défendais Stan. Ses voisins avaient porté plainte contre lui. Ils cherchaient à faire interdire la présence des vampires dans leur quartier. Ils ont perdu.

D'après ce que je percevais de ses pensées, Hugo avait des doutes quant à sa relation avec une vampire. Et il n'était pas tout à fait persuadé qu'il aurait dû gagner ce procès. En fait, il éprouvait des sentiments très ambivalents vis-à-vis d'Isabel.

Super ! Ça rendait cette mission encore plus angoissante qu'elle ne l'était déjà.

— Est-ce que c'est paru dans les journaux ? Je veux dire, a-t-on parlé de toi à l'occasion de ce procès ?

Il a eu l'air ennuyé.

— Bon sang oui ! Quelqu'un de la Confrérie pourrait reconnaître mon nom ou mon visage : ma photo a été publiée, au moment de l'affaire.

— Eh bien, ce n'est peut-être pas plus mal. Tu pourras toujours faire croire qu'en approchant les vampires d'aussi près, tu as compris ton erreur.

Hugo a réfléchi à la question, en tambourinant des doigts sur le volant.

— D'accord, a-t-il finalement admis. Comme je te l'ai déjà dit, je ne suis pas doué pour la comédie, mais j'imagine que je saurai jouer cette carte-là.

Moi, c'est plutôt le contraire : je passe mon temps à jouer la comédie. Prendre la commande d'un client en faisant semblant de ne pas savoir qu'il est en train de se demander si vous êtes une vraie blonde, ça vaut tous les cours de comédie. On ne peut pas en vouloir aux gens de ce qu'ils pensent – en général –, il vaut mieux apprendre à dépasser ça.

Je m'apprêtais à suggérer à l'avocat qu'il devrait me prendre la main, si les choses se gâtaient, pour que je puisse lire dans ses pensées et agir en conséquence, mais je me suis ravisée. Cette ambiguïté qui émanait de lui comme une eau de toilette bon marché me donnait à réfléchir. Il pouvait bien être accro à Isabel d'un point de vue sexuel, il pouvait même s'imaginer qu'il l'aimait, elle ou, peut-être, le danger qu'elle représentait, mais il ne me semblait pas, pour autant, lui être vraiment attaché cœur et âme.

Cette réflexion m'a amenée à une brève et assez inconfortable introspection : et moi, que ressentais-je vraiment pour Bill ? Mais ce n'était ni le lieu ni le moment de me poser la question. J'avais déjà découvert assez d'éléments perturbants dans la tête de mon partenaire pour me demander s'il était bien raisonnable de lui faire confiance pendant notre mission. Autant dire que j'étais à deux doigts de douter de ma sécurité en pareille compagnie. Je me demandais aussi ce qu'Hugo Ayres savait vraiment à mon sujet. Sans doute pas grand-chose. Il n'avait pas assisté à la séance de la veille, et Isabel ne m'avait pas donné l'impression d'être particulièrement loquace.

La route à quatre voies, qui traversait une immense banlieue, était flanquée des fast-foods et des grandes chaînes de magasin habituels. Progressivement, les commerces ont cédé la place aux résidences, et le béton à la verdure urbaine. Pourtant, la circulation était toujours aussi infernale. Je me suis dit que je ne pourrais jamais vivre dans un endroit pareil et supporter ça tous les jours.

Hugo a ralenti et mis son clignotant pour entrer dans le parking d'un gigantesque temple. Le sanctuaire proprement dit s'élevait sur deux niveaux. Comparé à la norme dans la région de Bon Temps, il était immense. Chez moi, seuls des baptistes auraient pu remplir un tel lieu de culte, et uniquement si toutes leurs congrégations avaient été réunies. Une aile de plain-pied partait de chaque côté du corps de bâtiment. C'était une construction en briques peintes en blanc, aux fenêtres en verre teinté. Une pelouse parfaitement entretenue, d'un vert chimique, entourait le tout, suivie du parking. Une pancarte plantée dans le gazon indiquait : « Centre de la Confrérie du Soleil. » En dessous était écrit : « Seul Jésus s'est relevé d'entre les morts. »

— Pfff! N'importe quoi, ai-je grommelé en sortant de la voiture. Lazare aussi s'est relevé d'entre les morts. Pauvres nuls ! Même pas fichus de lire leur Bible correctement.

— Tu ferais mieux de changer d'état d'esprit dès maintenant, m'a avertie Hugo en appuyant sur le bouton du verrouillage centralisé. Sinon, tu risques de laisser échapper une parole malheureuse. Ces gens-là ne plaisantent pas. Ils ont reconnu publiquement avoir livré deux vampires aux Dealers et ont même revendiqué la responsabilité de cette action. Ils affirment que c'est pour le bien de l'humanité.

— Ils sont de mèche avec eux!

J'en avais la nausée. Les Dealers exerçaient un métier à haut risque… Ils traquaient les vampires et, une fois qu'ils les avaient piégés, les ligotaient avec une chaîne d'argent et les vidaient de leur sang, qu'ils vendaient au marché noir.

— Ces gens, là-dedans, ont livré des vampires aux Dealers!

Je n'arrivais pas à m'en remettre.

— C'est ce qu'un de leurs membres a dit, dans une interview parue dans un journal. Évidemment, dès le lendemain, leur leader donnait un démenti formel de cette information au journal télévisé. Mais, à mon avis, c'était de la poudre aux yeux. La Confrérie supprime les vampires par tous les moyens possibles et imaginables. Pour elle, ils sont d'essence diabolique, une abomination, et capables de tout. Si tu comptes un vampire parmi tes amis, ils peuvent exercer sur toi d'insoutenables pressions. Essaie de t'en souvenir, chaque fois que tu ouvriras la bouche de l'autre côté de cette porte.

— Eh bien toi aussi, Monsieur l'Oiseau de Mauvais Augure.

Nous nous sommes dirigés à pas lents vers le bâtiment tout en l'examinant. Il y avait une dizaine d'autres véhicules sur le parking, de la vieille guimbarde cabossée à la voiture de luxe. J'avais un petit faible pour la Lexus blanche et nacrée, si rutilante qu'elle aurait pu appartenir à un vampire.

— On dirait que ça rapporte, de spéculer sur la haine, a commenté Hugo en regardant la Lexus.

— Et qui est le roi de ce château?

— Un certain Steve Newlin.

— Je parie que c'est sa voiture.

— Ça expliquerait l'autocollant sur le pare-brise.

J'ai hoché la tête. On pouvait y lire : « Morts-vivants : plutôt morts que vivants ! » Et une réplique de pieu – je préférais penser qu'il était factice – se balançait au rétroviseur intérieur.

L'endroit semblait animé pour un samedi après-midi. Des enfants s'amusaient sur des balançoires et des jeux d'escalade dans une cour entourée de grilles sur le côté du bâtiment. Ils jouaient sous la surveillance d'un adolescent qui avait l'air de s'ennuyer. Il levait de temps à autre un œil morne, avant de recommencer à se curer les ongles. Il ne faisait pas aussi chaud que la veille – le retour de l'été n'avait été qu'un baroud d'honneur, et tant mieux –, et la porte du centre était ouverte pour profiter au maximum de cette belle journée ensoleillée et des températures modérées.

Hugo m'a pris la main. Sur le coup, j'ai sursauté, avant de comprendre qu'il s'efforçait de nous faire passer pour un jeune couple d'amoureux. Il n'était absolument pas attiré par moi, ce qui me convenait parfaitement. Après quelques secondes d'ajustement, nous avons réussi à trouver une attitude à peu près naturelle. Ce contact physique a renforcé celui que j'avais mentalement avec Hugo. Je savais qu'il était anxieux mais déterminé. Cependant, il éprouvait une sorte de dégoût à l'idée de me toucher, et cette répulsion était un peu trop extrême pour ma tranquillité d'esprit. N'inspirer aucun désir était une chose, mais cette aversion manifeste me mettait mal à l'aise. Je sentais que ça cachait quelque chose, une façon de penser, certains principes... Mais il y avait des gens qui venaient au-devant de nous, et j'ai dû rebrancher mes neurones sur la réalité. Avant même que j'y aie consciemment songé, mes lèvres dessinaient mon sourire automatique.

Bill avait pris soin de ne pas toucher à mon cou, la nuit dernière. Je n'avais donc pas à m'inquiéter de devoir cacher des marques de crocs. Dans ma nouvelle tenue, sous ce beau soleil, il était donc plus facile de paraître insouciante, alors que nous adressions un signe de tête à un couple d'un certain âge qui sortait du temple.

Il faisait frais dans la pénombre du bâtiment en briques blanches. La partie où nous nous trouvions avait dû abriter autrefois les classes de catéchisme. Des plaques toutes neuves ornaient à présent les portes, de part et d'autre du long couloir : « Comptabilité », « Publicité » et, plus perturbant, « Relations presse ».

Un peu plus loin devant nous, une femme d'une quarantaine d'années est sortie d'une pièce. Elle avait un air plutôt engageant, sympathique, même, avec ses courts cheveux châtains, sa peau de pêche et son rouge à lèvres rose pâle assorti à son vernis à ongles. Sa lèvre inférieure était un peu boudeuse, ce qui lui donnait une certaine sensualité un peu provocante que ne démentaient pas ses lignes arrondies. Sa jupe en coton bleu jean et son chemisier en jersey étaient le parfait reflet de ma propre tenue, ce dont je me suis intérieurement félicitée.

— Puis-je vous être utile ? nous a-t-elle demandé d'une voix dans laquelle perçait l'espoir.

— Nous voudrions nous renseigner sur la Confrérie, a répondu Hugo avec la même amabilité et la même sincérité dont paraissait faire preuve notre nouvelle amie.

Elle portait un badge sur la poitrine : « S. Newlin. »

— Ravie de vous accueillir parmi nous ! s'est-elle exclamée. Je suis Sarah Newlin, l'épouse du directeur de ce centre, Steve Newlin.

Elle a serré la main d'Hugo, mais pas la mienne. Je ne m'en suis pas formalisée outre mesure : certaines femmes trouvent ridicule de serrer la main des personnes de leur sexe.

Après les politesses de rigueur, elle a agité une main impeccablement manucurée vers la porte à double battant au fond du couloir.

— Si vous voulez bien me suivre, je vais vous montrer où les choses se déroulent, nous a-t-elle proposé avec un petit rire, comme si l'idée lui paraissait un peu farfelue.

Toutes les portes étaient ouvertes, et chaque pièce offrait le spectacle d'activités on ne peut plus licites. Si Newlin et compagnie détenaient des prisonniers ou dirigeaient des opérations occultes, ils devaient œuvrer dans une autre partie de l'édifice. Je regardais tout ce que je voyais avec attention, bien décidée à emmagasiner un maximum de renseignements. Mais, pour l'heure, l'intérieur de la Confrérie du Soleil était d'une propreté aussi aveuglante que l'extérieur, et les personnes qui y travaillaient n'avaient vraiment rien de sinistre ou de malhonnête.

Sarah marchait devant nous d'un pas alerte. Elle serrait des dossiers contre son cœur et discutait avec nous par-dessus son épaule. Elle semblait avancer avec une élégance nonchalante, mais, en fait, j'avais du mal à suivre son rythme. Hugo et moi avons été obligés de nous lâcher la main et d'accélérer pour ne pas nous faire semer.

Le bâtiment était beaucoup plus vaste que je ne l'avais tout d'abord imaginé. Nous étions entrés à l'une des extrémités de l'aile droite et nous traversions à présent l'ancien temple, transformé en centre de conférences, pour pénétrer dans l'aile gauche. Ce bâtiment-ci comprenait moins de pièces, mais elles étaient nettement plus grandes. La plus proche du sanctuaire avait manifestement abrité le bureau du pasteur. Elle portait une plaque sur la porte qui indiquait : « G. Steve Newlin, Directeur. »

C'était la première porte fermée que je voyais depuis le début de la visite.

Sarah a frappé, puis, après avoir patienté un instant, est entrée dans la pièce. En nous voyant, l'homme grand et élancé assis au bureau s'est levé avec un sourire radieux, plein d'impatience enjouée. Sa tête semblait trop petite pour son corps. Il avait les yeux d'un bleu délavé, un nez en bec d'aigle et des cheveux du même châtain que sa femme, légèrement grisonnants. Je ne sais pas bien quel portrait-robot j'aurais fait d'un fanatique, mais cet homme-là n'y ressemblait pas du tout. Sa propre vie semblait l'amuser légèrement.

Il s'entretenait avec une grande femme aux cheveux gris acier. Elle portait un pantalon et un chemisier, mais on l'aurait mieux vue dans un tailleur de femme d'affaires. Son maquillage était austère et elle semblait on ne peut plus mécontente. Était-ce à cause de notre irruption ?

— Que puis-je faire pour vous par cette belle journée ? a demandé Steve Newlin en nous invitant d'un geste à nous asseoir, Hugo et moi.

Nous avons tous les deux pris place dans les fauteuils en cuir vert disposés face à lui, de l'autre côté de son bureau. Sans attendre d'y être conviée, Sarah s'est elle aussi assise, sur une chaise adossée au mur.

— Excuse-moi, Steve, a-t-elle dit à son mari, avant de se tourner vers nous. Puis-je vous offrir un café ? Un soda ?

Nous nous sommes consultés du regard, Hugo et moi, avant de secouer la tête en même temps.

— Chéri, voici... Oh ! Je ne vous ai même pas demandé votre nom !

Elle nous a lancé un regard contrit.

— Je m'appelle Hugo Ayres, et voici mon amie, Marguerite.

Marguerite ? Il avait perdu la tête ! J'ai réussi à conserver mon sourire de façade, non sans effort. Puis j'ai aperçu un vase de marguerites sur une petite table, à côté de Sarah, et j'ai compris d'où lui venait cette subite inspiration. Nous avions déjà commis une grosse erreur : nous aurions dû parler de tout ça avant et nous mettre d'accord. Si c'était bien la Confrérie qui avait placé le micro, ses dirigeants connaissaient forcément le nom de Sookie Stackhouse. Heureusement qu'Hugo y avait pensé !

— Le nom d'Hugo Ayres ne te dit pas quelque chose, Sarah ?

L'attitude de Steve Newlin reflétait la plus parfaite perplexité – front plissé, sourcils froncés, tête légèrement penchée sur le côté.

— Ayres ? a répété la femme aux cheveux gris. Au fait, je suis Polly Blythe, la responsable des cérémonies de la Confrérie.

— Oh ! Polly, je suis désolée. Je manque à tous mes devoirs d'hôtesse, s'est exclamée Sarah, avant d'imiter la pose de son époux.

Soudain, son regard s'est éclairé, et elle a adressé un sourire rayonnant à son mari.

— N'était-ce pas un certain Ayres qui représentait les vampires dans le procès de University Park ?

— Absolument, a acquiescé Steve en se calant dans son fauteuil.

Il a croisé les jambes, fait un signe à quelqu'un qui passait dans le couloir et noué ses doigts autour de son genou.

— Voici une visite fort intéressante, Hugo. Pouvons-nous espérer que vous ayez découvert le revers de la médaille, si je puis dire ?

Steve Newlin empestait la jubilation à plein nez, pire qu'un putois !

— C'est une façon assez juste de résumer... a commencé Hugo.

Mais Steve a continué sur sa lancée :

— Leur côté suceurs de sang ? Prédateurs des ténèbres ? Avez-vous fini par comprendre qu'ils voulaient tous nous soumettre à leurs mœurs contre nature, nous bercer de fausses promesses afin de mieux nous exterminer?

J'avais les yeux ronds comme des soucoupes. Sarah hochait la tête pensivement, toujours aussi mielleuse et fade, comme un pudding à la vanille. Polly, en revanche, semblait sur le point d'atteindre un orgasme sinistre.

Toujours souriant, Steve poursuivait:

— Vous savez, la perspective d'une vie éternelle sur cette terre peut paraître alléchante, mais elle a un prix: celui de votre âme. Et quand nous vous attraperons – car nous vous attraperons, un jour ou l'autre, peut-être pas moi, bien sûr, mais peut-être mon fils ou ma petite-fille –, quand nous vous transpercerons le cœur avec un pieu avant de vous brûler, alors, vous connaîtrez vraiment l'enfer. Et vous n'aurez rien gagné à avoir retardé l'échéance. Vous savez, Dieu a prévu un coin spécial pour les vampires qui se sont servi des humains comme de papier toilette que l'on jette avant de tirer la chasse.

Hé! Beurk. La situation se dégradait à toute vitesse. Ce que je recevais de l'esprit de Steve n'était qu'un perpétuel flux de jubilation satisfaite, le tout pimenté d'une bonne dose d'intelligence retorse. Pour lors, rien de concret, donc.

— Excuse-moi, Steve, est soudain intervenue une voix grave.

J'ai tourné la tête et j'ai découvert un homme séduisant aux cheveux noirs coupés en brosse, avec un corps de bodybuilder. Il a souri à la cantonade, avec ce même air bienveillant qu'ils arboraient tous en permanence. Ça m'avait rassurée, au début. Maintenant, ça me donnait la chair de poule.

— Notre invité te réclame, a poursuivi le nouveau venu.

— Oh, vraiment? J'arrive dans une minute.

162

— Je préférerais que tu viennes maintenant. Je suis persuadé que tes invités ne t'en voudront pas de les faire attendre un peu, a insisté Monsieur Muscle en nous adressant un regard implorant.

L'image d'un endroit sombre et confiné a alors traversé l'esprit d'Hugo. Ce flash m'a paru particulièrement étrange.

— Je te rejoins dès que j'en ai fini avec nos amis, Gabe, lui a répondu Steve d'un ton ferme et sans réplique.

— C'est-à-dire que, Steve...

Gabe ne semblait pas prêt à céder aussi facilement. Mais une étincelle menaçante est soudain apparue dans les yeux de Steve tandis qu'il se redressait dans son fauteuil et décroisait les jambes. Gabe a reçu le message cinq sur cinq. Il a lancé à son interlocuteur récalcitrant un coup d'œil qu'on aurait pu difficilement qualifier de dévoué, mais il a quitté la pièce.

Ce bref échange entre les deux hommes me paraissait prometteur. Je me suis demandé si Farrell était retenu quelque part dans les parages, derrière une porte verrouillée. Je me voyais déjà retourner chez Stan pour lui révéler l'endroit exact où était enfermé son « frère ». Ensuite...

Oh oh. Ensuite, Stan viendrait attaquer la Confrérie du Soleil avec les autres membres de son clan, tuerait tous les adeptes, libérerait Farrell et...

Oh la la.

— Nous voulions simplement savoir si vous aviez quelque chose à nous présenter qui nous donnerait une idée plus précise de vos activités. Un événement prochain auquel nous pourrions assister, par exemple.

Le ton d'Hugo n'exprimait qu'une simple curiosité, un intérêt somme toute assez modéré.

— Puisque, si j'ai bien compris, Mlle Blythe est justement chargée de l'organisation de telles manifestations, peut-être pourra-t-elle nous répondre.

J'ai surpris le coup d'œil que Polly Blythe lançait à Steve. Mais ce dernier est resté de marbre. D'après ce que je pouvais capter de ses pensées, elle était ravie qu'on fasse appel à ses lumières, et ravie de notre présence ici.

— Eh bien, nous avons effectivement plusieurs événements en vue, nous a-t-elle annoncé. Aujourd'hui, nous organisons justement une veillée exceptionnelle qui sera suivie d'un rituel du soleil levant dominical.

— Voilà qui semble intéressant. Mais, quand vous parlez de « soleil levant », vous voulez dire que ça se passe vraiment à l'aube ? ai-je demandé.

— Oh, oui, absolument. Nous appelons les services météo avant, pour nous renseigner sur l'heure exacte du lever du soleil, a assuré Sarah en riant.

— C'est un office extrêmement édifiant. Vous ne l'oublierez pas de sitôt, a renchéri Steve.

— Mais quel genre d'office... Enfin, que se passe-t-il exactement ? s'est enquis Hugo.

— Vous aurez la manifestation du pouvoir de Dieu juste sous les yeux, lui a expliqué Steve, tout sourires.

De très, très mauvais augure.

— Oh, Hugo ! me suis-je exclamée. Tu ne trouves pas ça fascinant ?

— Ah mais oui ! À quelle heure commence la veillée ?

— À 18 h 30. Nous tenons à ce que tous nos membres soient là avant « leur » lever.

J'ai eu un quart de seconde de perplexité, en pensant à des plateaux de petits pains en train de lever, puis j'ai compris que Steve voulait que tous les adeptes arrivent avant que les vampires ne se lèvent pour la nuit.

164

— Mais comment font les fidèles pour les éviter, en rentrant chez eux ? ai-je demandé.

— Oh, mais vous n'avez pas dû participer à beaucoup de veillées dans votre jeunesse ! s'est exclamée Sarah. C'est très amusant. Tout le monde vient avec son sac de couchage. Nous dînons ensemble et faisons des tas de jeux très distrayants. Il y a aussi des lectures de la Bible et un sermon, bien sûr. Nous passons vraiment toute la nuit ensemble dans le temple.

Donc, pour Sarah, la Confrérie était bel et bien une église. Et j'étais certaine que c'était aussi le point de vue du personnel encadrant. Pour eux, si le centre de la Confrérie ressemblait à un temple et fonctionnait comme un temple, alors c'était un temple, quel que soit son statut légal.

J'avais bien participé à des veillées, quand j'étais adolescente, et j'avais eu de la peine à endurer cette expérience. Imaginez une bande de gamins enfermés dans un bâtiment toute la nuit, étroitement chaperonnés, soumis à un flot incessant de films, junk food et sodas. J'avais dû supporter le bombardement d'idées et de pulsions projetées par des adolescents en proie à leurs hormones ainsi que leurs hurlements et leurs caprices.

Cette fois, ce serait différent, me suis-je dit. Il s'agirait d'adultes, et qui plus est, d'adultes venus défendre une cause. Le sol ne serait pas couvert d'un million de sacs de chips et il y aurait peut-être même des installations décentes pour dormir. Si nous participions à cette soirée, Hugo et moi, nous aurions peut-être une chance de fouiller les bâtiments et de délivrer Farrell. Car j'étais sûre que c'était lui qui allait être offert au soleil levant, dimanche, qu'il le souhaite ou non.

— Nous serions enchantés de vous compter parmi nous, a déclaré Polly. Ce n'est pas la nourriture qui manque, et nous avons largement assez de lits de camp.

Hugo et moi avons échangé un regard incertain.

— Pourquoi ne pas faire une petite visite du centre maintenant ? nous a suggéré Sarah, consciente de notre hésitation. Cela vous donnera le temps de réfléchir.

Quand j'ai pris la main d'Hugo, j'ai été submergée par un flot d'incertitude. J'étais consternée par ses émotions contradictoires. Une seule pensée se dégageait clairement : « Fichons le camp d'ici ! »

J'ai immédiatement revu mes plans. Si Hugo en était déjà à un tel stade, nous n'avions plus rien à faire là. Les autres questions pourraient attendre.

— On devrait rentrer directement chez moi chercher nos duvets et nos oreillers, mon bébé, lui ai-je lancé gaiement.

— Tu as raison. Et il faut que je donne à manger à mon chat, a répondu Huo. Mais nous serons de retour à... 18 h 30, c'est bien cela ?

— Oh, j'y pense ! s'est écriée Sarah. Steve, n'avons-nous pas des sacs de couchage en réserve dans la salle du fond ? Tu sais, ceux que nous avons gardés après le départ de ce jeune couple qui a séjourné ici quelque temps.

— Absolument. Nous serions heureux de vous garder avec nous en attendant l'arrivée des autres fidèles, a renchéri Steve avec un sourire radieux.

J'ai tout de suite senti la menace sous-jacente et compris qu'il fallait déguerpir au plus vite. Pourtant, je n'avais toujours pas réussi à capter quoi que ce soit d'intéressant dans l'esprit des Newlin, qui n'offraient qu'un mur infranchissable de détermination. Quant à Polly Blythe, elle semblait toujours jubiler. Maintenant que nous avions manifestement éveillé leurs soupçons, je n'avais aucune envie de sonder trop loin. Si nous parvenions à nous échapper tout

166

de suite, je me jurais bien de ne jamais y remettre les pieds. J'abandonnerais ce travail de détective pour les vampires ; je me contentcrais de servir au bar et de dormir dans les bras de Bill.

— Je suis désolée, mais nous devons vraiment nous en aller, ai-je insisté poliment avec un peu plus de fermeté. Vous nous avez fait très bon accueil et nous tenons à être des vôtres, ce soir. Mais nous avons certaines choses à faire avant cela. Vous savez ce que c'est : on travaille toute la semaine, et toutes ces petites corvées s'accumulent sans qu'on s'en rende compte.

— Oh, mais elles seront encore là quand la veillée s'achèvera demain ! a protesté Steve. Il faut que vous restiez. Tous les deux.

Il semblait impossible de sortir de ce guêpier sans nous trahir. Notre résistance serait vraiment devenue suspecte. Mais je n'avais pas l'intention de cracher le morceau, pas tant qu'il y avait encore un espoir, si minime soit-il, de nous échapper. L'endroit était encore très fréquenté. Nous avons tourné à gauche en sortant du bureau de Steve Newlin. Steve marchait derrière nous, Polly sur notre droite, et Sarah nous précédait. Chaque fois que nous passions devant une porte, une voix s'élevait : « Steve, je peux te voir une minute ? » ou « Steve, Ed prétend qu'on doit changer la formulation là-dessus ». Mais, en dehors d'un clin d'œil complice ou d'un léger vacillement de son sourire, je n'ai pas vu Steve Newlin fournir la moindre réponse concrète aux demandes réitérées de ses collaborateurs.

Je me demandais combien de temps la machine continuerait à tourner, si Steve était amené à disparaître. Puis j'ai eu honte d'avoir pensé une chose pareille, parce que, dans mon esprit, « disparaître » signifiait « s'il était tué ». Je commençais à croire que Sarah ou Polly seraient ravies de prendre sa place, si l'occasion s'en présentait. Elles semblaient de la même trempe : mains de fer dans des gants de velours.

Si tant est qu'on puisse considérer que cette organisation ait été innocente, tous ces bureaux paraissaient parfaitement ordinaires, et les tâches qu'on y effectuait on ne peut plus routinières et normales. Rien ne différenciait ces gens de l'Américain moyen, si ce n'est qu'ils avaient l'air presque trop bien élevés. Il y avait même des Noirs et des Hispaniques parmi les membres de l'équipe.

Ainsi qu'une créature qui n'appartenait pas au genre humain.

Une petite femme brune de type latino marchait au-devant de nous dans le hall et, quand son regard a croisé le mien, j'ai saisi au vol une signature mentale que je n'avais rencontrée qu'une fois : celle de Sam Merlotte. Comme Sam, cette femme était une métamorphe. Elle a écarquillé les yeux en percevant l'émanation de ma différence. J'ai essayé de capter son attention et, pendant un instant, nos regards sont restés rivés l'un à l'autre, tandis que je tentais de lui faire parvenir un message qu'elle s'efforçait par tous les moyens de ne pas recevoir.

— Vous ai-je dit que la première église à avoir été érigée sur le site que nous occupons actuellement datait des années soixante ? chantonnait Sarah, alors que la petite femme brune s'éloignait dans un cliquetis précipité de talons.

Elle a jeté un coup d'œil par-dessus son épaule et, une fois encore, nos regards se sont croisés. Il y avait de la peur dans ses yeux. Les miens disaient « Au secours ! ».

— Non, ai-je répondu, surprise par le tournant qu'avait pris la conversation.

— Encore quelques pas, et nous aurons fait le tour complet, a repris Sarah d'un ton encourageant.

168

Nous arrivions effectivement à la dernière porte, au bout du couloir. Celle qui lui faisait pendant, dans l'autre aile, donnait sur l'extérieur. Les deux ailes semblaient avoir été construites sur le même modèle, de part et d'autre du sanctuaire central. Je m'étais visiblement trompée dans mes observations. Pourtant, je me sentais toujours mal à l'aise.

— C'est vraiment immense, a commenté Hugo aimablement.

Quelles qu'aient été les émotions contradictoires qui l'avaient si violemment tourmenté, il semblait maintenant en être délivré. En fait, il ne paraissait plus inquiet du tout. Seule une personne totalement dépourvue d'intuition psychique aurait manqué de mesurer la gravité de la situation.

Ça c'était bien Hugo. Aucune intuition psychique. Il n'a montré qu'un vague intérêt lorsque Polly a ouvert la dernière porte, à l'extrémité du couloir. Elle aurait dû donner sur l'extérieur.

Mais elle menait vers le bas.

6

— Vous savez, je suis un peu claustrophobe, ai-je aussitôt prétendu. Je pensais que les bâtiments à Dallas ne comportaient généralement pas de sous-sol. Et je dois dire que je n'ai vraiment pas envie de le visiter.

Je me suis cramponnée au bras d'Hugo, en adressant à la ronde un petit sourire contrit qui se voulait attendrissant.

Le cœur d'Hugo battait comme un tambour. Il était terrifié. Le simple fait de se retrouver au sommet de cet escalier lui faisait perdre de nouveau ses moyens. Décidément, je ne comprenais rien à Hugo. Surmontant la peur qui lui nouait le ventre, il m'a tapoté l'épaule avec commisération et a, à son tour, adressé un sourire confus à la cantonade.

— Je crois que nous ferions peut-être mieux d'y aller, a-t-il murmuré.

— Oh, mais je suis persuadée que cette petite visite vous passionnera ! Nous avons un abri anti-atomique, vous savez, a insisté Sarah, qui réprimait manifestement une certaine envie de rire. Il est entièrement équipé, n'est-ce pas, Steve ?

— C'est fou tout ce qu'on peut trouver là-dessous ! a renchéri son mari.

Il avait toujours l'air aussi cordial, aussi décontracté, image parfaite de l'homme serein qui maîtrise la situation. Mais je n'y voyais plus rien de bienveillant. Il a avancé d'un pas, et comme il était derrière nous, j'ai été obligée d'en faire autant, au risque qu'il me touche – ce dont je n'avais aucune envie.

— Allez! a lancé Sarah avec enthousiasme. Je parie que Gabe est en bas. Steve en profitera pour régler ce petit problème qui semblait tant le contrarier tout à l'heure et, pendant ce temps, je vous montrerai l'abri.

Et elle a descendu l'escalier de cette même démarche élégante, mais étonnamment rapide, qu'elle avait adoptée dans le couloir, faisant onduler ses hanches d'une manière que j'aurais sans doute trouvée sexy si je n'avais pas été à deux doigts de hurler.

Polly nous a invités d'un geste à lui emboîter le pas. Nous n'avions pas franchement le choix. Hugo est passé en premier. Il semblait désormais se croire en sécurité. Je le percevais très clairement dans son esprit. Sa première réaction d'appréhension s'était dissipée. Il paraissait s'être résigné à laisser les choses suivre leur cours. Son incertitude avait disparu. J'aurais bien aimé qu'il soit un peu plus facile à déchiffrer. De dépit, je me suis concentrée sur Steve Newlin. Mais je n'ai rien obtenu de ce côté-là non plus, hormis cette inébranlable muraille d'autosatisfaction.

Plus nous descendions, plus je ralentissais. J'entendais dans ses pensées qu'Hugo était certain de remonter sain et sauf – après tout, il était civilisé. Et tous ces gens-là étaient civilisés.

Hugo était intimement persuadé que rien d'irréparable ne pouvait lui arriver parce qu'il était le type même de l'Américain blanc de classe moyenne, diplômé, comme l'étaient ceux qui nous accompagnaient dans l'escalier.

Je ne partageais absolument pas ses convictions. Je n'étais pas une personne totalement civilisée.

Encore une question qui, comme tant d'autres que je m'étais posées cet après-midi, aurait mérité réflexion. Je l'ai gardée au chaud avec les précédentes, en me promettant de l'étudier dès que j'aurais un moment de liberté. Si je ne l'avais pas perdue entre-temps.

Il y avait une deuxième porte au pied des marches. Sarah a frappé trois coups secs, puis deux. J'ai enregistré. J'ai entendu le claquement des verrous.

Monsieur Muscle nous a ouvert.

— Hé! Mais vous m'avez amené des visiteurs! s'est exclamé Gabe, rayonnant. Formidable!

Sa chemisette était impeccablement rentrée dans son Dockers bien repassé. Ses Nike étaient toutes neuves et immaculées. Il était rasé d'aussi près que peut le faire un rasoir. J'étais prête à parier qu'il faisait ses cinquante pompes tous les matins. Il y avait de l'excitation dans tous ses gestes, comme s'il s'était drogué à l'adrénaline.

J'ai essayé de détecter un signal de vie dans les environs immédiats, mais j'étais trop stressée pour pouvoir me concentrer.

— Je suis content que tu sois là, Steve, a poursuivi Gabe. Pendant que Sarah fait visiter l'abri à nos invités, tu pourrais peut-être venir jeter un coup d'œil dans la chambre d'amis.

Il désignait du menton la porte située à droite du petit couloir de béton. Il y en avait une autre en vis-à-vis et une au fond.

Je détestais cet endroit. Je m'étais prétendue claustrophobe pour ne pas avoir à descendre, mais maintenant qu'on m'y avait forcée, je comprenais que j'étouffais réellement. Cette odeur de moisi, cette lumière blême, cette sensation d'être enfermée… c'était horrible. Je ne voulais pas rester ici. Mes mains étaient moites, et j'avais l'impression d'avoir des semelles de plomb.

— Hugo, ai-je chuchoté. Je veux m'en aller.

Ma voix avait un authentique accent désespéré. Je n'étais pas fière de l'entendre, mais il y était.

— Marguerite ne se sent vraiment pas bien, a plaidé Hugo d'un air embarrassé. Si ça ne vous dérange pas, nous allons remonter et vous attendre en haut.

J'ai fait immédiatement demi-tour et… je me suis retrouvée nez à nez avec Steve. Il ne souriait plus du tout, à présent.

— Et moi, je pense que vous devriez m'attendre dans la pièce à côté jusqu'à ce que j'en aie terminé avec Gabe, a-t-il rétorqué. Ensuite, nous aurons ensemble une petite conversation.

À sa façon de parler, il était clair qu'il ne tolérerait aucune objection. Sarah a ouvert la porte qu'il pointait du doigt, révélant une pièce carrée aux murs et au sol nus, avec, pour tout mobilier, deux chaises et deux lits de camp.

— Non, je ne peux pas, ai-je dit.

Et j'ai poussé Steve de toutes mes forces. Je suis douée d'une grande force. D'une force supérieure, même, puisque j'ai ingéré du sang de vampire. En dépit de sa haute taille, il a chancelé. J'en ai profité pour me faufiler dans l'escalier aussi vite que j'ai pu. Mais une main s'est refermée sur ma cheville, et je suis tombée. On m'a ensuite tirée violemment en arrière. J'ai senti le bord de chaque marche, sur ma joue gauche, mes seins, mes hanches, mon genou gauche. C'était si douloureux que j'ai failli vomir.

— Ben alors, ma p'tite dame ? a fait Gabe en m'aidant à me relever.

174

— Mais qu'est-ce que… Comment avez-vous pu lui faire mal comme ça ? a balbutié Hugo, manifestement sincèrement choqué. Nous venons ici pour nous joindre à vous, et c'est la façon dont vous nous traitez ?

— Oh, arrête ta comédie ! lui a conseillé Gabe en me tordant le bras derrière le dos.

J'ai eu le souffle coupé par cette nouvelle douleur. Il m'a propulsée d'une main dans la pièce, m'arrachant ma perruque de l'autre. Hugo m'a emboîté le pas en dépit de mon cri d'avertissement et la porte s'est refermée derrière lui.

Nous avons entendu la clé dans la porte.

Et c'est tout.

— Sookie, a dit Hugo, ta pommette est cabossée.

— Sans blague ! ai-je marmonné faiblement.

— Es-tu blessée ?

— À ton avis ?

Il a pris ma remarque au premier degré :

— Je pense que tu as des bleus et peut-être une commotion. Tu n'as rien de cassé ?

— Juste un os ou deux.

— Ça ne t'enlève rien de ton mordant, en tout cas.

Ça l'aurait soulagé de se mettre en colère contre moi. Je le percevais nettement, et je me demandais pourquoi. Mais je commençais à me douter de la réponse.

Allongée sur un des lits de camp, un bras sur les yeux, j'essayais de m'isoler. J'avais besoin de réfléchir. Il ne semblait pas se passer grand-chose de l'autre côté de la porte. J'ai cru entendre une autre porte s'ouvrir, un bruit de voix étouffées, mais rien d'autre. Ces murs avaient été conçus pour résister à une explosion nucléaire : tranquillité assurée !

— Tu as une montre ? ai-je demandé à mon compagnon de cellule.

— Oui. Il est 17 h 30.

Encore deux bonnes heures avant le réveil des vampires.

J'ai laissé le silence s'installer. Quand j'ai été sûre qu'Hugo l'impénétrable s'était plongé dans ses pensées, j'ai ouvert mon esprit et écouté, totalement concentrée.

Ce n'était pas censé se passer comme ça... Je n'aime pas ça... Ça va sûrement s'arranger... Je me demande comment on va faire pour aller aux toilettes... Je ne peux quand même pas faire ça devant elle... Et Isabel ? Peut-être qu'elle n'en saura rien... J'aurais dû m'en douter après cette fille, hier... Comment vais-je pouvoir me sortir de là sans compromettre ma carrière d'avocat ? Si je commence à prendre mes distances dès demain, peut-être que je pourrai me désengager en douceur...

J'appuyais mon bras de toutes mes forces sur mes yeux, jusqu'à en avoir mal, pour m'empêcher de sauter sur la première chaise venue et de lui fracasser le crâne. Pour l'instant, il ne savait vraisemblablement pas comment fonctionnait mon don. Les membres de la Confrérie non plus, d'ailleurs. Sinon, jamais ils ne m'auraient enfermée avec lui.

À moins qu'Hugo Ayres n'ait pas plus de valeur pour eux qu'il n'en avait pour moi. Une chose était certaine : il n'en aurait plus aucune pour les vampires. J'avais hâte de voir la réaction d'Isabel quand je lui annoncerais que son jouet préféré était un traître.

Rien que de l'imaginer, ça a suffi à me couper mes envies de meurtre. Quand j'ai compris ce qu'Isabel ferait à Hugo, j'ai su que je n'en tirerais aucune satisfaction réelle si j'y assistais. À dire vrai, je serais terrifiée et j'en serais malade.

Mais une partie de moi pensait néanmoins qu'il le méritait amplement.

176

Mais à qui cet avocat perturbé devait-il allégeance?

Il n'y avait pas trente-six façons de le savoir.

Je me suis redressée avec peine pour m'adosser contre le mur. Je me remettrais de mes blessures rapidement – grâce au sang de vampire, encore une fois –, mais pour le moment, je souffrais le martyre. Je savais que mon visage était tuméfié et à mon avis, ma pommette était en miettes. Tout le côté gauche de mon visage enflait à toute vitesse. Mes jambes n'étaient cependant pas brisées. Je pourrais toujours m'enfuir, à la première occasion. C'était l'essentiel.

Une fois bien calée dans une position aussi confortable que possible, j'ai attaqué bille en tête.

— Alors, Hugo, ça fait combien de temps que tu vis dans la peau d'un traître?

Il est devenu écarlate.

— Traître à qui? À Isabel ou à l'espèce humaine?

— À toi de choisir.

— J'ai trahi l'espèce humaine en acceptant de représenter les vampires au tribunal. Si j'avais eu la moindre idée de ce qu'ils étaient vraiment… J'ai pris l'affaire parce que je pensais que c'était un défi intéressant à relever, juridiquement parlant. J'ai toujours été un ardent défenseur des droits civiques et j'étais convaincu que les vampires avaient les mêmes droits que les autres.

Maître Ayres ouvrait les vannes.

— Évidemment.

— À l'époque, a poursuivi Hugo, j'estimais que leur interdire de vivre là où bon leur semblait, c'était renier les principes fondateurs des États-Unis d'Amérique.

Il avait l'air amer, blasé, revenu de tout.

Il n'avait encore rien vu.

— Mais tu sais quoi, Sookie? Les vampires ne sont pas américains. Ils ne sont ni noirs, ni jaunes, ni indiens. Ils ne sont ni rotariens, ni baptistes. Ce sont seulement des vampires. C'est ça, leur race, leur religion, leur nationalité.

Abruti. C'est cela, qui arrive, lorsqu'une minorité doit vivre dans la clandestinité pendant des siècles.

— Au moment du procès, je me disais que si Stan Davis voulait vivre sur la Green Valley Road ou dans les bois de Winnie l'Ourson, c'était son droit le plus strict, en tant qu'Américain. Alors, je l'ai défendu contre l'association qu'avaient constituée ses voisins pour l'attaquer en justice. Et j'ai gagné. J'étais très fier de moi. C'est comme ça que j'ai rencontré Isabel. J'ai fini par passer la nuit avec elle. Je me flattais de mon courage, de mon audace. Je bravais les préjugés, piétinais toutes les conventions.

Je le regardais sans ciller, sans piper mot.

— Comme tu le sais, le sexe avec les vampires, c'est exceptionnel. Rien ne peut l'égaler. J'étais sous son emprise, je ne pouvais plus me passer d'elle. Mon cabinet en a pâti. Je ne voyais plus mes clients que l'après-midi parce que je ne parvenais pas à me lever le matin. Je ne pouvais non plus aller plaider le matin. Je refusais de quitter Isabel avant l'aube.

J'avais l'impression d'entendre la confession d'un alcoolique. Hugo était devenu accro au sexe vampirique. Je trouvais l'idée fascinante et répugnante à la fois.

— J'ai commencé à faire les petits boulots qu'Isabel me proposait. Ça fait un mois que j'y vais pour tenir la maison et faire le ménage, rien que pour être auprès d'elle. Quand elle m'a demandé d'apporter cette bassine d'eau dans la salle de réunion, j'ai exulté. Non parce que j'étais heureux d'exécuter pour elle une tâche aussi insignifiante – je suis *avocat*, nom de Dieu ! –, mais parce que la Confrérie m'avait appelé pour me demander si je pouvais leur fournir des informations sur les activités des vampires de Dallas. Au moment où l'on m'a contacté, j'étais très en colère contre Isabel. Nous nous étions disputés à propos de la façon dont elle me traitait. J'étais donc tout disposé à écouter les membres de la Confrérie. J'avais entendu ton nom prononcé au cours d'une conversation entre Stan et Isabel, et je le leur ai communiqué. Ils ont quelqu'un qui travaille chez Anubis Air. Ce type a repéré le vol de Bill, et ils ont essayé de te kidnapper à l'aéroport. Ils voulaient découvrir pourquoi les vampires avaient besoin de toi et ce qu'ils feraient pour te récupérer. Quand je suis entré dans la salle avec la bassine, Stan ou Bill t'a appelée par ton prénom, et j'ai compris que leur tentative d'enlèvement avait échoué. Je me suis dit que je détenais une information cruciale pour eux, quelque chose qui pourrait compenser la perte du mouchard que j'avais placé sous la table.

— Non seulement tu as trahi Isabel, mais tu m'as trahie, moi, bien que je sois une humaine, comme toi.

— Oui.

Il gardait les yeux baissés.

— Et Bethany Rogers ?

— La serveuse ?

Il essayait de gagner du temps.

— La serveuse assassinée, ai-je précisé.

— Ils l'ont emmenée, a-t-il soupiré en secouant la tête, comme s'il se disait : « Non, non. Ils n'ont pas pu faire une chose pareille. » Je savais que Bethany était la seule personne à avoir vu Farrell avec Godfrey, et je le leur avais dit. Quand je me suis levé, cet après-midi, et que j'ai entendu à la radio qu'on l'avait retrouvée morte, je n'arrivais pas à le croire.

— Ils l'ont enlevée lorsqu'elle est sortie de chez Stan. Parce que tu leur as dit qu'elle était le seul témoin oculaire de l'histoire.

— Oui, probablement.

— C'est toi qui les as appelés, hier soir, n'est-ce pas ?

— Oui. Je suis sorti dans le jardin et je leur ai téléphoné avec mon portable. J'ai pris un très gros risque : tu sais à quel point les vampires ont l'ouïe fine. Mais je l'ai fait.

Il tentait de se convaincre qu'il avait accompli là un acte de bravoure : passer un appel depuis le Q.G. des vampires, pour dénoncer la pauvre, la pathétique Bethany, qui avait fini avec une balle dans la tête, à côté des poubelles.

— Elle a été tuée après ton coup de fil, parce que tu l'as trahie.

— Oui, je… j'ai regardé le journal télévisé.

— Devine qui a fait ça, Hugo.

— Je… je ne sais pas.

— Mais si, voyons ! Elle était le seul témoin véritablement dangereux, et sa mort est censée servir de leçon aux vampires, une façon comme une autre de leur dire : « Voilà ce qui arrive à ceux qui travaillent pour vous ou gagnent leur vie grâce à vous, s'ils s'opposent à la Confrérie. » Que crois-tu qu'ils vont faire de toi, maintenant, Hugo ?

— Mais je les ai aidés ! a-t-il protesté, visiblement pris de court.

— Qui le sait, à part eux ?

— Personne.

— Alors la personne qui mourrait serait simplement l'avocat qui a pris la défense de Stan Davis, lui permettant ainsi de s'installer à Dallas.

Il en est resté bouche bée.

— Si tu es si important que ça pour eux, comment se fait-il que tu sois enfermé avec moi dans ce trou ?

— Parce que, jusqu'à présent, tu ignorais le rôle que j'avais joué dans cette affaire, a-t-il objecté, et qu'il n'était pas impossible que tu me fournisses d'autres renseignements que nous aurions pu utiliser contre les vampires.

— Donc, maintenant que je sais ce que tu as fait, ils vont te laisser sortir, c'est bien ça ? Pourquoi n'essaies-tu pas, pour voir ? Je ne te retiens pas : je préfère largement être seule.

À ce moment-là, une petite lucarne s'est ouverte dans la porte. Je ne l'avais même pas remarquée jusque-là. Un visage désormais familier s'y est encadré.

— Alors ? Comment ça va, les tourtereaux ? a demandé Gabe, hilare.

— Sookie a besoin de voir un médecin au plus vite ! a déclaré Hugo d'un ton de reproche. Elle ne dit rien, mais je suis sûr qu'elle souffre. Sa pommette est probablement fracturée. Et elle est au courant de mes accointances avec la Confrérie. Alors, autant me laisser sortir.

Je ne savais pas ce qu'il espérait accomplir, mais j'ai joué de mon mieux le rôle de victime qu'il m'avait attribué – ça n'a pas été trop difficile.

— Tu sais quoi ? J'ai une petite idée, a répondu Gabe. Je commence à m'ennuyer ferme au fond de ce trou à rats et je ne crois pas que Sarah ou Steve, ou même la vieille Polly, soient près de redescendre. Tu sais qu'on a un autre prisonnier, ici, Hugo. Et je suis sûr qu'il serait content de te voir. Farrell. Ça te dit quelque chose ? Tu l'as rencontré au Q.G. des Serviteurs de l'Ombre, je crois.

— Oui.

Hugo n'avait pas l'air ravi du tour que prenait la conversation.

— Tu sais qu'il va t'adorer ? En plus, il est gai ! Un suceur de sang pédé. Vu qu'on est littéralement six pieds sous terre, ici, il se réveille en avance, figure-toi. Alors, je me suis dit que tu pourrais le distraire un peu pendant que je m'amuse avec cette chienne.

Le sourire qu'il m'a adressé à ce moment-là m'a retourné l'estomac.

Le visage d'Hugo était à lui seul un véritable spectacle.

Un certain nombre de reparties spirituelles me sont passées par la tête. Mais j'ai renoncé au plaisir tout relatif qu'elles m'auraient procuré. Ce n'était pas le moment de gaspiller mon énergie.

En voyant le visage séduisant de Gabe, j'ai repensé à l'un des adages préférés de Gran : « trop beau pour être honnête » ai-je marmonné, tout en entamant le processus douloureux qui consistait à me lever. Je n'avais peut-être pas la jambe cassée, mais mon genou gauche était en très mauvais état, violacé et tout enflé.

Je me demandais si, en unissant nos forces, Hugo et moi, nous ne pourrions pas réussir à déséquilibrer Gabe quand il ouvrirait la porte. Mais, dès qu'il l'a entrebâillée, j'ai vu qu'il était armé d'un revolver et d'un objet noir pas très engageant qui ressemblait fort à une matraque électrique.

J'ai appelé :

— Farrell !

S'il était effectivement réveillé, il m'entendrait malgré l'épaisseur des murs : c'était un vampire. Gabe a sursauté, me toisant d'un air soupçonneux.

— Oui ? a répondu une voix caverneuse qui semblait provenir du fond du couloir.

J'ai perçu un cliquetis caractéristique : évidemment, ils avaient été obligés de l'enchaîner avec de l'argent. Sinon, il aurait pu arracher la porte de ses gonds.

— C'est Stan qui nous envoie ! ai-je hurlé.

Gabe m'a frappée à la volée du dos de la main qui tenait le revolver en beuglant :

— La ferme !

Ma tête a heurté le mur. J'ai émis un bruit horrible, à mi-chemin entre le cri et le gémissement.

À présent, Gabe braquait son arme sur Hugo, tout en tenant sa matraque à deux doigts de mon visage.

— Avance, l'avocaillon. Et m'approche pas, compris ?

Le front ruisselant de sueur, Hugo est passé avec précaution devant Gabe pour sortir dans le couloir. J'étais sonnée et j'avais du mal à me concentrer. J'ai pourtant remarqué qu'à un moment donné, quand il ouvrirait à Hugo la porte de son nouveau cachot, Gabe se retrouverait assez loin de moi. Juste au moment où je me disais qu'il était temps de tenter ma chance, il a ordonné à Hugo de fermer ma cellule et, malgré mes signes de tête désespérés, Hugo a obéi.

Je ne sais même pas s'il m'a vue. Il s'était complètement replié sur lui-même. Tout s'effondrait à l'intérieur de son esprit. Il ne savait plus où il en était. J'avais fait de mon mieux pour adoucir son sort, en tentant de prévenir Farrell que c'était Stan qui nous envoyait. Dans le cas d'Hugo, le concept était tiré par les cheveux, je l'avoue. Mais il semblait trop terrifié, trop écœuré ou trop bourrelé de remords pour montrer du cran. Étant donné l'énormité de sa trahison, je m'étonnais d'avoir pris la peine de le protéger. Peut-être que si je n'avais pas vu sa petite fille dans ses pensées, je ne l'aurais pas fait.

— Tu n'as vraiment rien dans le ventre, Hugo, ai-je lancé.

Son visage s'est encadré dans la lucarne encore ouverte, un visage blême et torturé, puis il a disparu. J'ai entendu une porte s'ouvrir, un cliquetis de chaînes, et j'ai entendu une porte se fermer.

Gabe avait enfermé Hugo dans la cellule de Farrell. J'ai commencé à prendre de profondes inspirations, l'une après l'autre, jusqu'à frôler l'hyperventilation. Ensuite, j'ai attrapé l'une des deux chaises en plastique moulé sur structure métallique, du genre de celles sur lesquelles vous vous êtes assis des millions de fois dans les salles d'attente ou les cantines. Je la tenais façon dompteur, avec les pieds vers l'avant. C'était la seule technique de défense qui m'était venue à l'esprit. Puis j'ai pensé à Bill. Mais ça faisait trop mal. Alors, j'ai pensé à Jason. J'aurais voulu qu'il soit avec moi. Ça faisait bien longtemps que mon frère ne m'avait pas manqué à ce point.

La porte s'est ouverte, et Gabe est entré dans la cellule avec un sourire jusqu'aux oreilles. Un sourire malsain. Un sourire qui laissait suinter toute la noirceur qu'il avait en lui. Le sourire d'un type qui allait se payer du bon temps.

— Tu crois que tu me fais peur avec ta malheureuse chaise? a-t-il raillé.

Je n'avais pas envie de discuter, encore moins d'écouter les vipères qui sifflaient sous son crâne. Je me suis barricadée derrière mes barrières mentales et j'ai rassemblé toutes mes forces.

Il avait rangé son revolver dans son étui, mais gardé sa matraque à la main. Mais il était tellement sûr de l'emporter, qu'il l'a finalement glissée dans la gaine en cuir qu'il portait à la ceinture. Il s'est alors saisi des pieds de la chaise et s'est mis à la secouer en tous sens, espérant sans doute me faire lâcher prise.

J'ai chargé.

J'ai failli réussir à le pousser hors de la pièce. Il ne s'attendait pas à la violence de ma réaction. Mais, à la dernière seconde, il a fait basculer la chaise en travers de la porte, me bloquant le passage. Haletant, empourpré jusqu'au cou, il s'est adossé au mur pour reprendre son souffle.

— Salope! a-t-il craché entre ses dents.

184

Et il s'est rué sur moi, tirant violemment sur la chaise pour me faire lâcher prise. Comme je l'ai déjà dit, j'ai du sang de vampire dans les veines, et je ne l'ai pas laissé la prendre. Et je ne l'ai pas laissé me prendre non plus.

Je n'ai rien vu quand il a sorti sa matraque. Rapide comme un serpent, il a passé le bras par-dessus la chaise pour me toucher à l'épaule.

Contrairement à ce qu'il escomptait, je ne me suis pas évanouie. Mais je suis tombée à genoux, la chaise toujours agrippée dans mes mains. Je me demandais toujours ce qui m'était arrivé quand il me l'a arrachée des mains et m'a renversée en arrière.

Je ne pouvais peut-être plus bouger, mais je pouvais encore serrer les jambes et crier. Je ne m'en suis pas privée.

— La ferme! a-t-il hurlé, fou de rage.

Maintenant que j'avais un contact physique avec lui, je lisais dans ses pensées à livre ouvert. Il voulait effectivement que je perde connaissance. Il prendrait plaisir à me violer pendant que je serais inconsciente. En fait, c'était son idéal en matière de sexe.

— Tu n'aimes pas, quand tes femmes sont réveillées, hein? ai-je raillé en haletant.

Il a glissé sa main droite entre nos torses pour ouvrir mon chemisier d'un coup sec.

Au même instant, j'ai entendu Hugo hurler. Comme si ça pouvait l'aider. J'ai mordu Gabe à l'épaule.

Il m'a traitée de salope une fois de plus, ce qui commençait à sentir le réchauffé. Il avait défait son pantalon et se débattait avec ma jupe. Je me suis félicitée brièvement de l'avoir choisie longue.

— Tu as peur qu'elles se plaignent, si elles sont lucides? ai-je hurlé. Laisse-moi, lâche-moi! Dégage! Dégage! *Dégage!*

La décharge électrique ne m'avait paralysée que provisoirement et, à force de me débattre, j'avais fini par libérer mes bras. Tout en hurlant à pleins poumons, j'ai plaqué violemment mes mains sur ses oreilles, en cornet.

Il s'est redressé brusquement en rugissant et s'est pris la tête entre les mains. Il dégageait une telle rage qu'elle lui a échappé et que j'ai eu l'impression d'être emportée par un torrent de fureur. C'est alors que j'ai compris : il allait me tuer. Quelles que puissent être les représailles auxquelles il s'exposait. J'ai voulu rouler sur le côté, mais il m'avait immobilisée avec ses jambes. Puis j'ai vu sa main droite se refermer, son bras se plier et son poing reculer pour prendre de l'élan, un poing aussi énorme qu'un rocher. Avec la certitude de regarder la mort en face, j'ai suivi la trajectoire de cette massue qui descendait vers mon visage. Je savais que quand elle atteindrait son but, tout serait fini pour moi.

Et ça ne s'est pas passé.

Tout à coup, Gabe a été soulevé de terre, le pantalon ouvert et le sexe à l'air, son poing frappant le vide et ses chaussures battant mes jambes.

Un homme plutôt petit tenait Gabe par la ceinture. Non, pas un homme : un adolescent. Un vieil adolescent.

Blond et torse nu, il était couvert de tatouages bleus. Gabe braillait et gesticulait vainement, mais le garçon blond ne bougeait pas. Le visage dépourvu de toute expression, il a attendu en silence que Gabe se taise enfin, puis il l'a ceinturé. Gabe pendait ainsi, plié en deux.

Le garçon m'a jeté un regard détaché. Mon chemisier et mon soutien-gorge étaient déchirés.

— Êtes-vous grièvement blessée ? m'a-t-il demandé, presque à contrecœur.

J'avais un sauveur. Il n'était pas très enthousiaste.

Je me suis levée, ce qui tenait de l'exploit. Il m'a fallu un bon moment pour y parvenir. Je tremblais de tout mon corps. Une fois debout, je me suis retrouvée nez à nez avec le garçon tatoué. À l'échelle humaine, il avait dû avoir seize ans quand il était devenu vampire. Il était impossible de déterminer depuis combien d'années. Il devait être plus vieux que Stan, plus vieux même qu'Isabel. Son anglais était parfait, mais il avait un accent marqué que je n'arrivais pas à identifier. Peut-être sa langue maternelle n'était-elle plus parlée aujourd'hui. Quelle solitude.

— Je vais m'en tirer. Merci.

J'ai essayé de refermer mon chemisier – il restait deux ou trois boutons –, mais mes mains tremblaient violemment. De toute façon, ma peau nue ne l'intéressait pas. Elle le laissait complètement indifférent. Son regard était totalement inexpressif.

— Mais, Godfrey, a soufflé Gabe, Godfrey, elle essayait de s'échapper!

Godfrey l'a secoué, et Gabe s'est tu.

Godfrey était donc le vampire que j'avais vu par les yeux de Bethany. Les seuls yeux qui pouvaient se souvenir de l'avoir vu au *Bat's Wing* ce soir-là. Les yeux qui désormais ne voyaient plus rien.

— Que comptez-vous faire, au juste? lui ai-je demandé en m'efforçant de prendre un air détaché.

Il a cligné de ses yeux bleu pâle : il n'en avait pas la moindre idée.

Il s'était fait tatouer de son vivant. Ses tatouages dessinaient des symboles très étranges dont la signification s'était certainement perdue avec les siècles. Un chercheur aurait sans doute donné tout ce qu'il possédait pour les observer. Quelle chance : moi, je pouvais les admirer gratuitement.

— Veuillez s'il vous plaît me laisser partir, ai-je repris d'un ton très digne. Ils veulent me tuer.

— Mais vous frayez avec des vampires, a-t-il dit.

J'ai jeté un coup d'œil autour de moi pour me donner le temps de réfléchir.

— Ah. Vous êtes bien un vampire vous-même, non ? ai-je demandé d'un ton hésitant.

— Demain, j'expie mes péchés publiquement. À l'aube, je m'offre au soleil. Pour la première fois depuis plus de mille ans, je verrai le jour se lever. Alors, Dieu m'apparaîtra.

Très bien.

— C'est votre choix, ai-je dit.

— Oui

— Mais moi, je n'ai pas choisi. Je ne veux pas mourir.

J'ai cru voir Gabe s'agiter et j'ai baissé les yeux vers son visage. Il était bleu. Absorbé par son indécision, Godfrey le serrait beaucoup trop fort. Je me suis demandé si je devais le prévenir.

— Mais vous frayez avec les vampires, a répété Godfrey, d'un ton accusateur.

J'ai relevé les yeux. En voyant son expression, j'ai compris qu'à l'avenir, je ferais mieux de ne pas me laisser distraire.

— Je suis amoureuse.

— D'un vampire ?

— Oui. Il s'appelle Bill Compton.

— Les vampires sont damnés. Ils devraient tous s'offrir au soleil. Nous sommes une engeance malfaisante, une gangrène qui ronge le monde.

— Et ces gens-là ? ai-je répliqué en pointant le doigt vers le plafond pour désigner la Confrérie. Vous pensez qu'ils valent mieux que vous ?

Godfrey avait l'air triste et mal à l'aise. J'ai remarqué qu'il était mort de faim. Ses joues creuses étaient blanches comme du papier. Ses cheveux formaient presque un halo autour de sa tête tant ils étaient électriques, et dans la pâleur de son visage, ses yeux ressemblaient à des billes bleues.

— Eux sont humains, au moins. Ce sont des créatures de Dieu, a-t-il répondu tout bas. Les vampires sont une abomination.

— Vous vous êtes pourtant montré plus généreux avec moi que cet homme-là.

Qui était mort, comme je venais de le constater. J'ai réprimé un tressaillement et reporté toute mon attention sur Godfrey, qui avait nettement plus d'importance pour mon avenir que Gabe.

— Mais nous prenons le sang d'innocents ! a protesté Godfrey, ses yeux bleus translucides rivés aux miens.

— Qui peut prétendre être innocent ?

Question purement rhétorique de ma part, je l'avoue. Tout en la posant, j'espérais ne pas trop ressembler à Ponce Pilate demandant : « Qu'est-ce que la vérité ? », alors qu'il le savait très bien.

— Les enfants.

— Oh ! Vous... vous êtes nourris d'enfants ?

Je n'ai pas pu m'empêcher de porter la main à ma bouche.

— J'ai tué des enfants.

Je suis restée un long moment sans voix. Godfrey me regardait tristement, sans bouger, le corps de Gabe pendant, oublié, sur ses bras.

— Qu'est-ce qui vous a fait arrêter ?

— Rien. Rien ne pourra jamais m'arrêter, hormis la mort.

— Oh ! Je suis... je suis vraiment désolée.

C'est tout ce que j'ai trouvé à lui dire. Il souffrait, j'avais réellement de la peine pour lui. Pourtant, s'il avait été humain, je n'aurais même pas réfléchi deux secondes avant de le condamner à la chaise électrique.

— Il reste combien de temps d'ici la tombée de la nuit ?

C'est tout ce que j'ai trouvé pour changer de sujet.

Il ne portait pas de montre, bien sûr. Il n'en avait pas besoin. Il ne s'était réveillé que parce qu'il était sous terre et probablement parce qu'il était très vieux.

— Une heure.

— Je vous en prie, laissez-moi partir. Avec votre aide, je pourrai sortir d'ici.

— Mais vous allez avertir les vampires. Ils attaqueront le centre. Ils m'empêcheront de rencontrer l'aube.

— Mais pourquoi attendre l'aube ? ai-je rétorqué, soudain agacée. Allez-y ! Faites-le maintenant !

Il était stupéfait. Il en a lâché Gabe, qui est tombé sur le sol avec un bruit sourd. Godfrey ne lui a même pas jeté un coup d'œil.

— La cérémonie est prévue à l'aube. De nombreux fidèles y sont conviés, m'a-t-il expliqué. Farrell sera lui aussi remonté pour faire face au soleil.

— Et moi, quel rôle suis-je censée jouer là-dedans ?

Il a haussé les épaules.

— Sarah voulait voir si les vampires vous échangeraient contre un des leurs. Mais Steve avait d'autres projets. Son idée, c'était de vous lier à Farrell, afin que vous brûliez en même temps que lui.

J'en suis restée muette un instant. Ce qui m'étonnait le plus n'était pas que Steve Newlin ait eu une telle idée, mais qu'il ait pu penser qu'elle obtiendrait l'aval des fidèles. Ce type était encore plus atteint que je n'avais pu l'imaginer.

— Et vous pensez que les gens vont apprécier de voir ça ? Une jeune femme exécutée sans autre forme de procès ? Que pour ces gens, il s'agirait d'une cérémonie religieuse authentique ? Et vous êtes persuadé que ceux qui m'ont réservé ce sort atroce sont guidés par la foi ?

Là, j'ai eu l'impression que le coup portait. Ses convictions se lézardaient.

— Même pour des humains, cela paraît peut-être extrême, a-t-il admis. Mais Steve estime que ce sera une démonstration éloquente.

— Ah mais bien sûr, que ce serait une démonstration éloquente de sa part : « Je suis fou à lier. » Je sais que ce monde est plein d'ordures et de vampires qui ne valent pas mieux que lui, mais je ne crois pas que la majorité des citoyens de ce pays, ou même seulement du Texas, d'ailleurs, seraient édifiés par le spectacle d'une femme hurlant de douleur pendant que son corps carbonisé se tord dans les flammes.

L'argument a semblé le perturber. Je voyais bien qu'il s'était déjà fait ces réflexions, mais qu'il les avait refoulées.

— Ils ont appelé les médias, a-t-il protesté.

On aurait cru entendre une future mariée censée épouser un fiancé sur lequel elle a soudain des doutes *(mais les faire-part ont été envoyés, maman !)*.

— Le contraire m'aurait étonné. Mais ce sera la fin de leur organisation, je peux vous le garantir ! Je vous le répète : si vous voulez vraiment prouver quelque chose, proclamer haut et fort un « Je suis désolé », sortez de ce temple dès maintenant et immolez-vous sur la pelouse. Dieu, lui, vous regardera, je vous le promets. Et c'est le seul regard qui devrait vous importer.

Je dois lui accorder qu'il semblait véritablement tenté.

— Mais ils ont fait faire une robe blanche spécialement pour moi, a-t-il objecté *(mais, maman, j'ai déjà acheté la robe et réservé l'église !)*.

— La belle affaire ! Si on en vient à parler chiffons, c'est que votre détermination n'est pas bien solide. Je parie que vous allez vous dégonfler.

J'avais perdu mes priorités en route. Les mots n'avaient pas passé mes lèvres que je les regrettais déjà.

— Vous verrez, a-t-il répliqué fermement. Vous verrez.

— Non, merci. Encore moins si je suis ficelée à Farrell. Je n'ai rien d'un suppôt de Satan et je ne veux pas mourir.

— Quand êtes-vous allée à l'église pour la dernière fois ?

Il me lançait un défi.

— Il n'y a pas une semaine. Et j'ai communié, en plus.

Je n'ai jamais été aussi contente d'être pratiquante. J'aurais été incapable de mentir là-dessus.

— Oh !

Il était abasourdi.

— Vous voyez !

Je venais de lui voler toute sa dignité blessée mais nom de Dieu je ne pouvais pas mourir brûlée vive ! J'aurais donné n'importe quoi pour être dans les bras de Bill en cet instant. J'en avais tellement envie que le couvercle de son cercueil aurait dû sauter tout seul sous la pression. Si seulement j'avais pu l'avertir…

— Venez, a murmuré Godfrey en me tendant la main.

Je ne me suis pas fait prier : il aurait pu se raviser, surtout après cette interminable valse-hésitation. J'ai enjambé sans ciller le cadavre de Gabe et j'ai suivi Godfrey dans le couloir. Une absence de conversation inquiétante provenait de la cellule de Farrell. Mais à dire vrai, j'étais bien trop horrifiée par ce qui avait dû s'y passer pour chercher à en avoir le cœur net. Je me disais que si je réussissais à m'en sortir, je pourrais toujours revenir les délivrer tous les deux.

Godfrey a flairé le sang sur moi et une expression de soif absolue est passée sur son visage. Je connaissais ce regard. Mais il était exempt de désir. Mon corps lui était totalement indifférent. Le lien entre le sang et le sexe est très puissant pour les vampires. J'avais de la chance d'avoir un corps d'adulte. Par politesse, j'ai avancé mon visage vers lui. Après une longue hésitation, il a léché une traînée de sang coulant d'une blessure sur ma pommette. Il a fermé les yeux un instant, dégustant intensément cette saveur, puis nous nous sommes dirigés vers l'escalier.

Sans l'aide de Godfrey, jamais je ne serais parvenue à monter l'escalier. De sa main libre, il a tapé une combinaison sur un petit clavier à hauteur du verrou, puis il a ouvert la porte.

— J'habite dans le sous-sol depuis que je suis ici, dans une chambre au bout du couloir, m'a-t-il expliqué, d'une voix qui n'était qu'un bruissement léger dans l'air.

Quand nous avons débouché dans le couloir du rez-de-chaussée, la voie était libre. Mais, à tout moment, quelqu'un pouvait sortir de l'un des bureaux. Godfrey ne paraissait pas s'en inquiéter. Moi, si. Et c'était moi qui risquais ma peau, pas lui.

J'ai tendu l'oreille. Pas un bruit. Apparemment, tout le personnel était rentré se préparer pour la veillée, et les participants n'étaient pas encore arrivés. Certaines portes étaient fermées et la clarté qui provenait des fenêtres des bureaux encore ouverts était manifestement trop faible pour déranger Godfrey. Il était parfaitement calme en tout cas. Une vive lumière artificielle passait sous la porte du bureau principal.

Nous avons accéléré le pas – nous avons essayé, du moins : ma jambe gauche ne se montrait pas très coopérative. Je ne savais pas au juste vers quelle porte se dirigeait Godfrey. Peut-être l'une des portes à double battant que j'avais aperçues à l'arrière du bâtiment. Si je pouvais sortir de ce côté-là, je n'aurais pas à traverser l'autre aile. J'ignorais ce que je ferais une fois à l'extérieur, mais être dehors serait déjà beaucoup mieux qu'être dedans. Alors que nous passions devant l'avant-dernier bureau, celui dont était sortie la minuscule femme hispanique, la porte du bureau de Steve s'est entre-bâillée. Nous nous sommes tous les deux figés sur place. Le bras que Godfrey avait passé autour de ma taille s'est resserré comme un étau. Polly est apparue dans le couloir, le visage tourné vers l'intérieur de la pièce. Nous étions à moins de deux mètres d'elle.

— ... le feu, disait-elle.

— Oh! Je pense que nous en aurons assez, lui a répondu la voix flûtée de Sarah. Si tout le monde retournait son carton d'invitation, nous pourrions prévoir en conséquence. Je ne parviens pas à comprendre pourquoi les gens ne répondent pas. C'est faire preuve d'un tel manque de courtoisie et de respect pour le travail fourni! Nous nous sommes donné tant de mal pour leur faciliter la vie. La moindre des choses serait de nous dire s'ils viennent ou non!

Seigneur! Elles se préparaient à faire brûler des gens, et tout ce qui les préoccupait, c'étaient des problèmes d'étiquette!

Polly commençait à se détourner. D'une seconde à l'autre, elle allait nous voir. À l'instant même où cette pensée me traversait l'esprit, Godfrey m'a poussée dans le bureau vide et obscur.

— Godfrey! Mais qu'est-ce que vous faites ici? s'est exclamée Polly.

Elle n'avait pas l'air effrayée, mais elle était manifestement mécontente, un peu comme si elle avait trouvé le jardinier en train de prendre l'apéritif dans son salon.

— Je venais voir si je pouvais faire quelque chose pour vous aider.

— Mais est-ce qu'il n'est pas un peu tôt pour vous ?

— Je suis très vieux, a dit Godfrey. Les anciens n'ont pas besoin d'autant de sommeil que les jeunes.

Polly s'est esclaffée.

— Sarah ! a-t-elle appelé d'un ton joyeux. Godfrey est réveillé.

La voix de Sarah m'a paru plus proche quand elle lui a répondu.

— Oh ! Bonjour, Godfrey ! s'est-elle écriée avec son habituel enjouement. N'êtes-vous pas impatient ? Si, si, j'imagine !

Ces deux femmes s'adressaient à un vampire de plus de mille ans comme à un enfant de dix ans qui prépare son goûter d'anniversaire.

— Votre robe est prête, a poursuivi Sarah, tout excitée. Il n'y a plus qu'à attendre le grand moment. À vos marques, prêt, partez !

— Et si j'avais changé d'avis ? a suggéré Godfrey.

Il y a eu un long silence. J'essayais de respirer très lentement et en silence. Plus la discussion durait, plus la tombée de la nuit approchait, plus les chances de m'en sortir augmentaient.

Si je pouvais téléphoner... J'ai jeté un coup d'œil derrière moi. Il y avait bien un téléphone sur la table, mais le voyant correspondant à cette ligne n'allait-il pas s'allumer dans tous les autres bureaux, si je décrochais ? De toute façon, ça ferait trop de bruit pour le moment.

— Changé d'avis ? a finalement répété Polly, clairement exaspérée. Dites-moi que je rêve ! C'est vous qui êtes venu nous voir, vous vous rappelez ? Vous nous avez raconté votre existence tout entière consacrée au péché, vous nous avez parlé de la honte que vous éprouviez à l'idée d'avoir tué des enfants et d'avoir fait... d'autres choses. Tout cela a-t-il changé ?

— Non…

Godfrey semblait très songeur.

— Rien de tout cela n'a changé, a-t-il reconnu. Mais je ne vois pas la nécessité d'entraîner des êtres humains dans mon propre sacrifice. Je pense également que Farrell devrait être libre de choisir et de faire lui-même la paix avec Dieu à sa façon. Nous ne devrions pas l'obliger à s'immoler.

— Il faut que Steve revienne ici de toute urgence, a dit Polly à mi-voix, probablement à l'intention de Sarah.

De fait, après ça, je n'ai plus entendu que Polly. J'en ai déduit que Sarah était retournée dans le bureau pour appeler Steve.

L'un des voyants du téléphone s'est allumé : Sarah était toujours là, en train d'appeler son mari. Heureusement que je n'avais pas essayé de passer un coup de fil ! Je le ferais un peu plus tard.

Polly s'efforçait toujours de le raisonner. Quant à Godfrey, il ne disait pas grand-chose, et je n'avais pas la moindre idée de ce qui pouvait bien lui passer par la tête. J'étais à sa merci, plaquée contre le mur, et je ne pouvais que prier pour qu'on ne découvre pas ma cachette, pour que personne ne descende au sous-sol et ne donne l'alerte, pour que Godfrey ne change pas d'avis une nouvelle fois.

Mentalement, je lançais des S.O.S. désespérés. Si seulement j'avais pu appeler au secours comme ça, par télépathie !

À cette pensée, l'idée a pris forme dans mon esprit. Mes jambes tremblaient toujours et, avec mes blessures au genou et au visage, j'endurais un vrai calvaire. Mais je me suis forcée à respirer lentement pour recouvrer mon sang-froid. Peut-être que je pouvais effectivement appeler quelqu'un à l'aide : Barry, le groom de l'hôtel. Il était télépathe, comme moi. Il devait pouvoir capter mon message.

196

Je n'avais jamais tenté l'expérience avant, pour la bonne raison que je n'avais jamais rencontré d'autres télépathes. Pour commencer, j'ai essayé désespérément de me figurer où je me trouvais, par rapport à Barry. Il devait être au travail. C'était à peu près à cette heure-là que nous étions arrivés à Dallas, Bill et moi. J'ai essayé de visualiser l'endroit où je me trouvais sur la carte – par chance, je l'avais étudiée avec Hugo – maintenant, je savais qu'il avait fait semblant de ne pas savoir où se situait le centre de la Confrérie. J'ai réussi à déterminer que ce dernier était situé quelque part au sud-ouest du *Silent Shore*...

J'explorais là de nouveaux territoires mentaux. J'ai rassemblé l'énergie qu'il me restait et, dans mon esprit, j'ai tenté d'en faire une boule. Pendant un quart de seconde, je me suis trouvée franchement ridicule. Mais il s'agissait d'échapper à cet endroit et à ces fanatiques : ridicule ou pas, j'étais prête à tenter n'importe quoi. J'ai dirigé mes pensées sur Barry. C'est difficile à expliquer, mais je me suis projetée dans son esprit. Le fait de connaître son nom m'a aidée, tout comme le fait de savoir où il se trouvait.

J'ai décidé de débuter en douceur :

Barry Barry Barry Barry...

Que voulez-vous ?

Il était complètement paniqué. Rien de tel ne lui était jamais arrivé.

À moi non plus, ça ne m'est jamais arrivé.

J'ai essayé de prendre un ton rassurant.

J'ai besoin d'aide. J'ai de gros ennuis.

Qui êtes-vous ?

Oui, évidemment, il fallait que je me présente. Idiote.

C'est Sookie. La blonde qui est arrivée hier soir avec le vampire brun. La suite du troisième.

La blonde avec des gros seins ? Oups ! Pardon.

Au moins, il s'était excusé.

C'est ça. La blonde avec des gros seins. Et un petit copain.

Je vois. Alors, c'est quoi, le problème ?

Bon. Ça peut avoir l'air simple et très organisé, à première vue. Mais nous ne communiquions pas avec des mots. C'était plutôt comme si nous étions en train de nous envoyer un texto ou des photos.

J'ai réfléchi à la meilleure façon de décrire ma situation délicate.

Préviens mon vampire dès qu'il se réveillera.

Et après ?

Dis-lui que je suis en danger. Danger danger danger...

OK, j'ai saisi. Où ça ?

Église.

C'était le seul équivalent que j'avais trouvé pour la Confrérie du Soleil. Je ne voyais pas d'autre moyen de lui transmettre l'information.

Il sait où c'est ?

Oui. Dis-lui : descends l'escalier.

Vous êtes là pour de vrai ? Je pensais que j'étais tout seul...

Je suis là pour de vrai. Je t'en prie, aide-moi.

Je le sentais en proie à une foule d'émotions contradictoires. Il avait peur de parler à un vampire. Il était terrifié à l'idée que ses employeurs puissent découvrir qu'il avait « un truc bizarre au cerveau ». Il était tout excité de savoir qu'il n'était pas le seul télépathe sur terre. Mais il était surtout épouvanté par cette part de lui-même qu'il ne parvenait pas à maîtriser et qui le harcelait depuis toujours.

Je savais ce qu'il ressentait.

C'est normal, Barry. Je comprends. Je ne te demanderais pas ça si je n'étais pas sur le point de me faire tuer.

198

L'effroi l'a saisi de nouveau. Ma vie dépendait de lui : il était horrifié par cette responsabilité. Je n'aurais jamais dû lui dire une chose pareille.

Puis il s'est brusquement renfermé, se protégeant derrière un fragile bouclier. Je n'avais aucune idée de ce qu'il allait faire.

Pendant que je me concentrais sur Barry, les choses avaient évolué dans le couloir. Quand j'ai recommencé à tendre l'oreille, Steve était revenu. Lui aussi tentait de raisonner Godfrey de façon positive.

— Allons, Godfrey ! Si tu ne voulais pas le faire, tu n'avais qu'à le dire. Tu t'es engagé, et nous nous sommes tous impliqués dans cette affaire. Nous avons organisé cette cérémonie, Godfrey, sans jamais mettre ta parole en doute. Jamais nous n'avons seulement envisagé que tu puisses revenir sur ta décision. Imagine la déception de tous ces gens si tu te ravises.

— Mais qu'allez-vous faire de Farrell et des deux humains, Hugo et la femme blonde ?

— Farrell est un vampire, a répondu Steve d'un ton raisonnable. Hugo et la femme blonde sont des humains inféodés aux vampires. Eux aussi doivent être offerts au soleil, attachés à des vampires. C'est le sort qu'ils ont choisi pour leur vie, et c'est le sort qu'ils doivent subir pour leur mort.

— Je suis un pécheur et je le sais. Quand je mourrai, mon âme ira vers Dieu. Mais Farrell n'a pas conscience de ça, a objecté Godfrey. Il n'aura aucune chance en mourant. Les deux humains non plus. Ils n'ont pas eu le temps de se repentir. Est-il juste de les tuer en les condamnant aux affres de l'enfer ?

— Très bien. Rentrons dans mon bureau, a dit Steve d'un ton résolu.

Et soudain, j'ai compris que Godfrey n'avait pas eu d'autre objectif depuis le début. J'ai entendu des bruits de pas, puis Godfrey qui murmurait poliment :

— Après vous.

Il voulait passer le dernier pour pouvoir fermer la porte derrière lui.

Mes cheveux, libérés de la perruque qui les avait trempés de sueur, avaient enfin séché. J'avais silencieusement défait toutes les épingles et mes mèches pendaient autour de mes épaules. Il semble dérisoire de s'occuper de la sorte tandis que l'on écoute un débat dont dépend sa propre vie, mais il avait fallu que je m'occupe. J'ai donc soigneusement enfourné les épingles dans ma poche, passé les mains dans la masse hirsute de mes cheveux, et me suis préparée à m'échapper en catimini.

J'ai jeté un coup d'œil dans le couloir. Le bureau de Steve était effectivement fermé. Je suis sortie à pas de loup de ma cachette, j'ai pris à gauche et me suis dirigée vers la porte qui donnait sur le sanctuaire. J'ai tourné la poignée avec précaution. Les vitraux énormes laissaient passer juste assez de lumière pour que je traverse la nef sans risquer de buter dans les bancs.

Soudain, des voix se sont élevées de l'aile opposée et se sont approchées. Les lumières du sanctuaire se sont allumées, et j'ai plongé sous la rangée de bancs la plus proche. Un groupe familial a fait son apparition, ses membres discutant avec animation. La fillette pleurnichait parce qu'elle allait rater son émission préférée à cause de cette veillée débile, ce qui lui a valu une fessée, d'après ce que j'ai pu entendre. Son père lui a rétorqué qu'elle avait de la chance, qu'elle allait voir de ses propres yeux une preuve indubitable de la puissance de Dieu. Elle allait assister à une rédemption en direct.

Même si les circonstances ne s'y prêtaient pas vraiment, j'ai failli lui sauter à la gorge. Ce père savait-il que son leader avait l'intention d'exhiber devant toute sa congrégation deux vampires en train de brûler vifs, l'un d'entre eux au moins attaché à un humain, lequel allait également brûler ? Je me demandais si sa petite fille pourrait conserver sa santé mentale après avoir vu cette « preuve indubitable de la puissance de Dieu ».

À ma grande consternation, ils ont commencé à installer leurs sacs de couchage contre le mur, à l'autre bout du temple. En plus de la petite pleurnicheuse, il y avait deux autres enfants plus âgés qui, en bons frère et sœur qu'ils étaient, se chamaillaient comme chien et chat.

Soudain, j'ai vu une paire de petites chaussures plates rouges passer devant ma rangée de bancs. Ils ont disparu dans le couloir qui menait vers l'aile de Steve. Je me suis demandé si le débat se poursuivait, là-bas.

Peu après, les pieds sont repassés. Ils se déplaçaient à petits pas pressés, cette fois. Pourquoi ?

J'ai attendu cinq bonnes minutes sans qu'il se passe rien.

Les gens n'allaient pas tarder à arriver maintenant, et il y en aurait de plus en plus : c'était le moment ou jamais. J'ai roulé sous les bancs. Quand je me suis relevée, la chance a voulu que les membres de la famille soient tous accaparés par leurs préparatifs. Je me suis mise à marcher à vive allure vers la sortie. Au silence qui s'est soudain installé, j'ai compris que j'avais été repérée.

— Bonsoir ! a lancé la mère en se redressant au pied de son duvet bleu vif.

Son visage quelconque respirait la curiosité.

— Vous devez être nouvelle. Je m'appelle Francie Polk.

— Oui, oui, bonsoir, ai-je répondu d'un ton qui se voulait joyeux. Désolée, je suis un peu pressée. Il faut que je me sauve. À tout à l'heure !

Elle s'est approchée de moi.

— Vous vous êtes blessée ? s'est-elle inquiétée. Vous... Excusez-moi, mais vous avez une mine épouvantable. C'est du sang ?

J'ai suivi son regard. Le devant de mon chemisier était maculé de petites taches rouges.

— Je suis tombée, lui ai-je expliqué avec une moue de gaffeuse impénitente. Je dois rentrer chez moi me soigner et me changer. Mais je reviendrai après.

Francie Polk semblait sceptique.

— Ils ont une trousse de premiers secours, dans les bureaux. Et si j'allais la chercher ? a-t-elle proposé.

Et si tu me fichais la paix ?

— Oh ! De toute façon, il me faut un autre chemisier, vous savez, lui ai-je aimablement fait remarquer.

Et j'ai froncé le nez pour lui montrer que j'avais du mal à m'imaginer passer la soirée dans cette tenue.

C'est alors qu'une autre femme est apparue sur le seuil de la porte que j'espérais justement franchir dans les plus brefs délais. Elle s'est immobilisée pour suivre la conversation, en braquant alternativement ses grands yeux noirs sur moi et sur l'obstinée Francie Polk.

— Hé ! Salut, toi ! s'est-elle exclamée avec un léger accent hispanique.

C'était la petite Hispanique que j'avais croisée en arrivant – la métamorphe. Elle m'a embrassée sur les deux joues. Comme je suis du Sud, je suis habituée à ce genre de familiarités : j'ai répondu machinalement en la serrant dans mes bras. Elle en a profité pour m'étreindre l'épaule en signe de connivence.

— Comment vas-tu ? lui ai-je demandé d'un ton chaleureux. Ça fait un bail.

— Oh ! Tu sais, toujours le même train-train, m'a-t-elle répondu en souriant jusqu'aux oreilles.

Mais il y avait de la méfiance dans ses yeux. Elle avait des cheveux très épais, plus bruns foncés que noirs, et une peau couleur de caramel laiteux, avec des taches de rousseur sombres sur les joues. Elle avait appliqué sur sa bouche généreuse un rouge à lèvres fuchsia qui faisait ressortir ses grandes dents blanches. J'ai baissé mon regard vers ses pieds. Chaussures plates rouges.

— Accompagne-moi donc dehors, j'ai envie d'en fumer une, m'a-t-elle dit.

Francie Polk semblait plus satisfaite.

— Mais, Luna, tu vois bien que ton amie a besoin de consulter un médecin ! s'est-elle exclamée d'un ton vertueux.

— Dis donc ! Tu t'es bien arrangée, toi ! Tu vas avoir des bleus partout ! a soupiré Luna en m'observant d'un œil critique. Tu es encore tombée, hein ?

— Tu sais ce que dit toujours ma mère : « Marguerite, tu es plus empotée qu'un éléphant dans un magasin de porcelaine ! »

Luna a hoché la tête d'un air écœuré.

— Oh, ta mère ! Comme si ça allait t'aider à être moins maladroite !

— Qu'est-ce que tu veux ! ai-je conclu en haussant les épaules. Maintenant, si vous voulez bien nous excuser, Francie...

— Mais bien sûr. Je vous revois tout à l'heure, je suppose ?

— Bien sûr, a répondu Luna. Je ne manquerais ça pour rien au monde !

Je suis donc sortie tranquillement du centre de la Confrérie du Soleil en marchant aux côtés de Luna. Je faisais très attention à bien conserver une démarche naturelle pour que Francie ne me voie pas boiter, ce qui aurait pu éveiller ses soupçons.

— Dieu merci! ai-je soufflé, une fois dehors.

— Tu as su immédiatement ce que j'étais. Comment as-tu fait? m'a aussitôt demandé Luna.

— J'ai un ami métamorphe.

— Qui?

— Il n'est pas d'ici. Et, de toute façon, je ne te donnerai pas son nom sans son consentement.

Elle m'a dévisagée un moment, tout simulacre d'amitié envolé.

— OK. Je comprends. Que fais-tu ici?

— Ça te regarde?

— Je viens de te sauver les fesses.

Elle avait marqué un point. Un sacré point.

— Très bien. Je suis télépathe. Votre chef de zone a loué mes services pour retrouver un vampire qui avait disparu.

— Eh bien voilà! Mais ce n'est pas *mon* chef de zone. Je suis une SurNat, pas un de ces monstres de vampires. Avec quel vampire as-tu passé un accord?

— Je n'ai pas à te le dire.

Elle a haussé les sourcils.

— Non, je n'ai pas à répondre à ça, ai-je insisté.

Elle ouvrait déjà la bouche, prête à crier.

— Vas-y, appelle! Il y a des choses que je ne dis pas. Point barre. C'est quoi, une SurNat?

— Une créature surnaturelle. Maintenant, écoute-moi bien...

Nous traversions le parking, où de nombreuses voitures étaient en train de se garer. Luna distribuait les sourires et les signes de main à la pelle et j'essayais de faire bonne figure. Mais je ne pouvais plus m'empêcher de boiter et mon visage avait doublé de volume.

Une douloureuse envie de me retrouver chez moi m'a soudain transpercé le cœur. Mais j'ai repoussé cette émotion pour me concentrer sur Luna. Elle avait manifestement des choses à me dire.

— Je veux que tu informes les vampires que c'est nous qui avons placé cet endroit sous surveillance et que... disait Luna.

— Qui ça, « nous » ?

— Les métamorphes de la communauté urbaine de Dallas.

— Vous voulez dire que, vous aussi, vous êtes organisés ? Mais c'est génial ! Il va falloir que j'annonce ça à... mon ami.

Elle a levé les yeux au ciel. De toute évidence, elle n'était pas impressionnée par mes capacités de déduction.

— Écoute-moi bien, ma petite. Tu vas dire aux vampires que si la Confrérie s'aperçoit de notre existence, elle nous tombera dessus aussi. Et nous, on n'a absolument pas l'intention de s'intégrer. On a choisi la clandestinité et on ne reviendra pas là-dessus. Ces imbéciles de vampires ! On tient la Confrérie à l'œil.

— Si vous l'avez si bien à l'œil, comment se fait-il que vous n'ayez pas prévenu les vampires que Farrell était enfermé au sous-sol ? Et pour Godfrey ?

— Attends un peu ! Si Godfrey veut se suicider, c'est son affaire. Il est venu de lui-même à la Confrérie, ils ne sont pas allés le chercher. Ils ont tous sauté de joie, d'ailleurs – une fois remis du choc d'avoir dû se retrouver dans la même pièce que lui.

— Et Farrell ?

— Je ne savais pas qui était enfermé en bas, a-t-elle avoué. Je savais qu'ils avaient capturé quelqu'un, mais je ne suis pas encore suffisamment infiltrée et je n'ai pas réussi à découvrir son identité. J'ai même essayé de faire du charme à ce salopard de Gabe. Mais ça n'a rien donné.

— Tu seras contente d'apprendre que Gabe est mort.

— Hé! s'est-elle exclamée en affichant le premier vrai sourire. Ça, c'est une bonne nouvelle!

— Et voici la suite: dès que j'aurai repris contact avec les vampires, ils vont rappliquer ici pour libérer Farrell. Alors, si j'étais toi, je ne reviendrais pas au centre ce soir.

Elle s'est mordillé la lèvre un moment. Nous arrivions à l'extrémité du parking. Je n'avais plus le temps de prendre des gants.

— À vrai dire, ce serait même parfait si tu pouvais me déposer à l'hôtel.

— Ouais, eh bien, c'est pas écrit « taxi », là, a-t-elle rétorqué, reprenant son rôle de dure à cuire. Il faut que je retourne dans ce temple avant que ça parte en vrille. J'ai des papiers importants à récupérer. Mais réfléchis deux secondes à ça, ma fille: qu'est-ce que les vampires vont faire de Godfrey? Le laisser en vie? C'est un violeur d'enfants et un tueur en série. Il a assassiné tellement de gosses que tu ne pourrais même pas les compter. Il est incapable de s'arrêter: c'est plus fort que lui, et il le sait.

Il y avait donc un bon côté à la Confrérie? Elle permettait à des vampires comme Godfrey de se suicider en public?

— Ils devraient proposer ça en vidéo à la demande.

— S'ils le pouvaient, ils le feraient, a répondu Luna très sérieusement. Les vampires qui prônent l'intégration ne sont pas très tendres avec ceux qui risquent de contrarier leurs plans. Godfrey ne leur fait pas une très bonne pub…

— Je ne peux pas résoudre tous les problèmes, Luna. Au fait, je m'appelle Sookie. Sookie Stackhouse. En tout cas, j'ai fait ce que j'ai pu. J'ai rempli la mission qu'on m'avait confiée, et maintenant, il faut que j'aille faire mon rapport, que Godfrey vive ou qu'il meure. Mais je crois qu'il mourra.

— Ça vaudrait mieux pour toi, a-t-elle répliqué d'un ton lourd de sous-entendus.

Je ne voyais pas en quoi ce serait ma faute si Godfrey changeait d'avis. J'avais simplement mis sa méthode en doute, pas sa décision. Mais peut-être que Luna avait raison. Peut-être que j'avais une petite part de responsabilité dans cette affaire...

Je me suis sentie soudain complètement submergée.

— Bon, au revoir, lui ai-je lancé.

Et j'ai commencé à boitiller en direction de la route.

Je n'avais pas fait vingt pas que j'ai entendu des hurlements s'élever du côté du temple. Tous les lampadaires extérieurs se sont allumés, et ce brusque flot de lumière m'a aveuglée.

— Peut-être que je ne vais pas retourner au centre, finalement, m'a crié Luna par la portière ouverte de son 4×4, un Subaru Outback. Monte!

Je me suis empressée de grimper sur le siège du passager et, machinalement, j'ai attaché ma ceinture.

Mais Luna avait beau avoir réagi au quart de tour, d'autres véhicules nous avaient précédées. Un tas de berlines familiales bloquaient déjà la sortie.

— Merde! a juré Luna.

Nous avons tourné au ralenti un moment pendant qu'elle réfléchissait au problème.

— Ils ne me laisseront jamais passer, même si je te cache sous la banquette. Je ne peux pas te ramener au temple... Il leur sera trop facile de fouiller le parking...

Elle avait recommencé à se mordiller la lèvre.

— Oh! Et puis, j'en ai marre de ce job, de toute façon! a-t-elle finalement conclu en passant la première.

Elle a d'abord conduit prudemment pour ne pas attirer l'attention.

— Ces gens ne comprendraient pas ce qu'est la foi, même si on le leur démontrait par a + b, a-t-elle ajouté.

Arrivée à proximité du bâtiment, elle a franchi le terre-plein en béton qui séparait le parking de la pelouse. Puis nous avons traversé la pelouse en trombe, contournant l'aire de jeux. Je me suis alors rendu compte que je souriais jusqu'aux oreilles, manœuvre assez douloureuse dans mon état.

— Yee-hah! ai-je hurlé tandis que nous percutions un diffuseur du système d'arrosage de la pelouse.

Nous avons foncé ensuite à travers le parvis du sanctuaire. Frappés de stupeur, personne ne nous avait encore prises en chasse. Mais ces intégristes allaient s'organiser d'une minute à l'autre. Quiconque n'embrassait pas les méthodes les plus extrêmes de cette Confrérie allait se retrouver au pied du mur.

Effectivement, Luna a jeté un coup d'œil dans le rétroviseur avant d'annoncer:

— Ils ont débloqué les sorties. Et ils se lancent à nos trousses.

Dans un concert de klaxons, nous nous sommes engagées sur la route à quatre voies qui passait devant le centre. Luna a blasphémé entre ses dents. Elle a ralenti pour se fondre dans la circulation, tout en gardant un œil sur le rétroviseur.

— Merde! Il fait trop sombre, maintenant. Comment veux-tu que je sache où ils sont? Tous les phares se ressemblent!

208

De mon côté, je me demandais si Barry avait alerté Bill.

— Tu as un portable?

— Dans mon sac, avec mon permis et tous mes papiers. Dans mon bureau. C'est comme ça que j'ai su que tu t'étais enfuie: dès que je suis entrée dans la pièce, j'ai senti ton odeur. Je savais que tu étais blessée. Alors, je suis allée faire un petit tour dehors pour te chercher. Comme je ne te trouvais pas, je suis rentrée. Encore une chance que j'aie gardé mes clés de voiture dans ma poche!

Dieu bénisse les métamorphes! Je regrettais de ne pas avoir de téléphone, mais je ne pouvais rien y faire. À propos de sac, où était passé le mien? Il était sans doute resté dans le bunker de la Confrérie. Heureusement que j'avais retiré tous mes papiers du sac avant de venir.

— Et si on s'arrêtait à une cabine téléphonique ou au premier poste de police? ai-je suggéré.

— Si tu alertes la police, qu'est-ce qu'ils vont faire?

Luna avait pris ce ton encourageant que prend un adulte pour emmener un enfant sur la voie de la sagesse.

— Se rendre au temple?

— Et qu'est-ce qui se passera là-bas, ma fille?

— Euh... ils demanderont à Steve pourquoi il retenait une femme prisonnière.

— Et que va-t-il répondre?

— Je n'en sais rien.

— Il répondra: «Nous ne la retenions pas prisonnière. Elle a eu une dispute avec un de nos employés, lequel a été retrouvé mort. Arrêtez-la!»

— Oh! Tu crois?

— Oui, je crois.

— Et Farrell?

— Si la police s'annonce, tu peux être sûre que Steve enverra tout de suite quelqu'un lui planter un pieu dans le cœur. Avant que les flics arrivent, il ne restera déjà plus aucune trace de Farrell. Steve en fera autant avec Godfrey, s'il refuse de les soutenir. Et il ne se débattra même pas. C'est qu'il a vraiment envie de mourir, ce Godfrey !

— Et Hugo, alors ?

— Vous croyez qu'il va leur expliquer comment il s'est retrouvé enfermé au sous-sol ? Je ne sais pas ce que cette enflure racontera. Mais pas la vérité, en tout cas. Ça fait des mois, maintenant, qu'il mène une double vie. Il ne sait même plus comment il s'appelle, à force de jouer sur les deux tableaux.

— Bon, d'accord. Ce n'est pas une bonne idée d'alerter la police. Que pouvons-nous faire, alors ?

— Moi, je te ramène auprès des tiens. Tu n'as pas besoin de rencontrer les miens. Ils ne veulent même pas qu'on soupçonne leur existence, tu comprends ?

— Parfaitement.

— Mais toi, tu n'es certainement pas tout à fait normale non plus, pour m'avoir démasquée au premier coup d'œil.

— Pas tout à fait, non.

— Eh bien, alors, tu es quoi ? Pas une vampire, ça, c'est certain. Pas l'une d'entre nous, non plus.

— Je suis télépathe, je te l'ai déjà dit.

— C'est vraiment vrai ? Sans blague ? Hou hou !

Elle s'est esclaffée, en imitant les gamins qui jouent aux fantômes.

— Je ne suis pas plus « hou hou » que toi.

Je m'étais montrée un peu sèche, mais j'avais des excuses.

— Désolée, a-t-elle dit avec un manque total de sincérité.

— Bien, a-t-elle aussitôt enchaîné, voilà ce qu'on va faire...

210

Mais je ne devais jamais le savoir, car, à ce moment-là, nous avons été percutées par l'arrière.

Quand j'ai repris connaissance, j'étais suspendue à ma ceinture de sécurité, la tête en bas. Une main m'agrippait par le poignet pour me tirer à l'extérieur. Vernis rose, ongles parfaitement manucurés : c'était Sarah. Je l'ai mordue.

Il y a eu un cri, et la main a disparu.

— La passagère est manifestement complètement déboussolée, a dit la voix chantante de Sarah.

Il était clair qu'elle parlait à quelqu'un qui n'appartenait pas à la Confrérie. C'était l'occasion ou jamais.

— Ne l'écoutez pas ! ai-je crié. C'est elle qui nous est rentrée dedans. Ne la laissez pas m'approcher !

J'ai tourné la tête vers la place du conducteur. Luna était dans la même position que moi. Ses cheveux balayaient le toit. Elle se débattait avec sa ceinture pour s'extraire de la voiture.

Il y avait de l'agitation au-dehors, une discussion animée.

— Puisque je vous dis que c'est ma sœur ! insistait Polly. Elle a trop bu, voilà tout.

— Ce n'est pas vrai, je ne suis pas sa sœur ! ai-je insisté, aussi dignement que possible si l'on considère que j'étais en état de choc et suspendue la tête en bas. J'exige de souffler immédiatement dans un alcootest. Appelez la police ! Et une ambulance, s'il vous plaît.

Une voix masculine a coupé court aux protestations véhémentes de Sarah :

— Écoutez, madame, elle n'a pas l'air de vouloir vous voir. Et on dirait qu'elle a de bonnes raisons pour ça.

Un homme est apparu dans l'encadrement de la vitre. Il était à genoux et se tordait le cou pour examiner l'intérieur du véhicule accidenté.

— J'ai appelé les secours, m'a-t-il annoncé.

Il était échevelé, mal rasé, et je le trouvais magnifique.

— Je vous en prie, restez avec moi en attendant qu'ils arrivent, ai-je supplié.

— Promis.

Puis son visage a disparu.

Il y avait d'autres voix, maintenant. Sarah et Polly s'énervaient. Elles avaient heurté notre voiture de plein fouet, et plusieurs témoins avaient assisté à la scène. Leurs protestations et leurs histoires de sœurs ne paraissaient pas avoir les faveurs du public. J'ai également compris qu'elles étaient accompagnées de deux membres masculins de la Confrérie qui ne s'attiraient aucune bienveillance.

— Puisque c'est comme ça, on s'en va! s'est exclamée Polly.

— Certainement pas, a rétorqué mon merveilleux défenseur attitré. Vous êtes obligées de faire un constat, de toute façon.

— Il a raison, a renchéri une autre voix masculine beaucoup plus jeune. Vous voulez juste vous tirer pour ne pas avoir à payer la réparation de leur voiture. Et si elles sont blessées, qui va payer l'hôpital?

Luna avait réussi à se dégager. Elle est tombée sur le toit et, avec une souplesse que je lui ai enviée, elle s'est contorsionnée pour passer la tête par la vitre ouverte. Puis, prenant appui du pied sur ce qu'elle trouvait, elle a commencé à pousser pour se faufiler par la fenêtre. L'un des appuis qu'elle avait pris était mon épaule, mais je n'ai pas bronché. Il fallait qu'une de nous deux aille mettre un peu d'ordre dans tout ça.

Sa sortie a été saluée par un concert d'exclamations. Je l'ai entendue demander d'un ton tranchant:

— Bien. Laquelle de vous deux conduisait?

Plusieurs réponses contradictoires se sont élevées, mais tous semblaient d'accord pour affirmer que

Sarah, Polly et leurs deux compagnons étaient en tort et que Luna était bel et bien la victime. Il y avait tellement de monde sur les lieux de l'accident que lorsqu'une autre voiture de la Confrérie est arrivée, ils n'avaient plus aucun moyen de nous enlever. J'ai béni le badaud américain – je me sentais d'humeur sentimentale.

L'ambulancier qui a fini par me désincarcérer était le mec le plus mignon que j'aie jamais vu. Il s'appelait Salazar, d'après le badge accroché à sa blouse blanche.

— Salazar ? ai-je murmuré, rien que pour savoir si j'étais capable de prononcer son nom.

J'avais un peu de mal.

— Oui, c'est moi, m'a-t-il répondu, pendant qu'il soulevait ma paupière pour m'examiner. Vous avez été salement secouée, mademoiselle.

Je m'apprêtais à lui expliquer que j'avais déjà une bonne partie de ces blessures avant l'accident, mais Luna m'a devancée.

— Mon agenda l'a frappée au visage. Je l'avais posé sur le tableau de bord.

— Il serait plus prudent de ne plus rien poser sur votre tableau de bord, à l'avenir, madame, a dit une nouvelle voix avec un accent texan à couper au couteau.

— Compris, monsieur l'agent.

« Monsieur l'agent » ? J'ai voulu tourner la tête, mais je me suis fait réprimander par Salazar.

— Restez tranquille, le temps que je finisse de vous examiner, m'a-t-il ordonné avec autorité.

— Pardon. La police est là ?

— Oui m'dame. Maintenant, dites-moi où vous avez mal.

Nous avons embrayé sur une longue liste de questions auxquelles j'ai pu répondre en grande partie.

— Je pense que vous n'avez rien de cassé, mais il vaut mieux qu'on vous emmène toutes les deux à l'hôpital pour vous faire passer des radios.

Salazar et sa partenaire, une femme charpentée, prenaient les choses de façon très pragmatique.

— Oh, non! me suis-je immédiatement exclamée. On n'a pas besoin d'aller à l'hôpital, n'est-ce pas, Luna?

— Mais si, a-t-elle répondu, très surprise. Il faut que tu passes une radio, mon chou. Ta joue est dans un sale état, tu sais.

— Ah, bon?

J'étais un peu déstabilisée par la tournure que prenaient les événements.

— Eh bien, si tu crois que c'est nécessaire...

— Oh, absolument.

Luna s'est dirigée sans attendre vers l'ambulance. On m'a installée sur un brancard et nous avons vidé les lieux toutes sirènes hurlantes. Avant que Salazar ne ferme la porte arrière, j'ai eu le temps d'apercevoir Sarah et Polly en grande conversation avec un policier très grand. Elles avaient l'air très embêtées. Ça, c'était bien.

L'hôpital ressemblait à n'importe quel hôpital, et Luna ne me lâchait pas d'une semelle. Quand l'infirmière est entrée avec ses formulaires dans le box qu'on nous avait attribué, Luna ne l'a même pas laissée ouvrir la bouche.

— Dites au Dr Josephus que Luna Garza et sa sœur sont ici, lui a-t-elle ordonné.

L'infirmière, une jeune Afro-Américaine, l'a regardée d'un air sceptique, mais a approuvé avant de faire demi-tour.

— Comment as-tu fait ça? ai-je demandé.

— Tu veux dire l'empêcher de remplir ses formulaires? C'est moi qui ai demandé qu'on nous conduise à cet hôpital. Nous avons un contact dans tous les hôpitaux de la ville, mais celui-ci m'est plus familier.

— Nous ?

— Les hybrides.

— Oh.

Les métamorphes. J'imaginais déjà la tête de Sam quand je lui apprendrais ça.

— Bonjour, je suis le Dr Josephus, a dit une voix calme.

J'ai levé les yeux. Un homme mince aux tempes argentées venait d'écarter les rideaux qui nous isolaient des autres lits. Il avait une calvitie naissante et portait des lunettes perchées sur son nez aquilin. De fines montures métalliques encerclaient ses yeux bleus au regard pénétrant.

— Je suis Luna Garza, et voici mon amie... euh... Marguerite.

J'ai été obligée de me tourner vers elle pour être bien sûre que c'était la même personne qui parlait, tant son ton avait changé.

— Nous avons eu des petits soucis dans l'exercice de nos fonctions.

Le docteur m'a jeté un coup d'œil méfiant.

— Elle est digne de confiance, a assuré Luna d'un ton si solennel que j'ai dû me mordre l'intérieur de la joue pour étouffer un éclat de rire malvenu.

— Il faut vous faire passer des radios, a déclaré le Dr Josephus après avoir longuement examiné ma joue et mon genou absurdement enflé.

J'avais d'autres blessures, mais il ne s'agissait que de contusions et d'égratignures.

— Bon. Alors, ne perdons pas de temps. Ensuite, nous devons partir d'ici au plus vite et en toute sécurité.

J'étais impressionnée. Le ton de Luna interdisait toute discussion.

Aucune équipe médicale ne s'est jamais activée aussi vite. J'imagine que le Dr Josephus faisait partie du comité de direction ou, du moins, qu'il était

215

le chef du service. Un appareil de radiologie mobile a été poussé dans le box, les clichés ont été pris et, quelques minutes plus tard, le Dr Josephus m'annonçait que j'avais une très légère fracture de la pommette, qui se réparerait toute seule. À défaut, je pouvais également consulter un chirurgien plasticien lorsque l'inflammation aurait disparu. Il m'a donné une ordonnance pour des antalgiques, une tonne de conseils et deux poches de glace : une pour ma joue et une pour mon genou, qui souffrait d'une déchirure selon son diagnostic.

Moins d'un quart d'heure après son apparition, j'étais en route vers la sortie. Luna me poussait dans un fauteuil roulant, et le Dr Josephus nous précédait dans un couloir réservé au personnel. En chemin, nous avons rencontré quelques employés qui venaient en sens inverse. Il s'agissait de gens aux revenus modestes, de ceux qui acceptent les postes à bas salaires proposés par un hôpital, tels que concierge ou cuisinier. J'avais peine à croire que le Dr Josephus, si plein d'assurance, ait déjà mis les pieds dans ce couloir. Mais il semblait savoir où il allait, et le personnel n'avait pas l'air surpris de le voir. Au bout du tunnel, il a poussé une lourde porte métallique.

Luna lui a adressé un signe de tête digne d'une reine, l'a aimablement remercié, et nous sommes sorties dans la pénombre. Une grosse voiture était garée devant le bâtiment, un modèle ancien rouge foncé ou brun. J'ai jeté un coup d'œil alentour. Nous nous trouvions dans une allée sombre et déserte. Des bennes à ordures étaient alignées contre le mur. J'ai vu un chat sauter sur quelque chose – je préfère ne pas savoir quoi – entre deux d'entre elles. La porte s'est refermée avec un sifflement pneumatique. Le silence est retombé. J'ai recommencé à avoir peur.

Je me sentais terriblement lasse, de toujours avoir peur.

Luna s'est dirigée vers la voiture, a ouvert la portière arrière et dit quelque chose. La réponse obtenue l'a visiblement mise en colère. Elle a protesté violemment dans une langue inconnue.

Le conflit a continué.

Finalement, elle s'est tournée vers moi.

— Ils exigent que vous ayez les yeux bandés, m'a-t-elle annoncé, certaine que j'allais me vexer.

— Pas de problème, ai-je répondu avec un geste négligent de la main, pour lui démontrer la futilité de la question.

— Vous acceptez ? s'est-elle étonnée.

— Oui. Je comprends parfaitement, Luna. Tout le monde a ses petits secrets.

— Bon.

Elle est retournée à la voiture, puis est revenue avec un foulard vert et bleu canard qu'elle m'a noué derrière la tête, comme si nous allions jouer à colin-maillard.

— Écoutez-moi bien, m'a-t-elle chuchoté à l'oreille. Ces deux-là ne sont pas des rigolos. Alors, soyez prudente.

Super. J'avais très envie d'être encore plus effrayée.

Elle a poussé mon fauteuil jusqu'au niveau de la banquette arrière et m'a aidée à m'asseoir. J'imagine qu'elle est ensuite allée reporter le fauteuil. Une minute plus tard, elle était de retour et se glissait de l'autre côté.

Il y avait deux présences à l'avant. Très délicatement, je les ai sondés mentalement. Il s'agissait de deux métamorphes. Ils avaient tout du moins la même signature mentale que Sam et Luna, en tout cas, cet enchevêtrement semi-opaque. Mon patron, Sam, se transforme généralement en colley. Je me suis demandé ce que préférait Luna. Ces deux-là, cependant, avaient quelque chose de différent. Il émanait d'eux une sorte de pulsation lourde. La silhouette de leurs crânes montrait des différences subtiles et ne me semblait pas tout à fait humaine.

Nous sommes sortis de l'allée, et la voiture s'est fondue dans la circulation urbaine. Personne ne parlait.

— Le *Silent Shore*, c'est bien ça ? m'a demandé la conductrice au bout d'un moment.

Elle avait une drôle de voix grave, plus proche du grondement que d'une basse humaine. Et, brusquement, j'ai vu que la lune était presque pleine. Oh non. Ils étaient obligés de changer à la pleine lune. Ça expliquait peut-être pourquoi Luna avait laissé tomber si facilement, ce soir à la Confrérie. L'émergence de la lune l'étourdissait.

— Oui, s'il vous plaît, ai-je répondu poliment.

— De la nourriture qui parle, a commenté le passager dans un grondement encore plus prononcé.

Je n'ai pas particulièrement apprécié. Mais je n'avais aucune idée de comment réagir. J'avais manifestement autant de choses à apprendre sur les métamorphes que sur les vampires.

— Fermez-la, vous deux ! a maugréé Luna. C'est mon invitée.

— Luna traîne avec de la pâtée pour chiots, a fait le passager.

Je commençais vraiment à le prendre en grippe.

— Ça sent plus comme un hamburger, a renchéri la conductrice. Elle a dû se faire deux ou trois petites égratignures, hein, Luna ?

— Belle image que vous lui donnez, là ! s'est exclamée l'intéressée. Contrôlez-vous un peu ! Elle a déjà passé une sale soirée. Et elle s'est fait une fracture en plus.

Et la nuit ne faisait que commencer ! J'ai déplacé la poche de glace que je maintenais sur mon visage.

218

Le froid commençait à m'engourdir la cavité nasale. C'est une sensation désagréable.

— Pourquoi a-t-il fallu que Josephus nous envoie deux saletés de lycanthropes ? a marmonné Luna à mon oreille.

J'étais sûre qu'ils avaient entendu. Sam entendait tout, et il était bien moins puissant qu'un lycanthrope. Enfin, d'après ce que je savais. Pour ne rien vous cacher, jusqu'à cet instant, je n'avais jamais été certaine que les lycanthropes existent vraiment.

J'ai répondu d'une voix très audible, en choisissant mes mots avec tact :

— Il a dû penser qu'on serait mieux défendues, si on se faisait encore attaquer.

J'ai senti qu'ils dressaient l'oreille, à l'avant – peut-être même littéralement.

— On s'en sortait très bien toutes seules ! a protesté Luna d'un ton indigné.

Elle s'agitait sur la banquette à côté de moi comme si elle avait bu seize cafés serrés.

— Luna, on s'est fait rentrer dedans ; ta voiture est fichue, et nous, on s'est retrouvées aux urgences. On s'en sortait très bien à quel point de vue ?

Je n'avais pas plus tôt fermé la bouche que je m'en voulais déjà de l'avoir ouverte. J'ai essayé de faire amende honorable.

— Oh, je suis désolée, Luna. Tu m'as sortie de là – ils m'auraient tuée. Ce n'est pas ta faute s'ils nous sont rentrés dedans.

— Il y a eu de la bagarre pour vous deux, ce soir ? a demandé le passager, un peu plus poliment.

De la bagarre ? Il n'attendait que ça. Je ne savais pas si tous les lycanthropes étaient aussi belliqueux que celui-ci ou si c'était simplement dans sa nature.

— Oui, avec ces tarés de la Confrérie, lui a répondu Luna d'une voix où perçait une note de fierté. Ils avaient coffré cette fille. Ils l'avaient bouclée dans un cachot.

— Sans blague ? a fait la conductrice.

La pulsation autour d'elle était la même. Je vais appeler ça une aura, faute de mieux.

— Sans blague, ai-je répliqué fermement. Je travaille pour un métamorphe, dans la ville où je vis, ai-je ajouté pour faire la conversation.

— Sans rire ? Qu'est-ce qu'il fait ?

— Il tient un bar. C'est le sien.

— Alors tu es loin de chez toi ?

— Trop loin.

— Et cette petite chauve-souris de Luna t'a sauvé la vie ? Pour de vrai ?

— Absolument. Je lui dois la vie.

J'étais sincère.

Je les avais bien entendus ? Est-ce qu'elle se transformait en... Waouh.

— Chapeau, Luna !

Il y avait une incontestable pointe de respect dans le grondement le plus grave.

Luna était manifestement flattée, à juste titre, et m'a remerciée d'une pression de la main. L'atmosphère m'a paru nettement moins pesante, tout à coup.

— Le *Silent Shore*, nous a finalement annoncé notre chauffeur.

J'ai poussé un long soupir de soulagement.

— Il y a un vampire qui attend devant.

J'en ai presque arraché mon bandeau avant de me reprendre : je ne voulais pas manquer de tact.

— À quoi ressemble-t-il ?

— Très grand, carré, belle crinière blonde. Ami ou ennemi ?

Il a fallu que je réfléchisse un peu.

— Ami, ai-je dit en espérant que mes doutes ne s'entendaient pas.

— Miam. Les relations mixtes, ça le branche ?

— Je n'en sais rien. Vous voulez que je lui demande ?

J'ai cru que Luna allait vomir et, aux bruits qu'il faisait, il était clair que le passager à l'avant n'en pensait pas moins.

— Tu ne peux pas sortir avec un mort ! s'est offusquée Luna. Allez, quand même !

— Oh bon, d'accord. Certains ne sont pas si mal, a répliqué la conductrice. Je me gare devant l'entrée, mon petit os en sucre.

— Ça c'est toi, m'a chuchoté Luna.

La voiture s'est arrêtée, et Luna s'est penchée sur moi pour ouvrir la portière côté trottoir. Elle m'a guidée de ses mains pour me pousser en dehors de la voiture. Comme je sortais, j'ai entendu une exclamation à quelques pas de moi. Vive comme l'éclair, Luna a claqué la portière, et la voiture pleine de métamorphes a redémarré dans un crissement de pneus. Un hurlement en est monté, s'évanouissant ensuite dans l'air épais de la nuit.

— Sookie ? a demandé une voix familière.

— Eric ?

Je me débattais avec mon bandeau. Eric l'a dénoué d'un seul geste, et j'ai pu constater que j'avais fait l'acquisition d'un beau foulard en soie un peu taché. La façade de l'hôtel, avec ses lourdes portes pleines, était illuminée. Dans la lumière crue, Eric semblait encore plus livide qu'à l'accoutumée. Contre toute attente, il portait un costume d'un classicisme absolu, bleu marine à rayures fines.

C'était inattendu, mais j'étais vraiment contente de le voir. Comme je commençais à chanceler, il m'a attrapée par le bras et m'a examinée de haut en bas avec un visage impassible. Les vampires sont très doués pour ça.

— Que t'est-il arrivé ?

— J'ai été… Eh bien, c'est un peu long à expliquer. Où est Bill ?

— Il s'est d'abord rendu au centre de la Confrérie du Soleil pour te secourir. Mais il a appris, par l'un des nôtres qui est dans la police, que tu avais eu un accident de voiture et que tu étais à l'hôpital. Une fois là-bas, il a découvert que tu étais partie sans être passée par la procédure réglementaire. Personne n'a voulu lui en dire plus, et comme il ne pouvait pas employer les méthodes d'intimidation habituelles…

Il semblait exaspéré. Vivre parmi les humains, en obéissant à leurs lois, était une constante source d'irritation pour Eric, quoiqu'il soit le premier à en tirer de sonnants et trébuchants bénéfices.

— Il n'y avait plus aucune trace de toi, a-t-il poursuivi. Et le chasseur de l'hôtel n'avait pas eu d'autre contact mental avec toi.

— Pauvre Barry ! Il va bien ?

— Il s'en est vite remis. Les quelques centaines de dollars qu'il a reçus pour ses services y ont largement contribué, m'a-t-il assuré d'une voix sarcastique. Maintenant, il ne manque plus que Bill. Quelle empoisonneuse tu fais, Sookie.

Il a sorti son portable et tapoté un numéro. Après ce qui m'a semblé des heures, quelqu'un a répondu.

— Bill ? Elle est avec moi. Des métamorphes l'ont ramenée à l'hôtel…

Il a écouté en silence.

— Un peu abîmée, mais entière…

Nouveau silence.

— As-tu ta clé, Sookie ?

J'ai palpé la poche de ma jupe dans laquelle j'avais glissé le rectangle en plastique. Il était toujours là. Incroyable ! La première bonne nouvelle de la journée !

— Oui, je l'ai… Oh, mais attends ! me suis-je soudain écriée. Et Farrell ?

222

Eric a agité la main pour me faire patienter.

— Ne t'inquiète pas. Je joue les infirmières à la perfection, poursuivait-il à l'adresse de Bill.

Il s'est brusquement raidi.

— Bill... a-t-il proféré d'un ton extrêmement menaçant. Très bien. À tout de suite, alors.

Il s'est tourné vers moi comme s'il n'y avait eu aucune interruption.

— Une escouade de vampires a attaqué le centre. Farrell est en sécurité, m'a-t-il expliqué.

— Est-ce que... il y a beaucoup de victimes?

— Non. La plupart des humains présents étaient trop effrayés pour s'approcher. Ils ont pris la fuite. Farrell était dans une cellule en sous-sol avec Hugo.

— Ah oui, Hugo. Que lui est-il arrivé? ai-je demandé, intriguée.

Eric s'est contenté de me regarder de côté, tandis que nous progressions vers l'ascenseur. Il réglait son pas sur le mien et je boitais sérieusement.

— Puis-je te porter? m'a-t-il subitement demandé.

— Oh! Merci, mais je crois que ça ira. J'ai bien réussi à marcher jusque-là.

Si la proposition était venue de Bill, je n'aurais pas hésité une seconde.

J'ai aperçu Barry à son poste. Il m'a fait un petit signe. Je suis certaine qu'il se serait précipité pour m'aider si je n'avais pas été avec Eric. Je lui ai lancé un regard qui se voulait éloquent, du style: « On se parle plus tard », puis l'ascenseur est arrivé. Eric a appuyé sur le bouton du troisième étage et s'est adossé au miroir en face de moi. En le regardant, je me suis vue dans la glace.

— Oh, non! me suis-je écriée, horrifiée par mon propre reflet. Oh, non!

Mes cheveux ayant été aplatis par la perruque, je les avais coiffés tant bien que mal avec mes doigts. Le résultat était désastreux. J'ai voulu réparer les dégâts, mais mes mains tremblaient et j'avais les larmes aux yeux. Ce n'était rien à côté du reste. J'étais couverte de bleus allant du plus bénin au plus impressionnant. Du moins sur toutes les portions visibles. J'avais la moitié du visage violet et tuméfié et une belle entaille au milieu du bleu qui recouvrait ma pommette. Mon chemisier avait perdu la moitié de ses boutons, ma jupe était sale et déchirée, et j'avais une sorte d'enfilade de bosses ensanglantées tout le long du bras droit.

J'ai éclaté en sanglots. Me voir comme ça m'avait achevée.

Je dois reconnaître qu'Eric n'a pas ri, quoiqu'il ait eu les meilleures raisons du monde pour le faire.

— Allons, Sookie ! Un bon bain, des vêtements propres, et il n'y paraîtra plus.

Il me consolait gentiment, comme on le fait avec un enfant. À vrai dire, je ne me sentais pas beaucoup plus vieille.

— La lycanthrope t'a trouvé mignon, ai-je lâché, avant de me remettre à sangloter.

Nous sommes sortis de l'ascenseur.

— La lycanthrope ? Il t'en est arrivé, des aventures, ce soir !

Il m'a soulevée comme un paquet de linge sale et m'a blottie contre lui. Mes larmes et mon nez qui coulaient ont trempé son costume croisé à mille dollars et sa chemise immaculée.

— Oh ! Je suis vraiment désolée !

Je contemplais le désastre en essayant de l'essuyer avec le foulard.

— Ne pleure pas, je t'en prie, m'a-t-il suppliée. Surtout ne pleure plus, et ça ne m'embêtera pas d'emporter le tout au pressing. Ça ne m'embêtera même pas d'en acheter un autre tout neuf.

Ça m'a amusée, qu'Eric, le redouté leader des vampires de Louisiane, ait peur des femmes en pleurs. J'ai pouffé au milieu de mes derniers hoquets.

— Il y a quelque chose de drôle ?

J'ai secoué la tête.

Il s'est arrêté devant la porte de ma chambre, et j'ai glissé ma clé dans le détecteur.

— Je vais te faire couler un bain et t'aider à entrer dans la baignoire, m'a proposé Eric.

— Oh, non, non ! Ça ira.

Je rêvais d'un bain. Et de ne plus jamais remettre ces vêtements. Mais il était hors de question de m'accorder ce plaisir avec Eric dans les parages.

— Je parie que tu es délicieuse dans le plus simple appareil, a dit Eric pour me remonter le moral.

— Tu l'as déjà constaté par toi-même. Je suis aussi délicieuse qu'un gros éclair au chocolat, ai-je soupiré en m'installant le plus délicatement possible sur une chaise. Mais pour l'instant, je me fais plutôt l'effet d'un vieux boudin.

Le boudin, ça n'a rien d'élégant.

Eric a poussé une deuxième chaise vers moi, puis m'a soulevé la jambe. J'ai replacé la poche de glace dessus et fermé les yeux. Eric a ensuite appelé la réception pour se faire monter une pince à épiler, un bol, de la pommade antiseptique et un fauteuil roulant. Dix minutes plus tard, sa commande était livrée. Très bon personnel de service, ici.

Eric a déplacé le petit bureau calé contre un mur pour y poser mon bras. Il a ensuite allumé l'applique qui nous surplombait. Après avoir nettoyé mes blessures avec un gant mouillé, il a entrepris de s'occuper de mon enfilade de bosses : de petits éclats de verre provenant de la vitre du 4 x 4 de Luna.

— Si tu étais une fille ordinaire, je t'hypnotiserais et tu ne sentirais absolument rien, s'est-il désolé. Sois courageuse !

Ça faisait un mal de chien. Les larmes ont ruisselé sur mon visage pendant tout le temps qu'il travaillait. Pour ma part, j'ai travaillé à pleurer en silence.

Enfin, j'ai entendu quelqu'un entrer et j'ai ouvert les yeux. En me voyant, Bill a fait la grimace. Il s'est approché pour regarder Eric opérer et, apparemment satisfait, lui a adressé un signe de tête approbateur.

— Comment est-ce arrivé? m'a-t-il demandé en effleurant mon visage d'un doigt hésitant.

Il a tiré à lui une troisième chaise et s'est assis en face de moi, à côté d'Eric qui continuait son travail, imperturbable.

Alors, j'ai tout raconté. J'étais si fatiguée que, par moments, je butais sur les mots. Quand j'en suis arrivée à la partie qui concernait Gabe, je n'ai pas eu la présence d'esprit d'édulcorer mon récit. Bill faisait manifestement un énorme effort pour conserver son sang-froid. Il a juste délicatement soulevé mon chemisier pour évaluer les dégâts: les marques de coups sur mes seins et mon soutien-gorge déchiré. Il ne s'est même pas préoccupé de la présence d'Eric – qui a regardé, évidemment.

— Et qu'est devenu ce Gabe? s'est-il enquis d'une voix dangereusement calme.

— Eh bien… il est mort. C'est Godfrey qui l'a tué.

— Tu as vu Godfrey? s'est étonné Eric en se penchant vers moi.

Il n'avait pas dit un mot depuis l'arrivée de Bill. Il avait fini d'extraire les éclats de verre et achevé ses soins en me tartinant le bras de pommade antibiotique, comme pour protéger un bébé d'un érythème fessier.

— Tu avais raison, Bill. C'est bien lui qui était responsable de l'enlèvement de Farrell, même si je n'ai pas eu les détails. Mais c'est aussi lui qui a empêché Gabe de me violer. Je l'avais déjà bien amoché.

226

— Arrête de te vanter, a dit Bill avec un petit sourire. Donc, l'homme est mort...

Ça n'avait pourtant pas l'air de le satisfaire.

— Godfrey a été vraiment formidable avec moi. Il a arrêté Gabe et m'a aidée à sortir. Surtout qu'il n'avait qu'une seule idée en tête : rencontrer le soleil. Où est-il ?

— Il s'est enfui dans la nuit pendant notre attaque sur la Confrérie. Personne n'a pu le rattraper.

— Qu'est-ce qui s'est passé au centre, alors ?

— Je te ferai un rapport détaillé pendant que tu prendras ton bain. Mais, d'abord, nous allons dire bonne nuit à Eric.

— Bonne nuit, donc, Eric, ai-je dit, docile. Merci d'avoir joué les infirmières pour moi.

— Je pense que tu sais l'essentiel, Eric, a conclu Bill. Si j'en apprends davantage, je passerai dans ta chambre plus tard.

— Parfait, a approuvé Eric en me regardant entre ses paupières mi-closes.

Il m'avait léché le bras à plusieurs reprises pendant qu'il me soignait, et il semblait enivré.

— Repose-toi bien, Sookie, m'a-t-il murmuré.

— Oh ! me suis-je écriée tout à coup. Vous savez, on doit aussi une fière chandelle aux métamorphes.

Les deux vampires m'ont dévisagée en silence.

— Enfin, peut-être pas vous, mais moi, oui, ai-je insisté.

— Oh ils enverront la facture, m'a dit Eric. Les métamorphes ne sont pas du genre à rendre service pour la beauté du geste, tu sais. Bonne nuit, Sookie. Je suis vraiment heureux que tu n'aies pas été violée ni tuée.

Et il m'a décoché un de ses sourires étincelants. Il était revenu à la normale.

— Eh bien... euh... merci, Eric, c'est gentil. Bonne nuit.

Mes yeux se fermaient tout seuls.

Quand la porte s'est refermée sur Eric, Bill m'a soulevée dans ses bras pour m'emporter dans la salle de bains. Elle n'était pas plus grande que la plupart des salles de bains d'hôtel, mais la baignoire était correcte. Bill l'a remplie d'eau chaude et m'a déshabillée avec mille précautions.

— Jette-moi tout ça, Bill, ai-je dit.

— Oui, tu as raison.

Il examinait mes contusions, sa bouche crispée et ses lèvres serrées.

— C'est la chute dans l'escalier aussi, lui ai-je expliqué. Et puis, il y a eu l'accident de voiture.

— Si Gabe n'était pas mort, je le trouverais et je le tuerais, a-t-il grommelé. Je prendrais mon temps.

Il m'a soulevée aussi facilement que si j'avais été un bébé pour me déposer dans la baignoire. Puis il a commencé à me laver avec un linge et un pain de savon.

— Tu as vu mes cheveux ? ai-je dit avec un soupir consterné.

— Oui. Mais peut-être qu'on ferait mieux d'attendre demain pour s'en occuper. Il faut que tu dormes.

En commençant par mon visage, il m'a doucement frottée jusqu'aux pieds. Avec tout le sang séché et la saleté, l'eau a rapidement viré au rouge sale. Il s'est assuré qu'Eric avait effectivement ôté tout le verre, avant de vider la baignoire. J'ai frissonné pendant qu'elle se remplissait de nouveau. Cette fois-ci, je me suis sentie vraiment propre. Quand je me suis lamentée sur mes cheveux encore une fois, Bill a fini par céder. Il a mouillé ma tête et m'a lavé les cheveux avant de les rincer très soigneusement. Il n'y a rien de plus merveilleux que de se sentir fraîche de la tête aux pieds, après avoir dû supporter des heures sa propre crasse ; de se glisser dans un lit

228

douillet, entre des draps propres, pour enfin s'endormir en toute sécurité.

— Raconte-moi ce qui s'est passé à la Confrérie, maintenant, ai-je murmuré à l'oreille de Bill, tandis qu'il me portait vers le lit. Tiens-moi compagnie.

Il m'a bordée, puis il est venu se glisser à côté de moi sous les draps. Il a passé son bras sous ma nuque et s'est rapproché. Tout doucement, j'ai posé mon front contre sa poitrine.

Bill a alors commencé son récit :

— Sur place, c'était la panique. Apparemment, quelqu'un avait déjà donné un coup de pied dans la fourmilière. Le parking grouillait de gens et de voitures qui s'agitaient en tous sens. Et il en arrivait toujours davantage. Sans doute pour le... la... pyjama party ?

— Pour la veillée, ai-je précisé en me tournant prudemment sur le côté pour me blottir contre lui.

— Notre arrivée a causé une certaine agitation. Ils sont presque tous montés dans leurs voitures pour s'enfuir aussi vite que le permettait la circulation. Le chef de la Confrérie, Newlin, a tenté de nous interdire l'entrée du centre de la Confrérie – je suis certain qu'il y avait une église ici autrefois. Il nous a menacés, nous affirmant que nous serions transformés en torches vivantes si nous franchissions le seuil, parce nous sommes damnés, a dit Bill avec mépris. Stan l'a ramassé et posé sur le côté. Nous sommes entrés dans le temple, avec Newlin et sa femme sur nos talons. Évidemment, aucun d'entre nous n'est parti en flammes, ce qui a visiblement complètement traumatisé les gens.

— J'imagine, ai je murmuré contre sa poitrine.

— Barry nous avait dit que, lorsque tu avais pris contact avec lui, il avait perçu que tu te trouvais « en bas », sous le niveau de la terre. Il pensait que tu lui avais envoyé le mot « escalier ». Nous étions six en tout : Stan, Joseph, Vélasquez, Isabel, moi et deux autres. Il nous a fallu six minutes pour éliminer toutes les possibilités et trouver l'escalier en question.

— Et pour la porte ? Comment avez-vous fait ?

Je me souvenais parfaitement des verrous.

— Nous l'avons arrachée de ses gonds.

— Oh.

C'était effectivement le moyen le plus rapide.

— Je croyais que tu étais toujours là, a repris Bill. Quand j'ai trouvé la pièce vide et que j'ai vu l'homme mort par terre, son pantalon ouvert...

Il s'est tu un long moment.

— J'étais certain que tu t'étais trouvée dans cette cellule. Ton odeur était encore perceptible. Et puis, j'ai remarqué une tache de sang sur l'humain. C'était ton sang. Et il y en avait d'autres. J'étais très inquiet.

Je lui ai tapoté la main. J'étais trop fatiguée et affaiblie pour tapoter vigoureusement, c'était tout ce que je pouvais lui offrir pour l'instant.

— Sookie, est-ce que tu es bien sûre de n'avoir rien d'autre à me dire ? m'a-t-il demandé très prudemment.

J'étais trop somnolente pour voir où il voulait en venir.

— Sûre et certaine, ai-je répondu en réprimant un énième bâillement. Je crois que je n'ai rien oublié.

— Je pensais que tu n'avais peut-être pas voulu en parler devant Eric.

J'ai enfin compris. J'ai déposé un baiser sur sa poitrine, à l'endroit où aurait dû battre son cœur.

— Godfrey est vraiment arrivé à temps.

Il y a de nouveau eu un long silence. J'ai levé les yeux. Le visage de Bill s'était métamorphosé en masque de pierre, chaque trait figé sous l'effet de la tension. Ses longs cils noirs ressortaient sur la pâleur de sa peau, et ses yeux ressemblaient à des puits sans fond.

230

— Raconte-moi la suite, ai-je dit.

— Après, nous avons continué à explorer l'abri antiatomique. Nous avons découvert une pièce plus grande avec des vivres et des armes. Il était évident qu'un vampire y avait séjourné.

Je n'avais pas vu cette partie-là, mais je n'avais aucune intention d'y retourner pour voir ce que j'avais manqué.

— Nous avons trouvé Farrell et Hugo dans une deuxième cellule.

— Hugo était encore vivant ?

— À peine.

Bill m'a embrassé le front.

— Heureusement pour lui, Farrell préfère les hommes plus jeunes !

— C'est pour cela que Godfrey l'a choisi, quand on lui a mis dans le crâne qu'il devait faire un exemple avec un autre pécheur.

— C'est l'avis de Farrell. Farrell avait été privé de sexe et de sang depuis très longtemps : il avait faim, dans tous les sens du terme. Sans les menottes d'argent, Hugo aurait sans doute... passé un sale quart d'heure. Même avec de l'argent sur ses poignets et ses chevilles, Farrell a réussi à se nourrir de lui.

— Tu sais que c'était Hugo, le traître ?

— Farrell me l'a dit. Il a entendu votre conversation.

— Mais comment... Ah, oui, bien sûr ! La fameuse acuité auditive des vampires. J'aurais dû y penser.

— Farrell aurait bien voulu savoir ce que tu as fait à Gabe pour qu'il hurle comme ça.

— Je lui ai crié dans les oreilles comme ça, lui ai-je dit en montrant comment j'avais placé mes mains en cornet.

— Farrell était absolument ravi. Gabe faisait partie de ces hommes qui ont plaisir à dominer les

231

autres. Il se délectait à humilier Farrell dès qu'il en avait l'occasion.

— Et encore, Farrell a eu de la chance de ne pas être une femme ! Où est Hugo, maintenant ?

— En lieu sûr.

— Sûr pour qui ?

— Pour les vampires. Il est à l'abri des médias, qui apprécieraient beaucoup trop son histoire.

— Que vont-ils faire de lui ?

— C'est à Stan de décider.

— Tu te rappelles le marché qu'on a passé avec Stan ? Si c'est par mon intermédiaire qu'on prouve la culpabilité d'un humain, on doit lui laisser la vie sauve.

Bill ne voulait manifestement pas se lancer dans ce débat avec moi. J'ai vu son visage se fermer.

— Il faut que tu dormes, maintenant, Sookie. On en reparlera demain.

— Mais d'ici là, il sera peut-être tué.

— Pourquoi t'en soucier ?

— Parce que c'était ça, l'accord ! Je sais qu'Hugo est un pauvre type et je le hais aussi. Mais il me fait pitié. Je n'aurai plus jamais la conscience tranquille si je me retrouve impliquée dans sa mort.

— Sookie, il sera encore en vie quand tu te réveilleras. On en reparlera demain.

Je sentais le sommeil me gagner. J'avais du mal à croire qu'il n'était que 2 heures du matin.

— Merci d'être venu à mon secours.

Après un bref silence, Bill a repris :

— D'abord, tu n'étais pas à la Confrérie. Il n'y avait que des traces de sang et ce violeur mort. Ensuite, j'ai découvert que tu n'étais plus à l'hôpital, que quelqu'un t'avait fait disparaître...

— Mmm ?

— J'ai vraiment eu très très peur. Personne ne savait où tu étais. D'ailleurs, alors que j'étais en train de parler avec l'infirmière qui s'est occupée de ton admission, ton nom s'est effacé de l'écran de l'ordinateur...

J'étais très impressionnée. Les métamorphes étaient organisés de façon très sophistiquée.

— Peut-être que je devrais envoyer des fleurs à Luna...

J'avais du mal à articuler.

Bill m'a embrassée. C'était un baiser très satisfaisant. Ensuite, je ne me souviens plus de rien.

7

Je me suis retournée lourdement pour regarder le réveil sur la table de chevet. Encore un peu de temps avant l'aube, mais elle viendrait vite. Bill avait déjà regagné son cercueil : le couvercle était fermé. Pourquoi m'étais-je réveillée si tôt ? J'ai réfléchi.

J'avais quelque chose à faire. J'étais consternée par ma propre stupidité et je me suis ruée pour enfiler un short, un tee-shirt et mes sandales. Je n'ai jeté qu'un bref coup d'œil dans le miroir : c'était encore pire que la veille, à tel point que j'ai préféré tourner le dos au miroir pour me coiffer. À ma grande surprise, mon sac était posé sur la table basse du salon. Quelqu'un avait dû le récupérer au centre de la Confrérie. J'y ai glissé la clé de la chambre et j'ai boité tant bien que mal jusqu'à l'ascenseur.

Barry devait avoir terminé son service, et son remplaçant était trop bien élevé pour oser me demander ce que je fichais dehors alors que je donnais l'impression d'être passée sous un train. Il s'est contenté de m'appeler un taxi. Quand j'ai indiqué au chauffeur ma destination, il m'a jeté un coup d'œil incertain dans le rétroviseur.

— Vous n'avez pas plutôt envie d'aller à l'hôpital ? s'est-il alarmé.

— J'y suis déjà allée.

Ça n'a pas eu l'air de le rassurer pour autant.

— Si les vampires vous traitent aussi mal, pourquoi vous traînez avec eux ?

— Ce sont des humains qui m'ont agressée, pas des vampires.

Il a démarré. La circulation était fluide : rares sont les gens qui prennent leur voiture le dimanche à l'aube. Moins d'un quart d'heure plus tard, j'étais revenue à mon point de départ : le parking de la Confrérie.

J'ai demandé au chauffeur de m'attendre. C'était un homme d'une soixantaine d'années grisonnant, vêtu d'une chemise à carreaux fermée par des pressions. Il lui manquait une dent de devant.

— Je peux faire ça, a-t-il grommelé en allumant le plafonnier, avant d'aller pêcher sous son siège un roman western de Louis L'Amour.

Dans la lumière crue des réverbères, le parking ne montrait plus aucune trace des événements de la nuit. Il ne restait plus que deux véhicules abandonnés sur le parking. L'un d'entre eux devait appartenir à Gabe. L'idée qu'il avait peut-être une femme et des enfants m'a soudain traversé l'esprit. J'espérais que non. D'abord, parce qu'il était tellement sadique qu'il avait dû faire de leur vie un véritable enfer. Ensuite, parce qu'ils passeraient sans doute le restant de leurs jours à s'interroger sur la raison de son décès et la façon dont il était mort. Quant à Steve et Sarah Newlin, qu'allaient-ils faire, maintenant ? Restait-il encore assez d'adeptes dans la Confrérie pour continuer ? Les armes et les vivres devaient être restés dans le temple, emmagasinés là en prévision de l'apocalypse.

Une silhouette est sortie de l'ombre du bâtiment. Godfrey. Il était toujours torse nu, avec un visage frais d'adolescent de seize ans. Seuls ses tatouages étranges et l'expression de son regard sans âge démentaient sa jeunesse apparente.

Comme il s'approchait de moi, j'ai murmuré :

— Je suis venue regarder.

« Pour être votre témoin », aurais-je dû dire.

— Pourquoi ?

— Je vous le dois.

— Je suis une créature du Mal.

— En effet.

Impossible de dire le contraire.

— Mais vous avez fait quelque chose de bon, en me tirant des griffes de Gabe.

— En tuant un homme de plus ? Ma conscience n'est plus à ça près. Il y en a tant eu. Mais si j'ai pu vous épargner quelque humiliation...

Sa voix me brisait le cœur. Le ciel commençait à pâlir. Il faisait pourtant encore sombre, et j'ai observé ses traits incroyablement juvéniles à la clarté des lampadaires du parking.

Tout à coup, sans savoir pourquoi, je me suis mise à pleurer.

— C'est une bien agréable surprise, a dit Godfrey d'une voix déjà lointaine. Quelqu'un qui pleure pour moi au moment de ma fin. Je ne m'y attendais certes pas.

Il a fait quelques pas pour m'éloigner du danger. Et le soleil s'est levé.

Quand je suis remontée dans le taxi, le chauffeur a rangé son livre.

— Ils font du feu, là-bas, ou quoi ? m'a-t-il demandé. J'ai cru apercevoir de la fumée. J'ai failli aller voir ce qui se passait.

— C'est fini, maintenant.

Durant les premiers kilomètres, j'ai passé mon temps à essuyer mes larmes. Puis j'ai regardé par la vitre les étendues de la ville émergeant de la nuit.

De retour à l'hôtel, je suis montée directement dans notre chambre. J'ai enlevé mon short et je me suis allongée sur le lit, prête à de longues heures d'insomnie. Je me suis endormie profondément.

Bill m'a réveillée au coucher du soleil, à sa manière favorite. Mon tee-shirt était relevé, et ses cheveux bruns effleuraient ma poitrine. C'était comme si je m'étais réveillée à mi-chemin. Sa bouche suçait doucement la moitié de ce qu'il appelle la plus belle paire de seins du monde. Il faisait très attention à ses crocs, qui étaient complètement sortis. L'une des manifestations tangibles de son désir.

— Est-ce que tu te sens en état de faire ça et d'y prendre plaisir? m'a-t-il chuchoté à l'oreille. Si je fais très, très attention?

— Si tu me traites comme si j'étais en cristal, ai-je murmuré, sachant qu'il en était capable.

— Oh, mais ça, on dirait que ce n'est pas du cristal, murmura-t-il en bougeant sa main très doucement. C'est tout chaud. Et humide.

J'ai laissé échapper une plainte.

— Tant que ça? Je te fais mal? a-t-il demandé, sa main accentuant son mouvement.

— Oh, Bill!

C'est tout ce que j'ai pu dire. J'ai posé mes lèvres sur les siennes. Sa langue a entamé une danse au rythme familier.

— Couche-toi sur le côté, m'a-t-il chuchoté. Je m'occupe de tout.

Et c'est ce qu'il a fait.

— Pourquoi étais-tu à moitié habillée? s'est-il étonné, quelque temps plus tard.

Il était allé chercher une bouteille de sang dans le minibar et l'avait mise à réchauffer au micro-ondes.

Il n'avait pas pris de mon sang, par égard pour mon état de faiblesse.

— Je suis allée assister aux derniers instants de Godfrey.

Une lueur s'est allumée brièvement dans son regard.

— Quoi?

— Godfrey s'est offert au soleil.

Cette expression, que j'avais trouvée tellement mélo il n'y avait pas si longtemps, m'était venue tout naturellement.

Bill a accueilli la nouvelle par un long silence.

— Comment savais-tu qu'il le ferait? Et où il le ferait?

Couchée sur le lit, j'ai haussé les épaules dans la mesure du possible.

— J'ai pensé qu'il resterait sur son projet initial. Il semblait bien décidé à aller jusqu'au bout. Il m'a sauvé la vie, je lui devais bien ça.

— A-t-il fait preuve de courage?

J'ai regardé Bill droit dans les yeux.

— Il est mort en brave. Il avait hâte de mourir.

Je me demandais ce que Bill pouvait bien penser.

— On doit retourner chez Stan, m'a-t-il soudain annoncé. Il faut l'avertir.

— Pourquoi? Qu'est-ce qui nous y oblige?

Si j'avais eu dix ans de moins, j'aurais fait la moue.

Bill m'a lancé un de ses regards.

— Tu dois lui faire ton rapport, a-t-il insisté, pour lui prouver que nous avons rempli notre mission. Et puis, ne voulais-tu pas connaître le sort d'Hugo?

Le seul fait d'y penser me gâchait ma journée.

Pour ménager ma peau toujours à vif, qui supportait mal le contact des vêtements, j'ai enfilé une longue robe sans manches en maille douce couleur taupe, puis j'ai glissé mes pieds avec précaution dans mes sandales. Voilà pour la tenue. Bill m'a coiffée et mis mes boucles d'oreilles car j'avais trop de mal à lever les bras. Puis il a décidé qu'il me fallait également une chaîne en or. J'avais l'air d'une éclopée qui se rend au pot de bienvenue de S.O.S. femmes battues. Bill a appelé la réception pour qu'on nous avance notre voiture de location devant l'hôtel. Je ne savais même pas que nous en avions une, ni depuis quand. Bill a pris le volant. Cette fois, je n'ai pas regardé par la vitre : Dallas me sortait par les yeux.

Quand nous sommes arrivés au manoir de Green Valley Road, tout paraissait aussi calme que lors de notre première visite, deux jours auparavant. Mais, une fois le seuil franchi, la fête battait son plein. Nous étions arrivés au beau milieu de la soirée organisée pour célébrer le retour de Farrell. Il se tenait au milieu du salon, le bras passé autour de la taille d'un séduisant jeune homme qui ne devait pas avoir plus de dix-huit ans. Il tenait à la main une bouteille de TrueBlood O négatif, et son petit copain un Coca. Farrell avait le teint presque aussi rose que son compagnon.

Il s'est montré ravi de faire ma connaissance. Il avait revêtu la panoplie du parfait cow-boy au grand complet, si bien que lorsqu'il s'est penché pour me faire un baisemain, je m'attendais presque à entendre ses éperons cliqueter.

— Vous êtes si belle ! s'est-il exclamé avec emphase, en agitant sa bouteille de sang synthétique. Si j'aimais les femmes, je consacrerais une semaine entière à vous rendre hommage. Je sais que vos blessures vous chagrinent, mais vous avez tort de vous en inquiéter : elles ne font que rehausser votre beauté.

Je n'ai pas pu m'empêcher d'éclater de rire. Non seulement je marchais comme une centenaire, mais toute la partie gauche de mon visage était violacée.

— Bill Compton, j'espère que vous mesurez votre chance, a conclu Farrell.

— N'en doutez pas, lui a assuré Bill en souriant – un peu fraîchement toutefois.

— Quand on allie ainsi la beauté au courage… a repris Farrell.

— Merci, Farrell, ai-je dit. Savez-vous où est Stan ?

J'avais décidé de mettre un terme à ce déferlement de louanges. Bill commençait à s'agiter sérieusement, et le jeune compagnon de Farrell devenait beaucoup trop curieux.

J'avais en outre la ferme intention de ne raconter mon histoire qu'une seule et unique fois.

— Dans la salle à manger, m'a répondu le jeune vampire qui nous avait amené la pauvre Bethany l'autre soir.

C'était probablement le fameux Joseph Vélasquez. Il mesurait près d'un mètre quatre-vingt-dix et devait à ses ancêtres hispaniques le teint mat et les yeux sombres d'un seigneur espagnol. Quant à sa condition de vampire, elle était évidente dans la fixité de son regard, dans la violence imminente et implacable que l'on sentait en lui. Il surveillait la pièce, prêt à réagir à la moindre alerte. J'en ai conclu qu'il était chargé de la sécurité du nid.

— Il sera heureux de vous voir tous les deux, a-t-il ajouté.

J'ai balayé la salle du regard, passant en revue les vampires et les rares humains réunis dans les vastes pièces de la demeure. Aucune trace d'Eric. Peut-être était-il retourné à Shreveport. Mais où était donc Isabel ? J'ai posé discrètement la question à Bill.

— Elle est soumise à une punition, a-t-il chuchoté, si bas que j'ai dû tendre l'oreille.

Si Bill estimait qu'il était sage de ne pas parler plus fort, je savais qu'il valait mieux me taire.

— Elle a introduit un traître dans le nid : elle doit payer le prix de son erreur, a-t-il ajouté.

— Mais…

— Shh !

La salle à manger était aussi bondée que le salon. Stan était assis à la même place et portait le même déguisement que la fois précédente. Il s'est levé à notre approche. À la solennité qu'il mettait dans ce geste, j'ai compris qu'il marquait là l'importance de notre statut.

— Mademoiselle Stackhouse, m'a-t-il dit d'un ton très formel en me serrant la main avec précaution. Bill.

Il m'a examinée de ses yeux de lynx, ses prunelles délavées enregistrant jusqu'à la plus infime de mes écorchures. Il avait réparé ses lunettes avec du ruban adhésif. Il soignait son déguisement jusque dans les moindres détails. Je me suis dit que j'allais lui trouver des accessoires de geek pour Noël.

— Veuillez me raconter tout ce qui vous est arrivé hier sans omettre le moindre détail, s'il vous plaît, a-t-il indiqué.

J'avais l'impression d'être Archie Goodwin faisant son rapport à Nero Wolfe.

— Bill va s'ennuyer… ai-je dit pour tenter d'échapper à cet exercice de récitation

— Bill y survivra, n'ayez crainte.

Bon. Je n'allais pas y couper. J'ai poussé un grand soupir, puis j'ai entamé mon récit en commençant par mon rendez-vous avec Hugo, dans le hall du *Silent Shore*. Je n'ai pas mentionné le nom de Barry. Cela ne lui aurait sans doute pas plu de se retrouver fiché comme télépathe auprès des vampires de Dallas. Je me suis contentée d'évoquer « un groom de l'hôtel ». Cela dit, ils ne mettraient pas longtemps à l'identifier, s'ils le souhaitaient.

Lorsque j'en suis arrivée au passage où Gabe enfermait Hugo dans la cellule de Farrell, juste avant d'essayer de me violer, j'ai senti mes lèvres s'étirer en un sourire crispé. La peau de mon visage semblait tendue à craquer.

— Pourquoi fait-elle cela ? s'est enquis Stan, comme si je n'étais pas là.

— C'est quand elle est tendue, lui a expliqué Bill.

— Ah.

Le regard de Stan est devenu encore plus perçant. D'autant plus crispée, j'ai machinalement lissé mes cheveux en arrière pour me faire une queue de cheval. Bill m'a tendu l'élastique qu'il venait de tirer de sa poche et, au prix d'un douloureux effort, j'ai réussi à faire mes trois tours.

Quand j'ai évoqué l'aide que les métamorphes m'avaient apportée, Stan s'est penché en avant, l'air captivé. Il voulait en savoir plus, mais j'ai pris soin de ne citer aucun nom. Le fait que les métamorphes m'aient déposée à l'hôtel l'a laissé profondément songeur. J'ai hésité à mentionner la présence d'Eric. Puis j'ai décidé de ne rien révéler sur lui. Il était censé venir de Californie. J'ai juste légèrement travesti la vérité en disant que j'étais montée directement dans notre chambre attendre Bill.

Ensuite, je lui ai parlé de Godfrey.

À ma grande stupéfaction, Stan semblait ne pas pouvoir absorber l'idée de sa mort. Il m'a fait raconter l'histoire par deux fois. Pendant que je répétais ma description, il a fait pivoter son fauteuil, nous tournant le dos. Bill m'a donné une caresse rassurante. Quand Stan s'est retourné, il s'essuyait les yeux avec un mouchoir rougi. Il était donc vrai que les vampires étaient capables de pleurer. Et qu'ils versaient des larmes de sang.

Je n'ai pas pu retenir les miennes. Pour tous les enfants qu'il avait violés et massacrés pendant des siècles, Godfrey avait mérité de mourir – sans parler des humains qui étaient encore derrière les barreaux pour des crimes qu'il avait commis. Mais Godfrey m'avait sauvée, et jamais je n'avais rencontré quelqu'un qui fût écrasé par une détresse et une culpabilité aussi immenses.

— Quelle détermination ! Quel courage ! s'est exclamé Stan, admiratif.

En fait, il ne pleurait pas la disparition de l'un des siens. Il était éperdu d'admiration.

— J'en pleure, a-t-il ajouté avec une emphase propre à nous faire apprécier l'inestimable valeur d'un aussi vibrant hommage. Suite à l'excellent travail de Bill qui nous avait permis de l'identifier, j'ai moi-même fait procéder à une enquête sur Godfrey et j'ai découvert qu'il appartenait à l'un des nids de San Francisco. Ses frères seront affectés par la nouvelle, et plus encore d'apprendre qu'il avait trahi Farrell. Mais ce courage dont il a fait preuve, en tenant sa promesse, en menant son projet jusqu'à la fin !

Stan semblait profondément ému.

Quant à moi, j'avais mal partout. J'ai fouillé mon sac pour y trouver mon petit flacon d'antalgiques et fait tomber deux cachets dans le creux de ma main. Sur un signe de Stan, un jeune vampire m'a apporté un verre d'eau. Il a paru surpris quand je l'ai remercié.

— Je vous remercie pour tous vos efforts ! a soudain dit Stan, comme s'il s'était tout à coup souvenu de ses bonnes manières. Vous avez accompli la mission dont nous vous avions chargée, et même davantage. Grâce à vous, nous avons pu retrouver notre frère et le libérer à temps, et je suis sincèrement désolé que vous ayez dû payer ce succès d'aussi fâcheux désagréments.

Il nous signifiait clairement la fin de l'entretien.

— Excusez-moi, ai-je dit en me penchant en avant.

Bill a fait un mouvement derrière moi, mais je n'en ai pas tenu compte.

Stan a eu un haussement de sourcils devant tant de témérité.

— Oui ? Votre chèque sera envoyé à votre chef de zone, à Shreveport, en accord avec notre contrat. Mais, je vous en prie, restez pour célébrer le retour de Farrell avec nous.

— Dans notre accord, il était entendu que si, en utilisant mes services, vous découvriez qu'un humain s'était rendu coupable d'un crime, celui-ci ne serait pas puni par les vampires mais livré à la police. Afin de bénéficier d'un procès équitable. Où est Hugo ?

Le regard de Stan a glissé sur mon visage pour se river à celui de Bill, derrière moi. Il semblait lui demander pourquoi il n'était pas capable de mieux contrôler son humain.

— Hugo est avec Isabel, a-t-il finalement lâché d'un ton cryptique.

J'avais tellement envie de ne pas savoir ce que ceci voulait dire. Mon honneur m'y obligeait néanmoins.

— Donc, vous avez décidé de ne pas honorer vos engagements ?

Je savais que Stan verrait là une véritable provocation.

Il devrait y avoir un adage : « Fier comme un vampire. » Ils le sont tous. J'avais piqué Stan au vif. Je venais d'insinuer qu'il pouvait ne pas être honorable. Ça l'a rendu fou de rage. Son visage est devenu si terrifiant que j'ai failli laisser tomber. Il n'avait subitement plus rien d'humain. Ses lèvres s'étaient retroussées, révélant ses crocs sur toute leur longueur, et son corps s'était étiré vers l'avant comme s'il était en caoutchouc.

Au bout d'un moment qui m'a paru interminable, il s'est levé et, d'un geste péremptoire de la main, nous a invités à le suivre. Bill m'a offert son bras pour m'aider à me lever. Stan a emprunté un long couloir qui s'enfonçait dans la maison et devait desservir les chambres. J'ai dénombré au moins six portes, toutes fermées. Derrière l'une d'elles s'élevaient des bruits trahissant indubitablement une activité sexuelle intense. À mon grand soulagement, Stan l'a dépassée sans s'arrêter. Nous avons monté un escalier, une opération douloureuse pour moi. Pas une fois Stan ne s'est retourné pour voir si nous lui avions emboîté le pas, et à aucun moment il n'a ralenti l'allure. Il a fini par s'immobiliser devant une porte que rien ne distinguait des autres. Il l'a déverrouillée et s'est effacé pour me laisser entrer.

Mon Dieu non, je ne voulais vraiment pas voir ce qu'il y avait à l'intérieur. Mais je ne pouvais pas faire autrement. J'ai franchi le seuil à pas lents.

Mis à part la moquette bleu nuit qui recouvrait tout le sol, la pièce était nue. Isabel était enchaînée à l'un des murs – avec des chaînes d'argent, bien sûr –, et Hugo au mur opposé. Tous les deux étaient éveillés et se sont tournés vers nous avec un ensemble parfait.

Bien qu'entièrement nue, Isabel m'a fait un signe de tête, comme si nous nous étions croisées au centre commercial. Ses chevilles et ses poignets étaient protégés de la brûlure de l'argent par un rembourrage. Les chaînes ne feraient donc que la maintenir dans un état de faiblesse.

Hugo était également nu. Il ne pouvait détacher ses yeux d'Isabel. Après m'avoir jeté un coup d'œil, il s'est aussitôt détourné pour la regarder avec avidité. Quant à moi, je luttais contre une certaine gêne. C'était la première fois de ma vie que je voyais un adulte entièrement nu – à l'exception de Bill.

La voix de Stan s'est élevée.

— Elle ne peut pas se nourrir de lui, bien qu'elle soit affamée, et il ne peut pas la toucher, bien qu'il soit consumé de désir. Voilà leur châtiment, qui durera des mois. Quel sort réserverait-on à Hugo dans un tribunal humain ?

J'ai réfléchi au problème. Qu'avait fait Hugo de réellement illégal ?

Il s'était introduit dans le nid des vampires de Dallas sous un faux prétexte. Plus précisément, il aimait Isabel, mais il avait trahi ses semblables. Il n'existait aucune loi contre ça.

— Il vous a mis sur écoute.

Ça, c'était illégal. Du moins, je le pensais.

— Quelle peine de prison lui infligerait-on pour une telle infraction ? s'est enquis Stan.

Bonne question. Ça ne devait pas aller chercher bien loin. Un jury humain aurait même pu estimer qu'introduire un mouchard dans un repaire de vampires était justifié. J'ai soupiré. C'était une réponse suffisante pour Stan.

— Quel autre délit Hugo a-t-il commis ? a-t-il poursuivi.

— Il m'a attirée à la Confrérie sous de faux prétextes... Rien d'illicite là-dedans. Il... euh... Eh bien, il...

— Précisément.

Et, pendant tout ce temps, le regard enfiévré d'Hugo n'avait pas quitté Isabel.

À mon sens, Hugo avait provoqué et encouragé le mal aussi sûrement que Godfrey l'avait commis.

— Combien de temps comptez-vous les laisser comme ça ?

— Trois ou quatre mois, m'a répondu Stan avec un haussement d'épaules désinvolte. Nous nourrirons Hugo, bien entendu. Mais pas Isabel.

— Et après ?

— Nous le libérerons en premier. Il aura un jour d'avance.

La main de Bill s'est soudain refermée sur mon poignet, me signifiant que j'avais déjà posé trop de questions.

Quand j'ai tourné les yeux vers Isabel, elle m'a adressé un signe de tête, comme pour me signifier que la peine infligée lui paraissait juste. J'ai capitulé.

— Bon. D'accord, ai-je murmuré à regret.

Et j'ai fait demi-tour, pour gravir les escaliers très lentement.

Soit, j'avais perdu de mon intégrité, mais je ne voyais pas comment j'aurais pu agir autrement. Et plus je réfléchissais au problème, plus les choses s'embrouillaient dans mon esprit. Je n'ai pas l'habitude de me poser des questions de morale. Pour moi, il y a le bien d'un côté, le mal de l'autre.

Il y avait une zone de gris malgré tout. Une zone dans laquelle on pouvait ranger un tas de choses. Coucher avec Bill alors que nous n'étions pas mariés, par exemple. Ou dire à Arlène que sa robe était belle alors qu'elle ne lui allait pas du tout. En fait, je ne pouvais pas épouser Bill, ce n'était pas légal. Mais il ne me l'avait pas demandé, non plus.

Mes pensées ne cessaient de revenir au malheureux couple enfermé dans la chambre du premier étage. Si surprenant que cela puisse paraître, je plaignais plus Isabel qu'Hugo. Hugo était coupable de malfaisance délibérée. Isabel n'était coupable que de négligence.

Ces réflexions ne me menaient nulle part. Je tournais en rond. Mais je n'avais que ça à faire : Bill s'amusait comme un fou. Je n'avais assisté qu'à une ou deux autres soirées mixtes, auparavant, et même après plus de deux ans de reconnaissance officielle, la cohabitation était toujours hésitante. Il était formellement interdit de boire un humain en public, et je peux vous assurer qu'au Q.G. des vampires de Dallas, le règlement était strictement respecté. De temps à autre, je voyais bien un couple s'éclipser, mais tous les humains revenaient apparemment en parfaite santé. Je le sais, parce que j'ai observé, et je les ai comptés.

Bill vivait parmi les habitants de Bon Temps depuis tant de mois qu'il semblait vraiment heureux de se retrouver en compagnie d'autres vampires. Il passait d'un groupe à l'autre, se lançant dans de grandes conversations sur le Chicago des années vingt, les nouveaux placements ou les holdings désormais détenus par de véritables trusts de vampires à travers le monde. Quant à moi, j'étais tellement épuisée que je restais assise sur le canapé moelleux, à siroter ma vodka-orange. Le barman était un jeune homme plutôt sympathique, et j'ai bavardé un peu avec lui. Pour une fois que ce n'était pas moi qui faisais le service, j'aurais probablement dû en profiter. Mais en fait, j'aurais bien enfilé mon uniforme pour prendre les commandes. Je suis une fille plutôt routinière.

À un moment donné, une jeune femme est venue s'asseoir à côté de moi. Elle devait avoir quelques années de moins que moi. Elle m'a appris qu'elle sortait avec Joseph Vélasquez, le vampire chargé de la sécurité, celui qui avait participé à l'attaque du centre de la Confrérie du Soleil avec Bill. Elle s'appelait Trudi Pfeiffer. Elle avait le crâne hérissé de crêtes rouges, un piercing dans le nez, un dans la langue, et un maquillage gothique des plus macabres. Son rouge à lèvres noir était baptisé Terre de Cimetière, m'a-t-elle fièrement précisé. Son jean lui descendait si bas sur les hanches que je me demandais comment elle faisait pour s'asseoir et se relever. Peut-être qu'elle l'avait justement choisi parce qu'il lui permettait d'exhiber l'anneau qu'elle avait dans le nombril. Quant à son haut, il tenait quasiment du soutien-gorge. À côté d'elle, même dans la tenue que je portais le soir où la ménade m'avait sauté dessus, j'avais tout d'une première communiante. Le corps de Trudi était donc très visible.

Pourtant, quand on discutait avec elle, on s'apercevait vite que Trudi n'était pas aussi étrange qu'elle en avait l'air. Elle allait à l'université. En l'écoutant – tout à fait légitimement – j'ai appris qu'en sortant avec Vélasquez, elle avait l'impression de « donner dans la provoc à fond », et de défier ses parents.

— Ils préféreraient que je sorte avec n'importe qui d'autre, même un Black ! s'est-elle exclamée fièrement.

Je me suis efforcée de paraître aussi impressionnée par son courage qu'elle l'espérait.

— Ils n'apprécient pas le courant mort-vivant, j'imagine ?

— Et ce n'est rien de le dire ! s'est-elle exclamée en hochant la tête avec conviction et en m'agitant ses ongles vernis noirs sous le nez.

Elle a bu une gorgée de sa bière avant de poursuivre :

— Ma mère me dit toujours : « Tu ne peux donc pas fréquenter quelqu'un de vivant ? »

Nous avons éclaté de rire toutes les deux.

— Alors, c'est comment, avec Bill ? m'a-t-elle soudain demandé sur le ton de la confidence, en jouant des sourcils.

— Vous voulez dire… ?

— Ben, au lit, quoi. Avec Joseph, c'est le pied intégral !

Je n'étais pas surprise, mais j'étais consternée malgré tout. Je me suis creusé la cervelle pour trouver une réponse adéquate.

— Je suis contente pour vous.

Si Arlène s'était trouvée à la place de Trudi, je lui aurais peut-être adressé un petit sourire en coin ou

250

un clin d'œil. Mais je n'avais aucune envie de discuter de ma vie sexuelle avec une parfaite inconnue, encore moins de connaître les détails de ses ébats avec Joseph.

Elle s'est levée en vacillant pour aller chercher une autre bière et s'est attardée pour bavarder avec le barman. J'ai fermé les yeux de soulagement et de fatigue. Et j'ai senti le canapé s'affaisser de nouveau à côté de moi. J'ai jeté un coup d'œil entre mes paupières mi-closes pour voir qui s'était décidé à venir me tenir compagnie. Eric. De mieux en mieux.

— Comment vas-tu, Sookie ? m'a-t-il demandé.

— Mieux que je n'en ai l'air, ai-je menti.

— Tu as vu Hugo et Isabel ?

— Oui.

J'ai baissé les yeux vers mes mains posées sur mes genoux.

— Équitable, n'est-ce pas ?

Essayait-il de me provoquer ?

— En un sens, oui. À supposer que Stan s'en tienne là, évidemment.

— Tu ne lui as pas dit ça, j'espère ? a-t-il demandé, l'air amusé.

— Non. Enfin, pas aussi directement. Vous êtes tous tellement chatouilleux ! Et fiers, avec ça !

Il a eu l'air étonné.

— Fiers ? Oui, j'imagine qu'on ne peut pas dire le contraire.

— Es-tu simplement venu pour vérifier où j'en étais ?

— À Dallas ?

— Oui.

Il a haussé les épaules. Avec sa carrure et sa magnifique chemise aux motifs bleu et fauve, l'effet produit était impressionnant.

251

— C'est la première fois que nous te louons à l'extérieur. Je voulais m'assurer que les choses se déroulaient normalement, sans pour autant faire jouer ma position officielle.

— Tu crois que Stan sait qui tu es ?

Il a réfléchi un instant à la question.

— Probablement, a-t-il finalement reconnu. Il aurait sans doute fait comme moi, à ma place.

— Et maintenant, pourrais-tu tout simplement me laisser mener une petite vie sans histoires, à Bon Temps, avec Bill ?

— Non. Tu m'es trop utile. En outre, j'espère que, plus tu me verras, moins tu pourras te passer de moi.

— Seigneur, tu es pire que la mauvaise herbe ! Plus on l'arrache, plus elle repousse.

Il a éclaté de rire. Mais ses yeux ne me quittaient pas. Et merde.

— Tu es absolument à croquer dans cette robe, a-t-il déclaré. Surtout sans rien en dessous. Tu sais, si tu quittais Bill pour moi de ton plein gré, il s'inclinerait.

— Mais je n'ai absolument pas l'intention de faire une chose pareille, ai-je aussitôt répliqué.

C'est à ce moment-là que j'ai senti quelque chose, à la limite de mon champ de perception.

Eric s'apprêtait à me répondre, mais j'ai plaqué ma main sur sa bouche. Puis j'ai tourné la tête d'un côté et de l'autre pour essayer de trouver la meilleure réception – je ne vois pas comment décrire ça autrement.

— Aide-moi à me lever, lui ai-je ordonné.

Il s'est exécuté sans poser de questions. Je fronçais les sourcils, très concentrée.

Ils étaient tout autour de nous. Ils encerclaient la maison. Leurs cerveaux déversaient des torrents d'agressivité. Si Trudi ne m'avait pas assommée avec ses bavardages, j'aurais sans doute pu les repérer avant qu'ils ne cernent la maison.

— Eric... ai-je murmuré, tout en essayant de capter autant d'informations que possible – un compte à rebours, oh, mon Dieu !

— À terre ! ai-je hurlé à pleins poumons.

Tous les vampires ont obéi.

Quand la Confrérie a ouvert le feu, ce sont donc les humains qui sont morts.

8

Trudi a été fauchée par une décharge à moins d'un mètre de moi.

Ses cheveux sont passés du rouge cuivré au rouge sang, et elle s'est effondrée par terre, ses yeux grands ouverts rivés sur moi. Chuck, le barman, n'a été que légèrement blessé. Le buffet lui a servi de bouclier.

Eric s'était couché sur moi. Dans mon état, c'était particulièrement douloureux. J'ai voulu le repousser, puis je me suis rendu compte que, s'il recevait une balle, il s'en tirerait probablement. Pas moi. J'ai donc accepté sans broncher cette protection très rapprochée pendant la première vague de l'assaut, tandis que carabines, fusils de chasse et pistolets mitraillaient la maison, encore et encore, sans interruption.

J'avais instinctivement fermé les yeux. L'explosion des vitres, les rugissements des vampires, les hurlements des humains... J'étais assaillie de bruits assourdissants, alors même que les vagues de rage meurtrière d'une armée de cerveaux saturés d'adrénaline me submergeaient. Quand les choses se sont un peu calmées, j'ai rouvert les yeux pour regarder Eric. À ma grande surprise, il paraissait surexcité. Il m'a souri.

— Je savais bien que j'aurais le dessus un jour.

— Tu cherches à me mettre en colère pour me faire oublier la trouille qui me noue les tripes, c'est ça ?

— Non. Simplement, je suis un opportuniste.

J'ai gigoté pour essayer de me dégager.

— Oh ! Continue comme ça. C'est divin !

— Eric, la fille à laquelle je parlais il n'y a pas cinq minutes est à deux pas, avec la moitié de la tête arrachée.

— Sookie, ça fait des siècles que j'ai rendu mon dernier soupir, m'a-t-il répondu, enfin sérieux. J'y suis habitué. Mais elle n'est pas encore tout à fait morte. Il reste en elle une minuscule étincelle. Veux-tu que je la fasse passer de l'autre côté ?

Ça m'a tétanisée. Comment pouvais-je prendre une décision pareille ?

Mais j'ai à peine eu le temps de me poser la question qu'il déclarait :

— Elle est partie.

Comme je le regardais fixement, le silence est retombé. Le seul son perceptible provenait du petit ami de Farrell, qui sanglotait en comprimant à deux mains sa cuisse ensanglantée. À l'extérieur se sont bientôt élevés les sons étouffés de véhicules filant dans la nuit à travers la paisible banlieue résidentielle. L'attaque était finie. J'avais du mal à respirer et à rassembler mes idées. Pourtant, il y avait sûrement un tas de choses à faire, des dispositions à prendre, des gens à aider…

Jamais je n'accepterais de partir à la guerre.

Soudain, le son est revenu, emplissant la pièce des cris de douleur des survivants et des hurlements de rage des vampires. Des coussins et des sièges capitonnés, crevés par des balles perdues, s'échappaient des plumes et des particules de mousse qui flottaient dans la pièce comme des flocons de neige. Il y avait des éclats de verre partout, et la chaleur de la nuit texane s'engouffrait dans la maison ouverte à tous les vents. Certains des vampires s'étaient déjà relevés pour se lancer à la poursuite de leurs assaillants. Vélasquez était du nombre. Je l'avais vu partir.

— Aucune bonne excuse pour m'attarder davantage, a soupiré Eric avec un sourire en coin.

Il s'est redressé, puis a examiné sa tenue d'un œil critique.

— Chaque fois que je m'approche de toi, ma chemise se retrouve dans un sale état.

— Oh, merde ! Eric !

Je me suis agenouillée tant bien que mal.

— Tu saignes ! Tu as été touché ! Bill ! Bill !

Mes cheveux défaits me cinglaient le visage tandis que je tournais la tête en tous sens, à la recherche de Bill. La dernière fois que je l'avais aperçu, il discutait avec une vampire à la longue chevelure noire qui m'avait fait penser à Blanche-Neige. Je l'ai repérée, étendue au pied d'une des fenêtres qu'une rafale avait littéralement pulvérisée. Quelque chose était fiché dans sa poitrine. Le chambranle avait explosé, projetant des éclats de bois dans toute la pièce. L'un d'entre eux lui avait transpercé le cœur. Bill n'était nulle part en vue, ni parmi les morts, ni parmi les vivants.

Pendant ce temps, Eric avait enlevé sa chemise trempée et inspectait son épaule.

— La balle est juste à l'entrée de la plaie, Sookie, m'a-t-il annoncé en serrant les dents. Sors-la avec ta bouche.

— Quoi ?

Je le fixais, bouche bée.

— Si tu ne la retires pas, la blessure va se refermer et elle restera à l'intérieur. Si tu es si délicate, va donc chercher un couteau !

— Mais je ne peux pas faire une chose pareille !

J'avais un canif dans mon minuscule sac du soir, mais je n'avais pas la moindre idée de ce que j'en avais fait et j'étais incapable de rassembler mes esprits pour le chercher.

Il m'a montré les dents.

— J'ai pris cette balle à ta place. Tu peux me l'enlever. Tu n'es pas lâche.

Je me suis forcée à recouvrer mon calme. J'ai ramassé sa chemise pour tamponner la plaie. Le saignement s'est progressivement ralenti, et en scrutant la chair meurtrie j'ai aperçu la balle. Si j'avais eu les ongles longs de Trudi, j'aurais pu l'attraper, mais j'ai les doigts courts et carrés, avec des ongles taillés. J'ai soupiré. Je n'avais pas vraiment le choix.

Je me suis penchée sur l'épaule d'Eric. Il a poussé un long gémissement tandis que, les lèvres collées à la plaie, j'aspirais de toutes mes forces. Finalement, la balle m'est arrivée dans la bouche. Il avait eu raison. Étant donné le piteux état de la moquette, et malgré tous les principes de mon éducation, j'ai recraché la balle par terre, avec le sang que j'avais aspiré par la même occasion. J'en ai malgré tout avalé un peu au cours de la manœuvre. Déjà, la blessure se refermait.

— Cette odeur de sang, dans toute la pièce... a murmuré Eric.

— Eh bien ! me suis-je exclamée en relevant la tête. C'est le truc le plus dég...

— Tes lèvres en sont pleines, a-t-il ajouté en me prenant le visage à deux mains pour m'embrasser.

Il est dur de résister quand un maître de l'art du baiser vous fait une démonstration. Je me serais probablement laissée aller si je n'avais pas été aussi inquiète pour Bill. Regardons les choses en face : frôler la mort produit souvent cet effet-là. On a besoin de se prouver qu'on est toujours vivant.

258

Quoique les vampires ne soient pas vivants, ils semblent obéir au même syndrome que nous. Et la libido d'Eric réagissait à tout le sang versé dans la pièce.

Mais je me faisais vraiment du souci pour Bill, et j'avais été secouée par la violence de l'attaque. Après un long moment brûlant, pendant lequel j'ai réussi à oublier le carnage autour de moi, je me suis donc écartée. Les lèvres d'Eric étaient désormais pleines de sang. Il les a léchées lentement.

— Va chercher Bill, m'a-t-il finalement lancé d'une voix rauque.

J'ai jeté un dernier coup d'œil à son épaule. La plaie était déjà presque cicatrisée. J'ai ramassé la balle sur la moquette et je l'ai enveloppée, encore toute collante de sang, dans un lambeau de la chemise d'Eric. Sur le coup, ça m'a paru une bonne idée : je garderais un petit souvenir. C'est à se demander ce que j'avais dans le crâne à ce moment-là ! Les blessés et les morts jonchaient toujours le sol, mais la plupart des survivants étaient déjà entre les mains d'autres humains ou des deux vampires qui n'étaient pas partis sur les traces des assassins. Des sirènes résonnaient au loin.

La belle porte d'entrée était criblée d'impacts de balles. Je me suis plaquée contre le mur avant de l'ouvrir, au cas où l'un des justiciers se serait attardé dans le jardin. Comme il ne se passait rien, j'ai jeté un coup d'œil à l'extérieur.

— Bill ? Bill, est-ce que tu vas bien ?

Au même instant, il est arrivé d'un pas nonchalant dans le jardin, le visage tout rose.

— Bill.

Tout à coup, je me suis sentie vieille, grise et hargneuse. Une horreur sourde, causée simplement par la déception la plus profonde, venait de me nouer l'estomac.

Il s'est arrêté net.

— Ils nous ont tiré dessus et plusieurs d'entre nous y sont restés, s'est-il défendu.

Ses crocs luisaient, et il rayonnait d'excitation.

— Tu viens de tuer quelqu'un.

— Pour nous défendre.

— Pour assouvir ta soif de vengeance.

Dans mon esprit, à ce moment précis, il y avait une nette différence. Il semblait perplexe.

— Tu n'as même pas cherché à savoir si j'étais morte avant d'y aller !

Qui a bu boira ; chassez le surnaturel, il revient au galop ; on ne change pas les rayures d'un tigre... Tous les avertissements dont on m'avait bombardée depuis le début de ma relation avec Bill me revenaient en mémoire, avec l'accent de ma Louisiane natale.

J'ai tourné les talons. Je suis repartie dans la maison, traversant la scène sanglante de barbarie et de chaos avec indifférence comme si je voyais ça tous les jours. Il y a certaines choses que je n'ai pas enregistrées sur le coup, mais qui devaient surgir de mon cerveau sans crier gare la semaine suivante – le gros plan d'un crâne fracassé, par exemple, ou un jet de sang jaillissant d'une artère sectionnée.

Retrouver mon sac, c'était tout ce qui m'importait. J'ai rapidement mis la main dessus. Pendant que Bill s'activait auprès des blessés pour éviter d'avoir à me parler, je suis ressortie, je suis montée dans la voiture de location et, malgré mon angoisse, j'ai mis le contact et j'ai démarré. Rester dans cette maison en ruine, pour moi, c'était encore pire que d'affronter la circulation de la capitale texane. Au moment précis où je tournais le coin de la rue, la police est arrivée.

Après avoir passé plusieurs pâtés de maisons, je me suis garée et j'ai fouillé dans la boîte à gants pour en sortir le plan de la ville. J'étais dans un tel état de choc que mon cerveau ne fonctionnait pas normalement, et la recherche m'a pris deux fois trop de temps. Mais j'ai réussi à repérer l'aéroport.

Je m'y suis rendue directement. J'ai suivi les pancartes « Location de voitures » et j'ai abouti à un parking où je me suis garée. J'ai laissé les clés à l'intérieur de la voiture et suis partie sans payer. J'ai acheté un billet pour le premier vol en direction de Shreveport, qui partait dans l'heure. J'ai remercié le Ciel de disposer de ma propre carte de crédit.

Comme je n'avais jamais eu besoin de m'en servir avant, j'ai mis un petit moment à comprendre comment fonctionnait la cabine téléphonique. J'ai eu la chance de tomber sur Jason du premier coup. Il m'a promis de venir me chercher à ma descente d'avion.

J'étais rentrée chez moi et dans mon lit au petit matin.

Ce n'est que le lendemain que j'ai commencé à pleurer.

9

Nous nous étions déjà disputés, Bill et moi. C'était déjà arrivé, quand j'en avais assez de toutes ces histoires de vampires, que je ne supportais plus de devoir m'adapter, que ça m'angoissait de me voir plonger de plus en plus profondément dans ce monde-là. Parfois, j'avais juste besoin de faire une pause, de voir des humains et rien que des humains pendant un temps.

Alors, durant trois semaines, c'est ce que j'ai fait. Je n'ai pas appelé Bill. Bill ne m'a pas appelée. Je savais qu'il était rentré, parce que j'avais retrouvé ma valise posée devant ma porte. En la défaisant, j'avais découvert un écrin de joaillier en velours noir. J'aurais dû avoir le courage de ne pas l'ouvrir. À l'intérieur, il y avait une paire de boucles d'oreilles en topaze avec un petit mot qui disait: « Pour aller avec ta robe ». La robe taupe que je portais le soir de la fusillade. J'avais tiré la langue à l'écrin et pris ma voiture pour aller le déposer l'après-midi même dans sa boîte aux lettres. Il m'avait enfin offert un cadeau, ct voilà que j'étais obligée de le lui retourner.

Je n'ai même pas essayé de mettre les choses à plat. Je me suis dit qu'à la longue, mes idées s'éclairciraient toutes seules, et que, le moment venu, je saurais quoi faire.

Cela ne m'a pas empêchée de lire la presse. Les vampires de Dallas et leurs amis humains étaient maintenant élevés au rang de martyrs. Stan devait se frotter les mains. Dans tous les journaux, le Massacre de Minuit à Dallas passait pour le parfait exemple du crime discriminatoire. On pressait les autorités de créer tout un tas de lois qui ne seraient jamais votées, mais ça donnait bonne conscience à la population de penser qu'elles pourraient passer, un jour. Des lois qui garantiraient aux vampires une protection de leurs propriétés et de leurs biens, des lois qui leur permettraient d'accéder à certaines responsabilités politiques – quoique personne n'ait encore suggéré de présenter un vampire au poste de sénateur ou de député. Il y avait même une motion à l'étude, à la Cour de Justice du Texas, pour qu'un vampire puisse être nommé « exécuteur légal de l'État ». Un certain sénateur Garza avait en effet déclaré : « La mort causée par une morsure de vampire est présumée indolore et, au moins, le sang versé ne l'est-il pas inutilement, puisque le vampire s'en nourrit. »

Eh bien, moi j'avais des infos pour le sénateur Garza : les morsures de vampire n'étaient agréables que si tel était son bon plaisir. S'il ne vous hypnotisait pas d'abord, une vraie morsure de vampire faisait atrocement mal.

Je me demandais s'il y avait un rapport entre ce sénateur Garza et Luna. Mais quand j'en ai parlé à Sam, il m'a affirmé que « Garza » était un nom aussi commun chez les Américains d'origine mexicaine que « Smith » chez les Américains d'origine britannique.

Sam n'a pas cherché à savoir pourquoi je lui posais la question. Ça m'a fait de la peine. Je me suis même sentie un peu délaissée. J'avais fini par m'habituer à l'idée de compter pour lui. Mais il était préoccupé, ces derniers temps. Arlène pensait qu'il fréquentait quelqu'un – une première, car nous ne lui avions jamais connu de petite amie. En tout cas, qui que soit l'élue, personne ne la voyait jamais, ce qui rendait la chose encore plus extraordinaire. J'ai bien essayé de parler à Sam des métamorphes de Dallas, mais il s'est contenté de sourire et d'invoquer la première excuse venue pour aller faire autre chose.

Un jour, mon frère Jason est passé déjeuner à la maison. Ce n'était plus ce que c'était du temps de notre grand-mère. Gran mitonnait toujours un repas pantagruélique à midi, et nous mangions simplement des sandwichs pour le dîner. Jason venait souvent nous voir, à cette époque. Il faut dire que Gran était un vrai cordon-bleu. Je me suis quand même débrouillée pour lui servir un sandwich au pâté avec une salade de pommes de terre, en me gardant bien de lui dire que je l'avais achetée. Et par chance, j'avais déjà préparé du thé glacé à la pêche.

— Qu'est-ce qui se passe entre Bill et toi ? m'a-t-il demandé de but en blanc à la fin du repas. Il avait eu le tact de ne pas me poser de questions lorsqu'il était venu me chercher à l'aéroport.

— Je me suis mise en colère avec lui, ai-je répondu.

— Pourquoi ?

— Il n'a pas tenu une promesse qu'il m'avait faite.

Jason se donnait vraiment du mal pour jouer au grand frère protecteur. J'aurais dû lui en être reconnaissante, au lieu de m'énerver. Il m'est venu à l'esprit que j'avais peut-être un sale caractère. Dans certaines circonstances, du moins.

Je me suis fermement retranchée derrière mes barrières mentales pour ne plus entendre que ce que Jason disait vraiment.

— On l'a vu à Monroe.

J'ai respiré un grand coup.

— Avec quelqu'un d'autre ?

— Oui.

— Qui ?

— Tu ne vas pas le croire. Portia Bellefleur.

Je n'aurais pas été plus surprise si Jason m'avait annoncé que Bill sortait avec Hillary Clinton (quoique Bill soit un démocrate convaincu). J'ai fixé mon frère comme s'il venait de me révéler qu'il était le diable en personne. Les seules choses que Portia Bellefleur et moi avions en commun étaient notre lieu de naissance, notre sexe et les cheveux longs.

— Eh bien, ai-je dit d'une voix blanche. Je ne sais pas si je dois rire ou pleurer. Qu'est-ce que tu en penses ?

Si quelqu'un s'y connaît en relations homme-femme, c'est bien Jason, du point de vue masculin, en tout cas.

— C'est ton opposé, m'a-t-il répondu, avec un air pensif dont je ne voyais absolument pas l'utilité. À tous points de vue. Elle est bardée de diplômes, elle vient de l'aristocratie, elle est avocate… En plus, son frère est flic. Et ils vont voir des opéras, des symphonies et tout le bazar.

Les larmes me brûlaient les yeux. Moi aussi, je serais allée écouter une symphonie avec Bill, s'il me l'avait demandé.

— De ton côté, tu es intelligente, tu es jolie et tu acceptes de supporter ses petites manies.

J'ignorais ce que Jason entendait par là, au juste, et je me suis bien gardée de l'inviter à préciser sa pensée.

— Mais on n'est pas de la haute, c'est sûr, a-t-il poursuivi. Tu bosses dans un bar et ton frangin refait les routes.

266

Il m'a adressé un sourire contrit.

— On est ici depuis aussi longtemps que les Bellefleur, ai-je protesté en m'efforçant de ne pas paraître trop agressive.

— Je le sais et tu le sais. Et Bill est bien placé pour le savoir, lui aussi, pour la bonne raison qu'il était déjà là, à l'époque.

Ce n'était pas faux.

— Qu'est-ce que ça devient, l'affaire d'Andy ?

— Il n'a encore été accusé de rien, mais ça n'arrête pas de jaser en ville à propos de cette histoire de club d'échangistes. Lafayette était tellement content d'avoir été de la fête qu'il en a parlé à tout le monde. Comme on dit que la première règle de ce genre de club, c'est Motus et Bouche Cousue, les gens prétendent que Lafayette a dû se faire descendre parce qu'il a eu la langue trop bien pendue.

— Et toi, qu'en penses-tu ?

— J'en pense que si quelqu'un avait fondé un club échangiste ou un truc de ce genre dans la région, on m'aurait déjà appelé, a-t-il répondu avec le plus grand sérieux.

— Tu as raison, ai-je reconnu, épatée une fois encore par la perspicacité de mon frère. Tu aurais été le premier sur la liste.

Pourquoi n'y avais-je pas songé plus tôt ? Non seulement Jason avait une réputation de don Juan, mais il était aussi très séduisant et célibataire.

— La seule raison, à mon avis, ai-je dit lentement, c'est que Lafayette était gay.

— Et ?

— Et peut-être que ce club, s'il existe, n'accepte que des gens qui n'y voient pas d'inconvénient.

— Ça se tient, a concédé Jason. Ça expliquerait que je ne sois pas au courant.

— Ben oui, monsieur l'Homophobe.

Il a haussé les épaules en souriant.

— Personne n'est parfait. Et puis, ça fait déjà un moment que je sors avec Liz plutôt régulièrement. Et je ne m'en cache pas. Pas besoin d'être sorti de Harvard pour voir que Liz n'est pas du genre à prêter quoi que ce soit. Et sûrement pas son mec...

Il avait raison, une fois de plus. Et tout le monde savait que la famille de Liz fonctionnait selon les mêmes principes.

— Parfois, j'ai du mal à te comprendre, frangin, ai-je repris, me concentrant sur ses défauts à lui plutôt que ceux de la famille de Liz. Il y a tellement de trucs cent fois pires que d'être gay.

— Comme ?

— Être un voleur, un traître, un assassin, un violeur...

— OK, OK, j'ai compris.

— J'espère bien.

Nos différences me désolent. Mais j'aime mon frère, quoi qu'il pense. Je n'ai plus que lui.

Le soir même, je suis tombée sur Bill et Portia. Je les ai juste aperçus dans la voiture de Bill. Ils descendaient Claiborne Street. Portia avait la tête tournée vers Bill. Elle lui parlait. Bill regardait droit devant lui. Son visage ne semblait pas trahir la moindre émotion. Ils ne m'ont pas vue. J'étais passée chercher du liquide au distributeur, en allant au boulot.

Entre savoir et voir de ses propres yeux, il y a un monde. Aussitôt, j'ai senti monter en moi une rage qui frisait la folie meurtrière. Ça m'a permis d'avoir une idée de ce que Bill avait éprouvé quand il avait vu mourir ses amis. J'avais envie de tuer quelqu'un. Je ne savais pas trop qui, par contre.

Andy est venu au bar, ce soir-là, dans le secteur d'Arlène. Tant mieux, parce qu'il avait vraiment une sale tête : il n'était pas rasé, et ses vêtements étaient

268

tout fripés. Avant de partir, il est venu vers moi. Il empestait l'alcool à plein nez.

— Reprends-le, a-t-il craché d'une voix pâteuse de colère. Reprends-le, ce foutu vampire, qu'il laisse ma sœur tranquille.

Je n'ai pas su quoi lui répondre. Je me suis contentée de le suivre des yeux pendant qu'il traversait le bar en titubant. Je me suis dit que les gens seraient moins surpris, maintenant, que l'on retrouve un cadavre dans sa voiture.

Le lendemain, un vendredi, j'avais ma soirée. La température avait un peu baissé, et j'en ai eu soudain assez d'être toute seule. J'ai décidé d'aller au match de football du lycée. Le football américain, c'est la distraction locale, à Bon Temps : tout le monde y va. Le lundi matin, les matchs font l'objet de débats enflammés dans toutes les boutiques de la ville. Le match est retransmis deux fois à la télévision sur une chaîne régionale, et les joueurs les plus prometteurs sont traités comme des rois. Ce qui n'est pas bon pour eux.

On ne se rend pas à un match habillée n'importe comment.

J'ai tiré mes cheveux en arrière avec un bandeau élastique, et bouclé tout le reste au fer, pour avoir une belle crinière de boucles autour des épaules. Mes bleus avaient disparu, et j'ai sorti le maquillage des grands jours, jusqu'au contour des lèvres. J'ai enfilé un pantalon noir, un pull noir et rouge. J'ai chaussé mes bottes noires et j'ai mis mes grandes créoles en or. J'ai épinglé un ruban noir et rouge autour de mon bandeau pour le cacher. Devinez les couleurs de notre équipe.

J'ai regardé le résultat dans la glace.

— Hé, pas mal ! Pas mal du tout !

J'ai pris ma veste noire, mon sac, et j'ai filé au stade.

Les tribunes étaient pleines de gens que je connaissais. Une bonne dizaine de voix m'ont interpellée au passage. Une bonne dizaine m'ont dit qu'ils me trouvaient jolie. Mais le problème, c'était que j'étais triste à pleurer. J'ai donc affiché mon plus beau sourire et j'ai cherché une place.

— Sookie! Sookie!

C'était Tara Thornton, une de mes rares bonnes copines de lycée. Elle m'appelait du haut des gradins. Elle me faisait de grands signes pour m'inviter à la rejoindre. Je lui ai rendu son sourire et j'ai commencé à escalader les marches, tout en échangeant quelques mots avec d'autres personnes en chemin. Mike Spencer, l'entrepreneur de pompes funèbres, était là. Il avait mis son beau costume de cow-boy du dimanche. Il y avait Maxine Fortenberry, l'amie de ma grand-mère, et son petit-fils Hoyt, le copain de Jason. J'ai aperçu aussi Sid Matt Lancaster, l'avocat, recroquevillé à côté de sa femme.

Tara était accompagnée de son fiancé, Benedict Tallie, Ben pour les intimes. Avec eux se trouvait le meilleur ami de Ben, JB du Rone. Quand j'ai reconnu JB, mon moral est remonté en flèche, de même que ma libido en berne. JB aurait pu faire la couverture d'un roman-photo. Hélas! Il avait un petit pois à la place du cerveau, comme j'avais pu m'en rendre compte à l'occasion de nos quelques rares rendez-vous. Je m'étais souvent fait la réflexion qu'en sa compagnie, je n'avais même pas besoin de barrières mentales: dans sa tête, aucune pensée ne courait.

— Hé! Comment ça va?

— Super! m'a répondu Tara, très enjouée. Et toi? Ça fait un moment que je ne t'ai pas vue!

Ses cheveux noirs étaient coupés en carré court et son rouge à lèvres était si flamboyant qu'il aurait pu déclencher un incendie. Habillée tout en noir et blanc, elle avait quand même noué un foulard rouge autour de son cou pour soutenir l'équipe locale. Ben et elle buvaient dans le même verre, un gobelet en carton de la buvette du stade. Ils avaient ajouté de l'alcool à leur soda. Je pouvais sentir l'odeur du bourbon.

— Fais-moi une petite place, JB, ai-je lancé avec un sourire radieux à son adresse.

— Avec plaisir, Sookie, s'est immédiatement exclamé JB, manifestement ravi.

JB était toujours content de me voir. Ça faisait partie de son charme, au même titre que ses dents blanches parfaites, son nez aquilin, sa beauté toute virile et pourtant si émouvante qu'on avait envie de lui caresser les joues, sa large carrure et sa taille étroite. Peut-être plus aussi étroite qu'autrefois, mais bon, il était humain, et ça, à mon sens, c'était un Énorme Avantage. Je me suis glissée entre lui et Ben, qui s'est tourné vers moi avec un sourire niais.

— Tu veux un verre, Sookie?

Je ne suis pas très portée sur la boisson. Je vois trop ce que ça donne tous les jours au bar.

— Non merci. Alors, comment vas-tu, Ben?

— Bien, a-t-il fini par répondre, après un long moment d'intense réflexion.

Il avait bu plus que Tara. Il avait trop bu.

Nous avons parlé de nos amis d'enfance et de nos connaissances communes jusqu'au coup d'envoi. Ensuite, le match est devenu notre unique sujet de conversation. Ou plutôt les matchs, car chaque match des cinquante dernières années fait partie de la mémoire collective de Bon Temps. Le dernier est toujours comparé à tous ceux qui l'ont précédé, et les joueurs à tous leurs prédécesseurs. Maintenant que j'avais perfectionné mon système de protection mentale, je pouvais mieux profiter de ce genre d'occasion. Je pouvais faire semblant de croire que les gens étaient exactement ce qu'ils prétendaient être puisque je me coupais délibérément de leurs pensées.

Tout en me submergeant de compliments sur mes cheveux et ma ligne, JB se serrait de plus en plus étroitement contre moi. Sa mère lui avait appris de bonne heure que les femmes qui se sentent appréciées sont des femmes épanouies. Cette philosophie simple avait permis à JB de survivre depuis longtemps…

— Tu te souviens de ce médecin à l'hôpital, Sookie ? m'a-t-il soudain demandé.

— Oui, le Dr Sonntag. Une veuve.

Le Dr Sonntag avait perdu son mari. Elle était jeune pour être veuve, et encore plus jeune pour être médecin. C'était moi qui l'avais présentée à JB.

— On est sortis ensemble quelque temps. Tu te rends compte ? Moi avec un médecin !

— Hé ! Mais c'est génial !

J'avais un peu compté là-dessus. Il m'avait semblé que le Dr Sonntag saurait faire bon usage de ce que JB avait à offrir. Quant à JB, il avait besoin de… eh bien, il avait besoin que quelqu'un s'occupe de lui.

— Mais elle a été mutée à Baton-Rouge, a-t-il repris, manifestement affligé. Je crois qu'elle me manque.

Une compagnie d'assurances privée avait racheté notre petit hôpital et, depuis, les médecins urgentistes ne restaient en poste à Bon Temps que par roulement de quatre mois. JB a resserré son étreinte – il avait passé son bras autour de mes épaules.

— Mais je suis rudement content de te voir, a-t-il repris, comme pour me rassurer.

Quel amour.

— JB, pourquoi ne vas-tu pas lui rendre une visite à Baton-Rouge ? lui ai-je suggéré.

— Elle est médecin, elle n'a pas beaucoup de temps de libre.

— Pour toi, elle en trouverait.

— Tu crois ?

— À moins qu'elle ne soit complètement idiote...

— Peut-être que je le ferai alors... Justement, quand je lui ai parlé au téléphone, l'autre soir, elle m'a dit qu'elle aurait bien aimé que je sois là.

— C'est ce qui s'appelle une très grosse perche, JB.

— Tu crois ?

Il semblait nettement plus guilleret, tout à coup.

— Bon, alors, c'est décidé : je vais à Baton-Rouge demain, a-t-il déclaré avec entrain, avant de me planter un baiser sur la joue. Je me sens rudement bien avec toi, Sookie.

— Eh bien, JB, la réciproque est vraie, lui ai-je répondu d'un ton tout aussi enjoué.

Et je lui ai fait un petit bisou sur la bouche. Un tout petit.

C'est à cet instant que j'ai vu Bill. Il me fusillait du regard. Portia et lui étaient assis deux tribunes plus bas. Il s'était presque complètement retourné sur son siège et levait les yeux vers moi.

Si j'avais voulu le faire exprès, ça n'aurait pas pu mieux marcher. C'était ce qui s'appelait faire un bras d'honneur. Un beau moment de triomphe.

Mais au lieu de jubiler, j'avais le cœur déchiré.

J'avais tellement envie de Bill que j'en crevais.

J'ai détourné les yeux et souri à JB. Pourtant, pendant tout ce temps, je ne rêvais que d'une chose : retrouver Bill sous les tribunes pour faire l'amour avec lui là, tout de suite. Je voulais qu'il tire d'un coup sec pour faire descendre ma culotte, qu'il se place derrière moi pour me prendre. J'avais envie qu'il me fasse gémir de plaisir.

J'ai été tellement choquée d'imaginer des choses pareilles que je ne savais plus quoi faire. J'ai senti le rouge me monter aux joues. Je n'arrivais même plus à sourire.

Il m'a fallu une bonne minute pour parvenir à apprécier le comique de la situation. J'ai reçu une éducation conventionnelle très puritaine. Évidemment, comme je pouvais lire dans les pensées des gens, j'ai découvert les choses de la vie assez tôt – étant enfant, je ne pouvais exercer aucun contrôle sur les informations que je recevais. Le sexe m'a toujours intéressée mais, paradoxalement, le handicap qui m'avait permis d'en savoir autant sur le sujet m'avait empêchée de passer à la pratique. Il est difficile de s'épanouir sexuellement quand vous savez que votre partenaire préférerait que vous soyez Tara Thornton (par exemple), qu'il prie pour que vous ayez pensé à apporter des préservatifs ou qu'il passe en revue les défauts de votre corps. Pour un rapport sexuel réussi, il est nécessaire de se concentrer sur ce que son partenaire est en train de faire, pour ne pas se laisser distraire par ce qu'il est en train de penser.

Avec Bill, je n'entendais pas une seule pensée. Et il avait une telle expérience ; il était si adroit, si totalement déterminé à ce que tout soit parfait. Manifestement, j'étais devenue aussi accro qu'Hugo.

J'ai passé le reste du match bien gentiment assise sur mon siège, à sourire et à hocher la tête au moment voulu et à essayer de ne pas regarder en bas à gauche, où se trouvait Bill. Mais à la fin, je me suis rendu compte que je n'avais pas entendu un seul des airs que la fanfare avait joués. Je n'avais même pas vu la cousine de Tara faire son solo de pom-pom girl. Quand la foule a commencé à se disperser sur le parking, après la victoire des Hawks de Bon Temps, j'ai accepté de raccompagner JB chez lui. Ben avait un peu dessaoulé entre-temps, et je ne m'inquiétais pas trop pour Tara et lui. Puis

274

j'ai vu que c'était elle qui prenait le volant, ce qui m'a rassurée.

JB habitait près du centre-ville. Il m'a gentiment invitée à partir avec lui, mais je lui ai répondu que je devais rentrer. Je l'ai serré très fort dans mes bras et je lui ai conseillé d'appeler le Dr Sonntag. Je ne connaissais toujours pas son prénom.

Ensuite, j'ai dû passer faire le plein à la seule station-service encore ouverte. Là, j'ai eu une longue discussion avec le cousin d'Arlène, Derrick, qui était assez téméraire pour assurer le service de nuit. Je suis arrivée chez moi un peu plus tard que je ne l'avais prévu.

Au moment où j'introduisais la clé dans la serrure, Bill a surgi de l'obscurité. Sans même me dire un mot, il m'a attrapée par le bras et m'a attirée contre lui pour m'embrasser. L'instant d'après, il me plaquait contre la porte, son corps se mouvant en rythme contre le mien. J'ai réussi à passer une main dans mon dos pour tourner la clé. Nous avons trébuché en entrant dans la maison. Là, il m'a fait pivoter face au canapé ; j'ai agrippé l'accoudoir à deux mains et, exactement comme je l'avais imaginé, il a tiré sur ma culotte. Dans la seconde qui a suivi il était en moi.

Une plainte rauque est sortie de ma gorge. Bill produisait des sons tout aussi primitifs. J'aurais été incapable d'articuler la moindre syllabe. Il avait passé les mains sous mon pull et mon soutien-gorge était déchiré en deux. Il était sans pitié. J'ai failli m'effondrer après mon premier orgasme.

— Non ! a-t-il grondé en me voyant fléchir.

Et il a continué à marteler. Puis il a accéléré le rythme, jusqu'à ce que je sois près de m'évanouir. Mon pull s'est déchiré et ses crocs ont trouvé mon épaule. Il a laissé échapper un terrible grognement très grave. Après quelques interminables secondes, tout a été fini.

Je haletais comme si je venais de piquer un cent mètres et il frissonnait autant que moi. Sans se donner la peine de se reboutonner, il m'a tournée vers lui et s'est penché pour lécher la petite plaie qu'il m'avait faite à l'épaule. Quand elle a cessé de saigner et qu'elle a commencé à se refermer, il m'a entièrement déshabillée, très lentement. Puis il m'a encore léchée, plus bas, et embrassée, plus haut.

— Tu sens son odeur.

C'est la seule chose qu'il m'a dite, avant d'entreprendre d'effacer cette odeur pour la remplacer par la sienne.

Puis nous nous sommes retrouvés dans la chambre. Une idée idiote m'a traversé l'esprit – heureusement que j'avais changé les draps le matin même –, puis sa bouche a de nouveau trouvé la mienne.

Si j'avais eu des doutes avant, je n'en avais plus aucun : il ne couchait pas avec Portia Bellefleur. Je ne savais pas à quoi il jouait avec elle, mais ils n'avaient pas une vraie relation amoureuse. Il a glissé ses bras sous moi, m'a serrée aussi étroitement que possible contre lui et a enfoui sa tête dans mon cou. Il me pétrissait les hanches, ses mains couraient sur mes cuisses, il m'embrassait au creux des genoux… Il s'immergeait en moi.

— Ouvre tes jambes pour moi, Sookie, m'a-t-il murmuré de sa voix sombre et froide.

Et je l'ai fait. Il était prêt de nouveau. Il a été brutal, comme s'il avait quelque chose à prouver.

— Doucement.

C'était le premier mot que je prononçais.

— Je ne peux pas. Ça fait trop longtemps. Je serai doux la prochaine fois, je te le jure, m'a-t-il assuré en faisant glisser sa langue sur la courbe de mon menton.

276

Ses crocs m'égratignaient le cou. Crocs, langue, lèvres, doigts, sexe… J'avais l'impression de faire l'amour avec un diable de Tasmanie. Il n'était jamais au même endroit et partout à la fois.

Quand il s'est enfin écroulé, j'étais épuisée. Il s'est allongé à côté de moi, une jambe sur les miennes, un bras en travers de mes seins. Possessif. Il aurait pu tout simplement me marquer au fer rouge, mais je n'aurais pas apprécié autant.

— Ça va ? a-t-il marmonné.

— J'ai juste l'impression de m'être cognée dans un mur de briques plusieurs fois, mais ça peut aller, ai-je répondu d'une voix mal assurée.

Nous nous sommes assoupis tous les deux. Bill s'est réveillé le premier, comme toujours, la nuit.

— Sookie, a-t-il chuchoté. Mon amour, réveille-toi.

— Mmm…

Pour la première fois depuis des semaines, je me suis réveillée avec la vague certitude que tout allait pour le mieux dans le meilleur des mondes. Mais je me suis souvenue petit à petit, avec désarroi, que c'était loin d'être le cas.

J'ai ouvert les yeux. Ceux de Bill étaient juste au-dessus de moi.

— Il faut qu'on parle, m'a-t-il annoncé en repoussant une mèche sur mon front.

— Eh bien, parle.

J'étais maintenant tout à fait réveillée. Ce que je regrettais, ce n'était pas nos ébats, mais le fait de devoir affronter les conflits entre nous.

— Je me suis laissé emporter, à Dallas, a-t-il dit aussitôt. Les vampires éprouvent ce genre de pulsion, quand une telle occasion de chasser se présente. Nous avons été attaqués. Nous avons le droit de pourchasser ceux qui tentent de nous tuer.

— C'est retourner à la sauvagerie.

— Mais les vampires chassent, Sookie. C'est dans notre nature, m'a-t-il expliqué très sérieusement. Comme les léopards ou les loups. Nous ne sommes pas humains. Nous pouvons faire illusion, pour essayer de nous intégrer dans votre société. Certains souvenirs reviennent parfois à la surface pour nous rappeler notre vie passée, quand nous étions comme vous, parmi vous. Mais nous ne sommes plus de la même espèce. Nous ne sommes plus de la même chair.

J'ai réfléchi au problème. Il me l'avait répété de multiples façons depuis que nous avions commencé à nous fréquenter.

Contrairement à lui, qui m'acceptait telle que j'étais, peut-être ne l'avais-je jamais clairement considéré et accepté tel qu'il était. Je pensais avoir accepté sa différence, mais je me rendais bien compte, maintenant, que je m'attendais toujours à ce qu'il réagisse comme s'il était JB du Rone, Jason ou mon pasteur.

— Je crois que je commence à comprendre. Mais toi, tu vas devoir accepter que, par moments, je n'apprécie pas cette différence. J'ai parfois besoin de prendre mes distances, de calmer le jeu. Mais je veux vraiment que ça marche, tu sais. Je t'aime, Bill.

Une fois lui avoir ainsi promis que je m'efforcerais de composer avec sa nature, je me suis souvenue de mon propre grief. Je l'ai empoigné par les cheveux et j'ai roulé avec lui dans le lit pour me retrouver, à mon tour, dans la position dominante. Je l'ai regardé droit dans les yeux.

— Et maintenant, tu vas me dire ce que tu fabriques avec Portia Bellefleur.

Il a posé ses grandes mains sur mes hanches en m'expliquant :

— Elle est venue me voir le soir où je suis rentré de Dallas. Elle avait lu ce qui s'y était passé, et elle voulait savoir si je connaissais quelqu'un qui se trouvait là-bas ce jour-là. Quand je lui ai dit que j'y étais – je ne lui ai pas parlé de toi –, elle m'a annoncé qu'elle savait de source sûre que certaines des armes qui avaient été utilisées par les fanatiques de la Confrérie provenaient d'un magasin de Bon Temps, le *Sheridan's Sport Shop*. J'ai voulu savoir comment elle avait découvert ça. Elle a déclaré qu'en tant qu'avocate elle était tenue au secret professionnel. Je lui ai demandé pourquoi elle se sentait si concernée et si elle pouvait m'apprendre quoi que ce soit d'autre. Elle a répondu qu'en bonne citoyenne américaine, elle ne pouvait pas supporter que d'autres citoyens soient persécutés et qu'elle était venue s'adresser à moi parce que j'étais le seul vampire qu'elle connaissait.

C'est ça, et elle faisait la danse du ventre aussi !

J'ai plissé les yeux et réfléchi à haute voix :

— Qu'on respecte ou non les droits des vampires, Portia s'en fiche complètement. Elle a peut-être envie de sauter dans ton caleçon, mais les problèmes légaux des vampires, elle s'en moque.

— De sauter dans mon caleçon ? Mais quel esprit mal placé !

Je me suis trouvée un peu décontenancée.

Il a secoué la tête, les yeux pétillants de malice.

— Sauter dans mon caleçon... a-t-il répété lentement. Je sauterais bien dans le tien, moi, si tu en portais un...

Il s'est mis à me caresser les hanches pour me montrer sa bonne volonté.

— Arrête ça tout de suite. J'essaie de réfléchir.

Ses mains appuyaient sur les hanches pour les relâcher ensuite, en me faisant danser sur lui en même temps. Je commençais à avoir un peu de mal à me concentrer.

— Ça suffit, Bill ! ai-je insisté. Écoute-moi. Je crois que Portia veut qu'on la voie avec toi pour qu'on lui demande de devenir membre de ce fameux club d'échangistes.

— Un club d'échangistes? a-t-il repris, très intéressé, sans s'arrêter le moins du monde.

— Mais oui. Je ne t'ai pas parlé de... Oh, Bill! Non, attends... Bill, je suis déjà crevée... Oh! Oh, mon Dieu!

Cette fois, il m'avait empoignée avec force et m'avait empalée sur lui, avant de recommencer à me déplacer d'avant en arrière.

— Oh, ai-je dit simplement, perdue dans la sensation.

Je commençais à voir des taches de couleur flotter devant mes yeux. Puis le mouvement qu'il m'imprimait est devenu si rapide que je ne pouvais plus le suivre. Nous sommes arrivés au sommet du plaisir en même temps et sommes restés cramponnés l'un à l'autre, épuisés, pendant de longues minutes.

— Nous ne devons plus jamais nous séparer, a chuchoté Bill.

— Je ne sais pas... Si c'est pour fêter nos retrouvailles comme ça, ça vaut presque le coup de se disputer.

Une légère secousse a de nouveau parcouru son corps.

— Non. Ces instants sont merveilleux, mais je préfère quitter la ville de temps à autre plutôt que me disputer avec toi de nouveau.

Il a alors plongé son regard noir dans le mien et m'a demandé:

— C'est vrai que tu as retiré la balle qu'Eric avait reçue dans l'épaule?

— Oui. Il m'a dit qu'il fallait que je l'enlève avec ma bouche avant que la plaie ne se referme.

— Est-ce qu'il t'a dit aussi qu'il avait un canif dans sa poche?

— Non, ai-je répondu, stupéfaite. Il en avait un ? Mais pourquoi ferait-il ça ?

Bill a haussé les sourcils comme si je venais de dire quelque chose de tout à fait ridicule.

— Devine.

— Pour que je lui suce l'épaule ? C'est un gag, j'espère ?

Son regard sceptique n'a pas bougé.

— Oh, Bill ! Je suis tombée dans le panneau. Mais attends ! Il s'est fait tirer dessus. Cette balle aurait pu me toucher. Il l'a prise à ma place. Il me protégeait.

— Et de quelle façon ?

— Eh bien, il s'était couché sur moi...

— Le jury appréciera.

Son regard en disait long.

— Mais, Bill... Tu veux dire que... Il n'est quand même pas si retors que ça !

Nouveau haussement de sourcils.

— Mais enfin, il n'a tout de même pas pris le risque de se faire tirer dessus juste pour avoir le plaisir de m'avoir pour matelas ! Il ne faut pas exagérer ! C'est débile !

— Ça lui a permis d'introduire un peu de son sang dans tes veines.

— Une goutte ou deux. Pas plus. J'ai recraché le reste.

— Une goutte ou deux, ça suffit largement, quand on est aussi vieux qu'Eric.

— Ça suffit pour quoi ?

— Il saura maintenant certaines choses sur toi.

— Comme quoi ? Ma pointure ?

Il a souri, ce qui n'est pas toujours un spectacle très rassurant.

— Non. Ce que tu ressens. Tes émotions : colère, désir, tendresse...

— Ça ne l'avancera pas à grand-chose.

— Ce n'est probablement pas très grave. Mais, dorénavant, méfie-toi.

Il avait l'air très sérieux. C'était vraiment une mise en garde.

— Penser que quelqu'un a pris une balle à ma place juste dans l'espoir que j'avale une goutte de son sang en la retirant, c'est franchement délirant. Tu sais ce que je pense? Je pense que tu as délibérément changé de sujet pour que j'arrête de t'embêter au sujet de Portia Bellefleur. Mais tu ne vas pas t'en sortir comme ça. À mon avis, Portia s'est dit que si elle se baladait en public avec toi, on finirait bien par l'inviter à une de ces fameuses orgies à laquelle Lafayette disait avoir participé: si elle était prête à coucher avec un vampire, elle serait prête à faire n'importe quoi. C'est du moins ce que les gens auraient *pensé*, me suis-je empressée d'ajouter en voyant l'expression de Bill. Donc, Portia s'imagine qu'elle va y aller, qu'elle va récolter deux ou trois informations sur place qui lui permettront de découvrir qui a tué Lafayette et que, comme ça, Andy sera tiré d'affaire.

— C'est un plan bien compliqué.

— Mais peux-tu le réfuter?

J'étais très fière d'utiliser le mot réfuter.

— Eh bien non.

Bill s'est immobilisé, et son regard est devenu fixe. Ses yeux ne cillaient pas, ses mains étaient complètement relâchées. Comme Bill ne respire pas, plus aucun mouvement ne l'animait.

Au bout d'un moment, il a cligné des paupières.

— Elle aurait mieux fait de me dire la vérité dès le début, a-t-il conclu.

— J'espère pour toi que tu n'as pas couché avec elle.

J'avais enfin réussi à m'avouer que cette simple possibilité m'avait rendue absolument folle de jalousie.

— Je commençais à me demander quand tu allais me poser la question, a-t-il rétorqué avec un calme souverain. Jamais je ne pourrais mettre une Belle-fleur dans mon lit. Et elle n'éprouve strictement aucun désir pour moi. Elle a même un mal de chien à essayer de me prouver le contraire. Portia ne sait pas très bien jouer la comédie. Quand nous sommes ensemble, elle passe son temps à m'entraîner dans d'absurdes chasses au trésor, soi-disant pour trouver les armes de la Confrérie que tous les sympathisants dissimuleraient chez eux.

— Alors, pourquoi marches-tu dans la combine ?

— Il y a en elle quelque chose qui force le respect. Et je voulais voir si tu étais jalouse.

— Ah. Et alors ? Qu'est-ce que tu en penses ?

— Je pense qu'il vaudrait mieux que je ne te revoie jamais rôder autour de ce bellâtre aux yeux de velours.

— JB ? Il est comme un frère pour moi.

— Tu oublies. Tu as eu un peu de mon sang. Je lis tes émotions. Or, il ne me semble pas que tu éprouves des sentiments très fraternels à son égard.

— Et c'est la raison pour laquelle je me retrouve au lit avec toi et pas avec lui, c'est ça ?

— Tu m'aimes.

J'ai ri, tout contre sa gorge.

— L'aube est proche, m'a-t-il tout à coup annoncé. Il faut que je me sauve.

— OK, mon bébé, lui ai-je répondu en souriant. Au fait, tu me dois un pull et deux soutiens-gorge. Gabe en a déchiré un. C'est donc un accident du travail. Et tu en as déchiré un autre hier soir, avec mon pull.

— C'est pour cela que j'ai ouvert un compte dans cette boutique, a-t-il répliqué d'un ton détaché. Pour que je puisse déchirer tout ce que je veux quand ça me chante.

J'ai éclaté de rire et je me suis laissée retomber sur le lit. J'avais encore deux ou trois heures de sommeil devant moi.

Je m'étais déjà endormie en souriant, lorsqu'il est parti, et je me suis réveillée en milieu de matinée avec le cœur léger. Il y avait bien longtemps que ça ne m'était pas arrivé. Je suis allée directement dans la salle de bains immerger mon corps endolori dans un bon bain chaud. Quand j'ai commencé à me laver, j'ai senti quelque chose qui me chatouillait le cou. Je me suis relevée pour me regarder dans la glace, au-dessus du lavabo. Pendant que je dormais, Bill m'avait mis ses boucles d'oreilles en topaze.

Monsieur Le Dernier Mot!

Notre réconciliation avait eu lieu en secret. C'est donc moi qu'on a invitée au club en premier. La possibilité ne m'avait même pas effleuré l'esprit. Mais, à la réflexion, ce n'était pas si étonnant que ça. Si Portia comptait sur le fait de sortir avec un vampire pour multiplier ses chances d'être invitée, je constituais, moi, une pièce de premier choix.

À mon grand écœurement, c'est Mike Spencer qui m'a abordée. Mike était l'entrepreneur des pompes funèbres de Bon Temps, ainsi que son légiste. Mes relations avec lui n'avaient pas toujours été des plus cordiales. Mais je le connaissais depuis l'enfance et il était normal pour moi de lui témoigner un minimum d'égards. Une habitude dont il n'est pas si facile de se défaire. Mike, qui revenait de l'inhumation de Mme Cassidy, portait encore son habit de croque-mort quand il est arrivé au *Merlotte* : complet noir, chemise blanche, cravate sombre rayée et derbys noirs impeccablement cirés. Ça le changeait de sa *bolo tie* et de ses santiags de cow-boy.

Mike avait au moins vingt ans de plus que moi. Je le respectais donc également en tant qu'aîné. Sa proposition m'a profondément choquée. Il était tout seul à sa table – ce qui aurait dû me mettre la puce à l'oreille, car ce n'était pas dans ses habitudes. Je lui apportais son hamburger et sa bière, quand, en sortant son portefeuille de sa veste, il m'a lancé :

— Dis donc, Sookie, on se réunit avec quelques amis, demain soir, chez Janet Fowler, au bord du lac, et on se demandait si tu voudrais venir.

J'ai la chance de savoir contrôler l'expression de mon visage. J'ai eu l'impression qu'un gouffre s'ouvrait sous mes pieds. J'en avais la nausée. J'ai compris tout de suite, mais j'avais du mal à le croire. Tout en poursuivant la conversation comme si de rien n'était, j'ai ouvert mon esprit.

— Quelques amis, monsieur Spencer ?

— Oh ! Appelle-moi Mike.

J'ai hoché la tête, tout en observant son esprit. Oh, mon Dieu non. Beurk.

— Eh bien, il y aura certains de tes amis, déjà, m'a-t-il répondu, pour m'appâter sans doute. Ben, Tara, Portia, les Hardaway…

Ben et Tara… Ça, ça m'a secouée.

— Et alors, qu'est-ce qui se passe dans ces soirées ? C'est juste histoire de boire un verre et de danser ?

Je ne risquais rien en posant la question. Les gens avaient beau savoir que je lisais dans les pensées, personne n'y croyait vraiment, même s'ils avaient vu des preuves du contraire. Mike ne pouvait tout simplement pas concevoir que j'avais la faculté de voir les images et les idées qui flottaient dans sa tête.

— Eh bien on s'encanaille un peu. Et comme tu as rompu avec ton petit copain, on s'est dit que tu aurais sans doute besoin de te distraire…

— Peut-être… ai-je lâché du bout des lèvres.

Je ne voulais pas éveiller les soupçons en ayant l'air emballée tout de suite.

— Et c'est à quelle heure ?

— Vers 22 heures, demain soir.

— D'accord. Oh ! Et merci d'avoir pensé à moi, ai-je ajouté avant de filer avec mon pourboire, comme si je me rappelais soudain mes bonnes manières.

À quoi cela servirait-il si j'y allais ? Pourrais-je apprendre quoi que ce soit qui me permette d'éclaircir le mystère de la mort de Lafayette ? Je n'aimais pas beaucoup Andy Bellefleur. Quant à Portia, maintenant, je l'appréciais encore moins qu'avant. Mais c'était tout simplement injuste qu'Andy risque d'être poursuivi et de voir sa réputation gâchée pour quelque chose qu'il n'avait pas fait. D'un autre côté, il paraissait évident que personne, à la maison du lac, ne me mettrait dans la confidence avant que je ne devienne une habituée, et ça, il ne fallait pas y compter. Je n'étais même pas sûre de pouvoir supporter une seule de ces petites sauteries. S'il y avait une chose que je n'avais pas envie de voir, c'était bien mes amis et mes voisins s'encanailler.

— Ça ne va pas, Sookie ?

Je n'avais pas entendu Sam approcher. Il était si près de moi que j'ai sursauté. Je me suis tournée vers lui. Si seulement j'avais pu lui demander ce qu'il en pensait ! Non seulement Sam était un solide gaillard, mais il était doté par ailleurs d'une intelligence très fine. La comptabilité, la gestion des stocks, la maintenance, l'organisation des plannings... il jonglait quotidiennement avec tout ça sans jamais se laisser déborder. Sam était un homme autonome. Je l'aimais beaucoup et j'avais confiance en lui.

— Juste un petit dilemme. Quoi de neuf de ton côté ?

— J'ai reçu un drôle de coup de fil, hier soir.

— Ah, oui ? De qui ?

— D'une dame de Dallas avec une petite voix de souris.

— Tiens donc !

Je me suis surprise à sourire. Un franc sourire, pas le sourire figé que j'adopte lorsque je suis angoissée.

— Serait-ce une dame d'origine mexicaine, par hasard ?

— C'est bien possible. Elle m'a parlé de toi.

— Elle n'est pas facile.

— Elle semble avoir beaucoup d'amis.

— Le genre d'amis que tu aimerais te faire ?

— J'ai déjà de très bons amis, m'a-t-il assuré en serrant ma main brièvement dans un geste d'affection. Mais il est toujours agréable de rencontrer des gens avec lesquels on partage les mêmes centres d'intérêt.

— Donc, tu vas aller faire un tour à Dallas.

— Ce n'est pas exclu. En attendant, elle m'a mis en relation avec des gens de Ruston qui, eux aussi…

« … se transforment les nuits de pleine lune », ai-je achevé mentalement.

— Comment est-elle remontée jusqu'à toi ? J'ai pourtant refusé de lui donner ton nom. Je ne savais pas si tu aurais été d'accord.

— C'est jusqu'à toi qu'elle est remontée. Elle n'a pas eu de mal à trouver pour qui tu travaillais, grâce à certains contacts locaux.

— Comment se fait-il que tu ne les aies jamais contactés par toi-même ?

— Jusqu'à ce que tu me parles de ta ménade, je n'avais jamais pris conscience qu'il me restait tant de choses à découvrir dans les environs.

— Sam ! Ne me dis pas que tu as traîné avec elle !

— J'ai passé quelques soirées dans les bois en sa compagnie. Tel que tu me vois là et aussi sous mon autre forme.

287

— Mais elle est si malfaisante !

Je l'ai senti se raidir.

— C'est juste une créature surnaturelle, comme moi, a-t-il répliqué d'une voix égale. Elle n'est ni bonne ni mauvaise. Elle est comme ça, c'est tout.

— N'importe quoi !

Je n'arrivais pas à croire que Sam soit si naïf !

— Si c'est le genre de salades qu'elle te sert, c'est qu'elle cherche quelque chose. Elle doit avoir besoin de toi.

Je me suis souvenue alors de la beauté de la ménade. Seules les taches de sang la ternissaient et je savais qu'elles n'avaient aucune importance pour Sam, en tant que métamorphe. Et soudain, la lumière s'est faite dans mon esprit. Non pas que j'aie lu la vérité dans les pensées de Sam, puisqu'il est une créature surnaturelle, mais je pouvais malgré tout percevoir son état émotionnel : de la honte, de la rancœur, et du désir.

— Ah ! me suis-je exclamée, un peu gênée. Excuse-moi, Sam. Je ne voulais pas te blesser en critiquant quelqu'un avec qui tu… euh…

Je me voyais mal lui dire « avec qui tu baises », même si c'était ce qui s'imposait, en l'occurrence.

— Avec qui tu… tu fais sans doute des tas de trucs intéressants, ai-je lamentablement bafouillé. Je suis sûre qu'elle est adorable, quand on apprend à la connaître. Évidemment, le fait qu'elle m'ait découpé le dos en rubans sanguinolents pourrait facilement justifier que j'aie certains préjugés négatifs sur elle. Mais j'essaierai de me montrer moins bornée à l'avenir.

Et, sur ces bonnes paroles, je suis partie servir un nouveau client. Sam en est resté sans voix.

Entre deux commandes, j'ai laissé un message sur le répondeur de Bill. Je ne savais pas ce qu'il avait l'intention de faire avec Portia, et il n'était pas impossible que mon message soit entendu par une oreille étrangère. Alors, je me suis contentée de lui dire :

— Bill, j'ai été invitée à cette soirée, demain. Crois-tu que je doive y aller ?

Je n'ai pas dit mon nom : il reconnaîtrait ma voix. Il était fort possible que Portia lui ait laissé exactement le même message. À cette seule pensée, mon sang n'a fait qu'un tour.

Lorsque je suis rentrée chez moi, j'espérais à moitié que Bill m'attendrait dans le noir pour me tendre une embuscade érotique. Mais le jardin était désert, tout comme la maison. Cependant, quand j'ai vu le voyant de mon répondeur clignoter, mon moral est remonté en flèche.

— Sookie, disait Bill de sa voix lisse, ne t'aventure pas dans les bois. La ménade n'est pas satisfaite de notre tribut. Eric sera à Bon Temps, demain soir, pour traiter avec elle. Il n'est pas impossible qu'il t'appelle. Les… autres personnes qui t'ont aidée ont exigé une récompense exorbitante des vampires de Dallas. Je prends donc le premier vol Anubis pour aller aider Stan à négocier avec eux. Je descends au même endroit, tu pourras me joindre là-bas.

Aïe ! Bill ne serait pas à Bon Temps en cas de problème, et je n'aurais aucun moyen de le joindre. À moins que… Il était 1 heure du matin… J'ai composé le numéro du *Silent Shore*, que j'avais noté dans mon agenda. Bill n'était pas encore passé à la réception, mais son cercueil, que le concierge de l'hôtel a pudiquement appelé son bagage, avait été monté dans sa chambre. J'ai laissé un message, formulé avec soin pour qu'il soit incompréhensible.

J'étais vraiment épuisée après la nuit que j'avais passée, mais je n'avais pas l'intention de me rendre à la soirée du lendemain toute seule. J'ai soupiré profondément et j'ai appelé le Fangtasia, le bar à vampires de Shreveport.

— Vous êtes bien au *Fangtasia*, là où les morts reviennent à la vie tous les soirs, a débité la voix enregistrée de Pam (elle est copropriétaire de l'établissement). Pour connaître nos horaires, tapez un. Pour organiser des soirées privées, tapez deux. Pour être mis en relation avec un humain vivant ou un vampire mort, tapez trois. Si vous appelez juste pour faire une petite blague de mauvais goût, prenez garde : un jour ou l'autre, nous vous retrouverons.

J'ai appuyé sur le trois.

— Le *Fangtasia*, a répondu Pam, avec, dans la voix, un ennui d'une profondeur abyssale.

— Salut, Pam ! ai-je lancé avec un entrain forcé pour contrecarrer son humeur. C'est Sookie. Est-ce qu'Eric est dans les parages ?

— Il est en train de faire son numéro de charmeur de vermine.

J'en ai déduit qu'Eric, sublime et dangereux tout à la fois, trônait dans l'un des fauteuils du bar et se pavanait devant la clientèle. Bill m'avait dit que certains vampires, sous contrat avec le *Fangtasia*, devaient faire une ou deux apparitions d'une certaine durée par semaine pour que la boîte continue à attirer les touristes. En tant que maître des lieux, Eric y était pratiquement tous les soirs. Il existait un autre bar où les vampires se retrouvaient entre eux, mais c'était le genre d'endroit où aucun touriste n'aurait osé mettre les pieds. Je n'y étais jamais allée parce que, très franchement, les bars, j'en vois suffisamment comme ça.

— Pourrais-tu lui apporter le téléphone, s'il te plaît, Pam ?

— Oh, bon, d'accord ! a ronchonné Pam. Il paraît que tu as passé un bon moment à Dallas ? a-t-elle enchaîné, tout en marchant.

Je ne percevais pas le bruit de ses pas, mais le fond sonore changeait et le volume fluctuait à mesure qu'elle se déplaçait.

— Inoubliable.

— Qu'est-ce que tu penses de Stan Davis ?

Hum...

— Il est unique.

— Moi aussi, j'aime bien ce côté intello geek.

Heureusement qu'elle n'était pas là pour voir le regard ahuri que j'ai jeté au téléphone. Je n'avais jamais remarqué qu'elle appréciait également les hommes.

— En tout cas, je ne crois pas qu'il soit avec quelqu'un en ce moment, ai-je ajouté d'un ton qui se voulait dégagé.

— Ah. Peut-être que je ne vais pas tarder à me payer des petites vacances à Dallas, moi.

Je découvrais aussi que les vampires pouvaient s'attirer mutuellement. Je n'avais jamais vu deux vampires ensemble.

— C'est moi, a soudain dit Eric.

— Et c'est moi, ai-je répondu, amusée par la formule.

— Sookie ! Ma suceuse de balle préférée !

Il y avait de la chaleur et de l'affection dans sa voix.

— Eric ! Mon manipulateur adoré !

— Que puis-je pour toi, ma chérie ?

— Pour commencer, je ne suis pas ta « chérie », et tu le sais pertinemment. Ensuite, Bill m'a dit que tu venais ici demain soir.

— À Bon Temps ? Oui. Je vais arpenter les bois à la recherche de la ménade. Elle a estimé nos offrandes de grands crus millésimés et d'un jeune taureau insuffisantes.

— Tu lui as amené un taureau vivant ?

Je me suis momentanément laissé distraire par la vision d'Eric bataillant avec une vache pour la forcer à monter dans un van, avant de la conduire sur la nationale et la lâcher dans la nature.

— Absolument. Nous avons même dû nous y mettre à trois : Pam, Indira et moi.

— Et vous vous êtes bien amusés ?

— Moi, oui, a-t-il répondu d'un ton un peu étonné. Ça m'a rappelé l'époque où je m'occupais du bétail, il y a des siècles de ça. Pam est une citadine. Quant à Indira, elle était trop impressionnée par le taureau pour m'être d'un grand secours. Mais si tu veux, la prochaine fois que j'aurai des bêtes à transporter, je t'appellerai. Tu pourras venir avec moi.

— Merci, j'en serais ravie, ai-je assuré, à peu près persuadée que ce genre de coup de fil n'était pas près d'arriver. En attendant, j'aimerais que tu me rendes un service. J'ai besoin que tu m'accompagnes à une soirée demain.

Grand silence.

— Bill ne partage plus ton lit ? Le différend que vous avez eu à Dallas s'est soldé par une séparation définitive ?

— Je me suis mal exprimée. J'aurais dû dire que j'avais besoin d'un garde du corps pour m'accompagner demain soir. Bill est à Dallas.

Je me frappais le front du plat de la main, atterrée par ma propre bêtise.

— Enfin, c'est un peu compliqué à expliquer, ai-je ajouté. Toujours est-il que je dois aller à une soirée, demain, qui ressemble plutôt, en fait, à une… eh bien, c'est une… une sorte d'orgie, disons, et que j'ai besoin que quelqu'un m'accompagne au cas où… Bref, au cas où.

— Fascinant ! s'est exclamé Eric, qui semblait effectivement fasciné. Et comme tu savais que je serais justement dans le coin, tu as pensé que je pourrais te servir de cavalier. Pour aller à cette orgie.

— Tu peux passer pour un humain quand tu veux.

— Il s'agit donc d'une orgie d'humains. Qui exclut les vampires.

— Il s'agit d'une orgie humaine, qui n'est pas au courant qu'un vampire va venir.

— Et donc plus j'aurai l'air humain, et moins je ferai peur. C'est ça?

— Oui. Le truc, c'est que j'y vais pour lire dans les pensées des participants. Pour leur soutirer certaines informations. Il suffit que je les incite à penser à une chose précise pour récolter les renseignements. Ensuite, il ne nous restera plus qu'à filer en douce.

Je venais justement d'avoir une idée lumineuse pour les pousser à penser à Lafayette. Encore fallait-il la soumettre à Eric.

— Donc, tu veux que je t'accompagne à une orgie, à laquelle je ne suis pas invité et où je ne serai pas le bienvenu. Et tu veux, de plus, qu'on parte avant même que j'aie eu la moindre chance de commencer à m'amuser. C'est bien cela?

Mon «oui» ressemblait à un couinement de souris. J'appréhendais la suite, mais je me suis jetée à l'eau.

— Et est-ce que... est-ce que tu crois que tu pourrais te faire passer pour un homo?

Le silence m'a paru interminable. J'ai même cru qu'il avait raccroché.

— À quelle heure dois-je être chez toi? m'a demandé Eric très très doucement.

— Euh... 21 h 30. Le temps que je te mette un peu au courant.

— 21 h 30 chez toi.

— Je remporte le téléphone dans le bureau, m'a alors annoncé Pam. Je ne sais pas ce que tu as dit à Eric, mais il secoue la tête d'un air bizarre et il a les yeux fermés.

— Est-ce qu'il rit, ne serait-ce qu'un tout petit peu ?

— Vu la tête qu'il fait, pas vraiment.

10

Bill n'a pas rappelé cette nuit-là, et je suis partie au travail le lendemain avant le coucher du soleil. Lorsque je suis rentrée à la maison me changer pour la soirée, le voyant de mon répondeur clignotait.

— Sookie, c'était un vrai casse-tête, ton message. J'ai eu beaucoup de mal à le décoder, disait Bill.

Sa voix généralement calme m'a paru manifestement tendue. Il semblait contrarié.

— Si tu décides d'aller à cette soirée, ne prends surtout pas de risques inutiles. Ça n'en vaut pas la peine. Demande à ton frère ou à Sam de t'accompagner...

Eh bien, j'avais trouvé encore mieux comme garde du corps. J'aurais donc dû avoir la conscience tranquille. Pourtant, j'avais comme l'impression que la présence d'Eric à mes côtés n'aurait pas franchement rassuré Bill.

— Stan Davis et Joseph Vélasquez te saluent. Ainsi que Barry, le groom.

J'ai souri. Assise en tailleur sur mon lit, dans mon peignoir rose, je me brossais les cheveux.

— Je n'ai pas oublié la nuit de vendredi, ajoutait Bill, de ce ton qui me donnait toujours des frissons. Je ne l'oublierai jamais.

— Pourquoi ? Qu'est-ce qui s'est passé vendredi ?

J'ai poussé un hurlement et, quand j'ai été bien sûre que mon cœur allait rester dans ma poitrine, j'ai bondi de mon lit pour me ruer vers lui, les poings serrés.

— Tu es assez grand pour savoir qu'on n'entre pas chez les gens sans frapper et si personne ne vient ouvrir ! En plus, quand t'ai-je jamais invité à entrer ?

En principe, il ne pouvait pas franchir le seuil sans y être invité.

— Eh bien le mois dernier, quand je suis venu voir Bill, a-t-il protesté en s'efforçant d'avoir l'air offusqué. J'ai bien frappé. Tu n'as peut-être pas répondu, mais j'ai bel et bien cru entendre ta voix. Alors, je suis entré. Je t'ai même appelée.

— Ce n'est pas parce que tu as, soi-disant, murmuré mon nom que ça te donnait le droit de débarquer directement dans ma chambre ! Et tu le sais très bien !

Il a changé de sujet délibérément.

— Que vas-tu porter pour cette soirée ? Comment une petite fille bien élevée s'habille-t-elle quand elle se rend à une orgie ?

— Aucune idée, ai-je soupiré.

Rien que de penser à ce qui m'attendait, ma colère était retombée d'un coup.

— Je suppose qu'il faudrait que j'aie l'air d'une fille qui participe régulièrement à ce genre de choses, mais je n'y connais rien et je ne sais pas par où commencer. Quoique j'imagine assez bien la façon dont les choses sont censées finir.

— Moi, je suis déjà allé à des orgies, m'a annoncé Eric.

— Pourquoi est-ce que ça ne m'étonne pas ? Bon, que faut-il porter, alors ?

— La dernière fois, j'avais revêtu une simple peau de bête. Mais, cette fois, j'ai opté pour ça.

296

Il a ouvert son imperméable d'un geste théâtral. J'en suis restée clouée sur place, sidérée. D'habitude, Eric faisait plutôt dans le jean et le tee-shirt. Là, il arborait un débardeur et un legging en Lycra, le tout en rose fuchsia et turquoise, comme les flammes du pick-up de Jason. Je me demandais où il avait pu les dénicher. Je ne connaissais aucune boutique qui vende des leggings en Lycra, en XXL super-long, pour homme.

— Waouh! ai-je finalement lâché, à court d'inspiration. Ça, c'est une tenue de sortie!

Quand un grand type en pleine force de l'âge porte des collants en Lycra, ça ne laisse pas grand-chose à l'imagination. J'ai failli lui demander de se retourner.

— Je ne pensais pas être très crédible en *drag queen*, mais je me suis dit que cette tenue serait suffisamment ambiguë pour laisser le champ libre à toutes sortes d'interprétations.

Il m'a adressé un coup d'œil langoureux en battant des cils. Eric s'amusait énormément.

— Ah! Euh oui!

J'essayais de regarder ailleurs.

— Veux-tu que je fouille dans tes tiroirs pour essayer de te trouver quelque chose? m'a-t-il proposé.

Je n'avais pas eu le temps de répondre qu'il ouvrait ma commode.

— Non, non! Je vais me débrouiller, ai-je vivement protesté.

J'ai cherché un truc qui soit sexy sans être trop sophistiqué, mais je n'ai rien trouvé d'autre qu'un ensemble short et tee-shirt. Cela dit, le short en jean en question datait de mes années de lycée et il me moulait comme «une chenille enlace un papillon» selon Eric, poète à ses heures.

J'ai enfilé un slip en dentelle et un débardeur blanc profondément échancré qui dévoilait largement les fioritures de mon soutien-gorge bleu à reflets métalliques sur le devant. C'était l'un de ceux que j'avais achetés en remplacement, et Bill ne l'avait encore jamais vu. J'espérais qu'il ne lui arriverait rien. Mon bronzage tenait encore le coup, et j'ai laissé mes cheveux libres.

— Hé! Mais on a les cheveux de la même couleur! me suis-je exclamée en regardant Eric, puis mon reflet dans la glace.

— Mais oui, copine! m'a répondu Eric avec un sourire en coin. À supposer que tu sois une vraie blonde, évidemment…

— Tu aimerais bien le savoir, hein?

— Absolument.

— Eh bien, il ne te reste plus qu'à le deviner.

— Moi, je le suis. Je suis blond partout.

— Avec la toison que tu as sur la poitrine, je l'avais deviné.

Il m'a soulevé le bras pour regarder mon aisselle.

— Les femmes! Idiotes que vous êtes, à vous raser partout! a-t-il pesté en laissant retomber mon bras sans ménagement.

J'ouvrais déjà la bouche pour protester quand j'ai compris que ça ne pouvait mener qu'au désastre.

— Il faut y aller.

— Tu ne te parfumes pas?

Il était en train de renifler tous les flacons posés sur ma commode.

— Oh! Mets celui-là! s'est-il soudain écrié en me lançant la bouteille.

Je l'ai rattrapée d'une main sans même réfléchir. Il a haussé les sourcils.

— Tu as dans les veines plus de sang de vampire que je ne le pensais, Miss Sookie.

— Obsession. Bon, d'accord.

J'ai soigneusement ignoré sa remarque et appliqué une touche de parfum entre mes seins et à l'arrière de mes genoux. Comme ça, je serais enveloppée d'Obsession de la tête aux pieds.

— Quel est le programme, Sookie? a demandé Eric en me regardant faire avec un ostensible intérêt.

— Voilà l'idée : on va aller à cette soirée débile et en faire le moins possible dans le registre sexuel, pendant que je récolterai un maximum d'informations en lisant dans les pensées des participants.

— Des informations relatives à…?

— Relatives au meurtre de Lafayette Reynold, le cuistot du *Merlotte*.

— Et pourquoi devons-nous faire une chose pareille?

— Parce que j'aimais bien Lafayette. Et pour blanchir Andy Bellefleur.

— Bill est au courant que tu essaies de sauver un Bellefleur?

— Pourquoi me demandes-tu ça?

— Tu sais bien que Bill déteste les Bellefleur, m'a-t-il répondu, comme si c'était placardé sur tous les murs de Louisiane.

— Non. Non, je n'en savais rien.

Je me suis assise sur la chaise près de mon lit, les yeux fixés sur le visage d'Eric.

— Pourquoi?

— Tu devras lui demander directement, Sookie. Et c'est la seule raison pour laquelle tu veux aller à cette soirée en ma compagnie? Tu n'aurais pas finement invoqué ce prétexte pour provoquer un rapprochement plus… intime avec moi?

— Je ne suis pas aussi «fine» que tu le dis, Eric.

— Je crois que tu n'es pas honnête avec toi-même, Sookie, a-t-il répliqué avec un sourire éclatant.

Je me suis souvenue que, d'après Bill, Eric était censé percevoir mes humeurs. Que savait-il donc sur moi que j'ignorais?

— Écoute, Eric… ai-je commencé en franchissant le seuil.

Puis je me suis interrompue. Comment allais-je bien pouvoir formuler ça ?

Il a attendu patiemment. Le temps s'était couvert dans la soirée, et les bois semblaient cerner étroitement la maison, comme s'ils s'étaient rapprochés avec la nuit. En fait, l'atmosphère m'aurait sans doute paru moins oppressante, si la nature de la soirée n'avait pas été si déplaisante pour moi. J'allais découvrir des choses sur des gens que je connaissais, des choses que je n'avais aucune envie de savoir. J'allais tenter de faire ce que j'avais passé toute ma vie à réprimer. Mais j'éprouvais une sorte de devoir citoyen envers Andy Bellefleur et, si bizarre que cela puisse paraître, je ressentais une certaine admiration pour Portia. Pour sauver son frère, elle s'astreignait à fréquenter Bill, ce qui lui répugnait. Je ne parvenais pas à imaginer comment Portia pouvait éprouver de la répulsion envers Bill. Mais puisque Bill affirmait qu'il la terrorisait, je le croyais sur parole. Pour ma part, la perspective de voir le vrai visage de gens que je connaissais depuis toujours me terrifiait tout autant.

— Je compte sur toi pour qu'il ne m'arrive rien, OK ? ai-je finalement dit de manière directe. Je n'ai pas l'intention d'avoir des relations intimes avec ces gens. Mais j'ai peur que ça ne puisse se produire quand même, que quelqu'un veuille aller trop loin. Même pour venger la mort de Lafayette, il est hors de question pour moi de coucher avec qui que ce soit.

C'était cela qui me faisait vraiment peur, en définitive, même si j'avais refusé de me l'avouer jusqu'à maintenant. Je craignais que les choses ne dérapent, qu'une soupape de sécurité ne saute et que je ne me retrouve dans le rôle de la victime. Il m'était arrivé quelque chose quand j'étais petite, quelque chose

300

que je n'avais pu ni empêcher ni contrôler, quelque chose d'ignoble. J'aurais préféré mourir plutôt que de laisser quiconque abuser de moi une nouvelle fois. C'était pour cette raison que je m'étais si violemment battue contre Gabe, pour cette raison aussi que j'étais tellement reconnaissante à Godfrey de l'avoir tué.

— Tu as confiance en moi? s'est étonné Eric.

— Oui.

— C'est… insensé, Sookie.

— Non, je ne pense pas.

Quant à savoir d'où me venait cette certitude, je n'en avais pas la moindre idée. Elle était bel et bien là, pourtant. J'ai enfilé le gros pull très long que j'avais emporté.

Secouant sa tête blonde, sanglé dans son imperméable, Eric m'a ouvert la portière de sa Corvette rouge. Notre arrivée allait faire de l'effet.

Je lui ai indiqué le chemin pour aller au lac Mimosa, et pendant que nous roulions sur la petite route étroite, j'en ai profité pour lui en raconter le plus possible sur la situation. Eric conduisait avec le plaisir manifeste d'un homme extrêmement difficile à tuer.

— Je te rappelle que je suis mortelle, lui ai-je dit à la sortie d'un virage négocié à une allure qui m'avait fait regretter de ne pas avoir les ongles assez longs pour pouvoir les ronger.

— J'y pense souvent, m'a-t-il répondu, sans détacher les yeux de la route.

Je ne savais comment interpréter cette remarque. J'ai préféré laisser mon esprit dériver vers des pensées relaxantes : le jacuzzi de Bill. Le joli petit chèque qu'Eric m'enverrait quand il aurait encaissé celui des vampires de Dallas. L'incroyable longévité de la relation de Jason avec Liz, qu'il fréquentait depuis plusieurs mois, ce qui pouvait signifier soit qu'il avait décidé de se fixer, soit qu'il avait épuisé toutes les femmes disponibles du comté de Renard – ainsi que celles qui n'auraient pas dû l'être. La nuit était belle et douce, et je roulais dans une voiture fantastique...

— Tu te sens bien, a soudain affirmé Eric.

— C'est vrai.

— N'aie crainte : tu seras en sécurité.

— Merci. Je sais.

J'ai pointé l'index vers la petite pancarte marquée « Fowler », qui indiquait une intersection à peine visible derrière des buissons de myrte et d'aubépine. La voiture s'est engagée dans une courte allée de gravier bordée d'arbres. Le chemin plongeait à pic, et Eric a froncé les sourcils tandis que la Corvette rebondissait en cahotant dans les ornières. Enfin, la maison, nichée au creux d'une petite clairière, est apparue. Il y avait quatre véhicules garés devant sur la terre battue. Les fenêtres étaient ouvertes pour laisser entrer l'air frais du soir, mais les rideaux étaient tirés. Un brouhaha indistinct me parvenait de l'intérieur. À l'idée que j'allais mettre les pieds dans la maison de Janet Fowler, j'ai alors éprouvé une profonde réticence.

— Je peux être bisexuel ? m'a demandé Eric.

Ça m'a un peu détendue. Il n'avait pas du tout l'air rebuté par ce qui nous attendait. Il y avait même une étincelle d'amusement dans ses prunelles. Nous étions plantés l'un en face de l'autre, devant la voiture. J'avais enfoncé mes mains dans les poches de mon gros pull.

— Pourquoi pas ?

J'ai haussé les épaules. Qu'est-ce que ça pouvait bien faire ? C'était du cinéma, après tout. J'ai surpris un mouvement du coin de l'œil. Quelqu'un avait légèrement relevé un rideau.

— On nous observe.

— Eh bien, je vais me conduire comme il se doit, alors.

Eric s'est penché vers moi, et sans me tirer brusquement vers lui, a posé ses lèvres sur les miennes. Il avait agi avec douceur et j'étais restée parfaitement calme. J'avais su que je serais obligée d'embrasser d'autres personnes. C'était le strict minimum, dans le contexte. Je me suis donc concentrée.

J'avais peut-être un talent naturel, encouragé par un professeur hors pair. Au début de notre relation, Bill m'avait dit que j'embrassais extrêmement bien. Et j'entendais bien lui faire honneur.

À en juger par l'état du legging d'Eric, j'étais parvenue à mes fins.

— Prêt ? lui ai-je lancé en veillant à maintenir mon regard à bonne hauteur.

— Pas vraiment, mais je suppose qu'il faut y aller. Au moins, j'aurai l'air d'être déjà dans l'ambiance.

Il était consternant de penser que je venais d'embrasser Eric pour la deuxième fois et que j'y avais pris plus de plaisir qu'il ne l'aurait fallu, mais, malgré moi, j'ai senti un petit sourire se dessiner sur mes lèvres tandis que nous traversions la clairière. Nous avons monté les marches de la large terrasse en teck avec son inévitable lot de chaises pliantes et son barbecue. La porte moustiquaire a crissé quand Eric l'a ouverte. J'ai frappé quelques petits coups légers à la porte.

— Qui est-ce ? a crié Janet.

— C'est Sookie, avec un ami.

— Oh, super ! Entrez donc !

Tous les participants ont tourné la tête vers nous. Mais à la seconde où ils ont vu Eric, leurs sourires accueillants se sont brusquement évanouis, laissant place à des mines décontenancées.

Comme il venait se placer à côté de moi, son imperméable sur le bras, j'ai failli hurler de rire.

Passé le premier moment de stupeur, quand ils ont tous compris qu'ils avaient un vampire devant eux, ils l'ont détaillé de haut en bas, absorbant le panorama.

— Hé, Sookie ! Qui est ton ami ? s'est exclamée Janet.

Janet Fowler, une divorcée multirécidiviste d'une trentaine d'années, était vêtue d'une courte nuisette en dentelle. Ses cheveux méchés étaient soigneusement ébouriffés. Son maquillage n'aurait sans doute pas déparé sur une scène mais, dans un chalet de bord de lac, l'effet produit était peut-être un peu excessif. Cela dit, en tant qu'hôtesse, elle devait considérer qu'elle pouvait se permettre tout ce qu'elle voulait à sa propre « réception ».

J'ai enlevé mon gros pull, pour subir le même examen embarrassant qu'Eric.

— Voici Eric. J'espère que vous ne m'en voulez pas de l'avoir amené ?

— Oh, non ! Plus on est de fous, plus on rit ! m'a assuré Janet avec une évidente sincérité.

Son regard n'était toujours pas remonté jusqu'au visage de mon compagnon.

— Eric, que puis-je vous offrir à boire ?

— Du sang ? s'est enquis Eric avec espoir.

— Bien sûr ! Enfin, je crois qu'il me reste un peu de O quelque part, a-t-elle répondu, incapable de détacher les yeux de son legging. Il nous arrive de... faire semblant.

Elle a accompagné cette déclaration d'un haussement de sourcils entendu et s'est essayée au coup d'œil lubrique.

— Plus besoin de faire semblant, maintenant, a-t-il rétorqué en lui rendant son regard.

Il s'est avancé pour la rejoindre devant le réfrigérateur, en se débrouillant pour caresser l'épaule de Ben au passage. Le visage de ce dernier s'est brusquement illuminé.

Ah. Bien. J'avais su que j'allais apprendre certaines choses. À ses côtés, Tara semblait bouder, ses sourcils sombres froncés sur ses yeux sombres. Elle portait un ensemble de lingerie rouge éclatant et elle était superbe. Le vernis de ses ongles et de ses orteils était parfaitement assorti, de même que son rouge à lèvres : elle avait sorti le grand jeu. Mes yeux ont rencontré les siens, et elle a détourné son regard. Pas besoin de lire dans ses pensées pour comprendre qu'elle était morte de honte.

Mike Spencer et Cléo Hardaway étaient vautrés dans un canapé fatigué calé contre le mur de gauche. Tout le chalet, qui consistait en une seule grande pièce équipée d'un évier et d'un radiateur électrique fixés au mur de droite, et d'un cabinet de toilette ajouté dans un coin, n'était meublé que de vieux meubles de récupération. À Bon Temps, on ne jetait pas le mobilier usagé, on le recyclait. Cela dit, la plupart des cabanons du lac n'étaient probablement pas pourvus d'un tapis aussi épais, ni d'autant de coussins jetés pêle-mêle à même le sol, ni de rideaux aussi opaques à toutes les fenêtres. Et les babioles qui traînaient par terre étaient tout simplement obscènes. Pour certaines, j'aurais bien été incapable de dire à quoi elles servaient.

J'ai adopté mon fameux sourire éclatant et serré Cléo Hardaway dans mes bras, comme je le faisais toujours. Il est vrai qu'elle avait toujours porté plus de vêtements quand elle tenait la cafétéria du lycée, mais elle avait tout de même un slip, contrairement à Mike Spencer, qui était nu comme un ver.

Bon. Je m'étais dit dès le début que ce ne serait pas beau à voir. Mais je suppose qu'il y a certaines choses auxquelles rien ne peut vous préparer. Les énormes seins café au lait de Cléo étaient enduits d'une sorte d'huile qui les faisait briller, de même que les parties génitales de Mike. Je préférais ne pas y penser.

Mike a essayé de m'attraper la main, sans doute pour… faire pénétrer le produit. J'ai réussi à m'esquiver et me suis faufilée entre les coussins vers Ben et Tara.

— Je n'aurais jamais cru que tu viendrais, m'a aussitôt confié Tara.

Elle souriait, elle aussi, mais c'était un bien triste sourire. En fait, elle avait l'air malheureuse comme les pierres. Peut-être que le fait d'avoir Tom Hardaway à genoux devant elle, en train de lui lécher l'intérieur des cuisses, y était pour quelque chose. Ou peut-être le très net intérêt que Ben manifestait pour Eric. Je ne pouvais pas la regarder en face. Ça me rendait malade.

Je n'étais là que depuis cinq minutes, mais c'était les plus longues de toute ma vie.

— Tu fais ça souvent ? ai-je demandé à Tara de façon inepte.

Les yeux rivés aux fesses d'Eric, qui discutait devant le réfrigérateur avec Janet, Ben a commencé à s'escrimer maladroitement sur les boutons de mon short. Il avait encore bu, il empestait l'alcool. Il avait le regard vitreux, la mâchoire pendante.

— Il est drôlement balèze, ton copain, a-t-il marmonné, comme s'il salivait – et c'était peut-être le cas.

— Plus balèze que Lafayette, hein ? ai-je murmuré. J'étais certaine qu'il allait plaire.

Ben a immédiatement tourné les yeux vers moi.

— Oh, oui, a-t-il répondu, manifestement décidé à esquiver le sujet. Eric est… très bien pourvu. C'est bien d'avoir un peu de diversité.

— Oh ! De quoi voir toutes les couleurs de l'arc-en-ciel ! ai-je lancé d'un air faussement enjoué. À Bon Temps, on ne peut pas faire mieux !

306

Mais mon allusion n'a pas marché. Les doigts de Ben se débattaient toujours avec le bouton. Tout cela n'était qu'une grave erreur, je n'aurais jamais dû venir. Ben ne pensait plus qu'aux fesses d'Eric. Et à d'autres choses.

Quand on parle du loup... Eric s'est glissé derrière moi et m'a enlacée, me plaquant contre lui pour me soustraire aux doigts maladroits de Ben. Je me suis laissée aller contre lui. Heureusement qu'il était là ! J'ai compris à cet instant la raison de mon soulagement : je m'attendais à son comportement dans un tel lieu. Alors que voir des gens que vous avez toujours connus agir comme ça... eh bien, c'était profondément répugnant. Je n'étais pas très sûre de parvenir à dissimuler mon dégoût plus longtemps. Par sécurité, j'ai gigoté contre Eric, et lorsqu'il a émis un grognement heureux, je me suis tournée vers lui, j'ai noué mes mains derrière sa nuque et j'ai levé la tête vers lui. Enchanté de devoir obéir à ma suggestion, il s'est penché vers moi. Le visage caché, je me suis senti l'esprit plus libre, assez libre pour commencer mes investigations. Juste au moment où je m'ouvrais mentalement, Eric a entrouvert mes lèvres de sa langue. Mes dernières barrières mentales sont tombées. Il y avait de puissants émetteurs dans la pièce, à tel point que je n'étais plus moi-même. J'étais un pipeline canalisant tous les désirs débridés des gens qui m'entouraient.

Je goûtais la saveur des pensées de Ben. Il se souvenait de Lafayette, de son corps mince, de sa peau brune, de ses doigts agiles, de ses yeux lourdement fardés. Les suggestions qu'il lui avait susurrées résonnaient encore à son oreille. Puis ces heureux souvenirs ont été brusquement étouffés par d'autres réminiscences beaucoup moins réjouissantes : les protestations violentes de Lafayette, ses cris stridents...

— Sookie, m'a chuchoté Eric à l'oreille, si bas que personne ne pouvait l'entendre, j'en étais pratiquement certaine. Sookie, détends-toi. Je te tiens.

Je me suis obligée à lui caresser langoureusement le cou. C'est comme ça que je me suis rendu compte qu'il y avait quelqu'un d'autre dans son dos, qui le caressait par-derrière. La main de Janet est alors passée le long de la hanche d'Eric pour venir me frotter les fesses. Grâce à ce contact physique, je pouvais lire dans ses pensées à livre ouvert. L'esprit de Janet était on ne peut plus clair : je n'avais plus qu'à tourner tranquillement les pages une à une. Mais je n'ai rien trouvé d'intéressant. Elle se concentrait tout particulièrement sur l'anatomie d'Eric et s'inquiétait de la fascination qu'elle éprouvait pour les seins de Cléo. Inutile d'insister : aucun indice pour moi là-dedans.

J'ai orienté mon esprit en direction de Mike Spencer. J'y ai trouvé l'enchevêtrement immonde que j'attendais. J'ai découvert que, pendant qu'il faisait rouler les seins de Cléo dans ses mains, il songeait à une autre chair, plus foncée, plus froide, inerte. Sa propre chair se dressait à ce souvenir. Dans sa mémoire, j'ai vu Janet endormie sur le vieux canapé, pendant que Lafayette menaçait les autres de raconter tout ce qu'ils avaient fait et de donner des noms, s'ils n'arrêtaient pas de le torturer. Puis j'ai vu les poings de Mike s'abattre, les genoux de Tom Hardaway s'écraser sur l'étroite poitrine noire...

Il fallait que je sorte d'ici. J'avais trouvé tout ce que j'étais venue chercher, mais même si je n'avais rien découvert, je n'aurais pas pu tenir une seconde de plus. Je me demandais comment Portia aurait pu supporter cela, d'autant que, n'ayant pas mon don pour l'aider, elle aurait été obligée de rester pour obtenir la moindre bribe d'information.

Janet s'obstinait à me malaxer les fesses. C'était le plus désolant simulacre de sexe que j'aie jamais vu : du sexe sans âme et sans esprit, coupé de tout sentiment, sans amour, sans la plus infime trace d'affection, sans même la moindre sympathie.

D'après mon amie Arlène, quatre fois divorcée, les hommes n'avaient aucun problème avec ça. Apparemment, certaines femmes non plus.

— Il faut que je sorte de là, ai-je soufflé contre la bouche d'Eric.

Je savais qu'il m'entendrait.

— Suis-moi.

J'ai eu l'impression que sa voix résonnait dans ma tête.

Il m'a brusquement soulevée de terre et m'a renversée sur son épaule. Mes cheveux balayaient l'arrière de ses genoux.

— On va faire un petit tour dehors, a-t-il lancé à Janet.

Au bruit de succion que j'ai entendu, j'ai compris qu'il venait de l'embrasser.

— Est-ce que je peux venir aussi ? lui a-t-elle demandé d'une voix rauque et haletante à la Marlene Dietrich.

— Laisse-nous deux minutes, lui a-t-il susurré d'un ton aussi prometteur qu'une pub pour un nouveau parfum de crème glacée. Sookie est encore un peu farouche.

— Chauffe-la bien ! lui a conseillé Mike Spencer. On a tous hâte de voir notre Sookie s'enflammer.

— Elle sera chaude, a promis Eric.

— Super-chaude, a renchéri Tom Hardaway, toujours coincé entre les jambes de Tara.

Enfin – Eric soit loué ! –, nous nous sommes retrouvés dehors. Il m'a disposée sur le capot de la Corvette. Il s'est allongé sur moi, mais en veillant à faire reposer tout son poids sur ses bras tendus de chaque côté de mes épaules.

Il me fixait, le visage aussi fermé que les écoutilles d'un navire en pleine tempête. Ses crocs étaient sortis, ses yeux grands ouverts. Je distinguais parfaitement le blanc pur de ses yeux dans l'obscurité, mais il faisait trop sombre pour que je puisse en discerner le bleu.

— C'était...

J'ai dû m'interrompre pour reprendre mon souffle. Je suffoquais.

— Tu peux me traiter de sainte-nitouche hypocrite si ça te chante, ai-je repris. Je ne t'en blâmerais pas : après tout, c'était mon idée. Mais tu veux que je te dise ? Ça me donne envie de vomir. Les hommes aiment réellement ça ? Et les femmes aussi ? On s'éclate vraiment quand on couche avec quelqu'un qui ne vous plaît même pas ?

— Est-ce que je te plais, Sookie ? m'a demandé Eric en se faisant plus lourd contre moi.

Il a commencé à bouger imperceptiblement. Oh oh !

— Eric, tu te rappelles la raison pour laquelle on est là ?

— On nous regarde, m'a-t-il prévenue.

— Mais même. Tu t'en souviens ? ai-je insisté.

— Oui.

— Bon. Eh bien, on peut s'en aller.

— Tu as des preuves ? Tu as trouvé ce que tu cherchais ?

— Je n'ai pas plus de preuves que je n'en avais avant d'arriver, ai-je avoué en me forçant à l'enlacer pour la galerie. Pas de preuves qu'on puisse brandir devant un tribunal, en tout cas. Mais je sais qui a tué Lafayette : Mike, Tom et peut-être Cléo.

— Intéressant... a-t-il murmuré sans sincérité aucune.

Sa langue m'a effleuré l'intérieur de l'oreille. Il se trouve que j'adore ça. Ma respiration s'est accélérée d'un coup. Peut-être que je n'étais pas aussi allergique au sexe sans sentiment que je l'imaginais...

— Non. J'ai horreur de ça, me suis-je écriée, apportant subitement une réponse à mes propres interrogations. Je déteste ça, de A à Z.

J'ai repoussé violemment Eric, ce qui n'a eu strictement aucun effet.

— Eric, écoute-moi bien. Même si le résultat n'est pas brillant, j'ai fait tout ce que je pouvais pour Lafayette et pour Andy Bellefleur. Il ne lui restera plus qu'à enquêter à partir des maigres infos que j'ai collectées pour lui. C'est un flic. À lui de trouver des preuves. Je ne suis pas altruiste à ce point-là.

— Sookie, a murmuré Eric, qui n'avait manifestement pas écouté un traître mot de ce que je lui avais dit. Donne-toi à moi.

Eh bien, ça avait le mérite d'être clair, au moins!

— Non, Eric, ai-je rétorqué de mon ton le plus tranchant et le plus catégorique. Non.

— Je te protégerai contre Bill.

— Tu parles! C'est toi qui aurais besoin de protection!

Une réflexion stupide et parfaitement puérile, je le reconnais.

— Tu crois que Bill est plus puissant que moi?

— Je refuse de poursuivre cette conversation.

Puis je l'ai poursuivie:

— Eric, j'apprécie l'aide que tu es prêt à m'offrir et je te remercie d'avoir accepté de m'accompagner dans un endroit pareil...

— Crois-moi, Sookie, cette petite réunion de médiocres n'est rien, mais alors vraiment rien, à côté de certains lieux que j'ai fréquentés.

Je n'avais aucun doute là-dessus.

— Peut-être, mais pour moi, c'est un véritable enfer. Je me rends bien compte que j'aurais dû me douter que cette… soirée devait fatalement… euh… attiser tes… espoirs. Mais tu sais parfaitement que je ne suis pas venue ici pour coucher avec qui que ce soit. J'ai déjà un petit ami, et ce petit ami, c'est Bill.

L'association des mots « Bill » et « petit ami » dans la même phrase avait quelque chose d'incongru. Mais c'était pourtant bien le rôle que jouait Bill dans ma vie.

— Ravi de te l'entendre dire, m'a alors lancé une voix fraîche et familière. Cette scène aurait pu me faire douter.

Oh, super.

Eric s'est redressé, et je suis descendue en quatrième vitesse du capot, avant de me précipiter dans la direction d'où provenait la voix.

— Sookie, a repris Bill dans le noir. Je commence à croire que je ne peux pas te laisser seule cinq minutes.

Il n'avait pas l'air particulièrement content de me voir. Je pouvais difficilement lui en vouloir.

— J'ai fait une énorme erreur, ai-je reconnu en me blottissant contre lui.

Et je le pensais du fond du cœur.

— Tu sens l'odeur d'Eric, a-t-il maugréé dans mes cheveux.

Oh non ! Bill trouvait toujours que je sentais l'odeur de quelqu'un d'autre. J'ai senti un flot de tristesse et de honte me submerger et j'ai compris que les choses allaient mal tourner.

Mais ça ne s'est pas vraiment passé comme je l'imaginais.

Andy Bellefleur a surgi des buissons, un fusil à la main. Il semblait sale et dépenaillé, et son arme m'a paru énorme.

312

— Sookie, écarte-toi du vampire ! m'a-t-il ordonné.

— Non, ai-je répliqué sans hésiter.

J'ai enlacé Bill et me suis collée contre lui. Je ne sais pas si c'était moi qui le protégeais ou l'inverse, mais une chose était sûre : si Andy voulait nous séparer, moi, je voulais le contraire.

Un brouhaha étouffé s'est soudain élevé sur la terrasse du chalet. Quelqu'un nous avait manifestement épiés de la fenêtre, car, bien qu'il n'y ait pas eu le moindre éclat de voix, la scène qui se jouait dans la clairière avait attiré l'attention des fêtards — j'avoue que quand Eric m'avait dit qu'on nous regardait, je m'étais demandé s'il ne me racontait pas des histoires. Visiblement, après qu'Eric et moi étions sortis, les autres avaient poursuivi leurs ébats à l'intérieur : Tom Hardaway était nu, ainsi que Janet. Ben semblait encore plus ivre, à présent.

— Tu sens l'odeur d'Eric, a répété Bill entre ses dents.

Oubliant complètement Andy et son arme, j'ai fait un bond en arrière. Cette fois, j'ai craqué complètement. C'est un événement un peu moins exceptionnel maintenant, mais néanmoins très rare. C'était enivrant.

— Ah oui ? Moi, je ne serais même pas capable de dire ce que tu sens ! Pour ce que j'en sais, tu t'es frotté contre une bonne demi-douzaine de femmes ! Pas très équitable, hein ?

Bill en est resté bouche bée. J'ai entendu le rire d'Eric derrière moi. Le public sur la terrasse semblait captivé. Quant à Andy, il a sans doute estimé qu'il n'était pas là pour faire de la figuration, car il a soudain hurlé :

— Regroupez-vous !

Il avait vraiment bu.

Eric a haussé les épaules.

— As-tu déjà eu affaire à des vampires, Belle-fleur ?

— Non, mais je vais te tuer quand même. Il y a des balles d'argent là-dedans, lui a répondu Andy du tac au tac, en agitant son arme.

— Ce n'est pas…

Vif comme l'éclair, Bill a plaqué la main sur ma bouche. Les balles d'argent n'étaient fatales qu'aux loups-garous, même si les vampires réagissaient violemment à la présence d'argent dans leur organisme.

Eric a haussé un sourcil incrédule, puis, suivant l'ordre d'Andy, a rejoint les fêtards sur la terrasse. Bill m'a prise par la main et entraînée vers le chalet. J'aurais bien voulu pouvoir lire dans ses pensées, pour une fois.

— Qui l'a fait ? Lequel d'entre vous ? Ou alors, c'était vous tous ? a beuglé Andy.

Personne n'a répondu. Je me tenais à côté de Tara, qui tremblait dans sa lingerie rouge. Elle était terrifiée, ce qui n'avait rien d'étonnant.

Dans l'espoir d'en tirer quelque chose, j'ai commencé à me concentrer sur Andy. Les ivrognes ne sont pas intéressants à lire, je suis bien placée pour le savoir. Ils enchaînent des pensées stupides, et leurs idées ne sont pas fiables. Leur mémoire leur joue des tours, aussi. Pour l'heure, les idées ne se bousculaient pas dans l'esprit d'Andy. Il détestait tout le monde dans la clairière, lui compris, et il était bien décidé à faire éclater la vérité.

— Viens ici, Sookie ! a-t-il braillé.

Bill lui a opposé un « non » ferme et définitif.

— Si elle n'est pas là, à côté de moi, dans trente secondes, je tire… sur elle, a menacé Andy en pointant son revolver sur moi.

— Si tu fais ça, tu perdras la vie dans les trente secondes, a rétorqué Bill.

Je savais qu'il ne mentait pas. Andy aussi, apparemment.

— Je m'en fous, a crié Andy. Ce ne sera pas une grande perte si elle meurt !

Il n'aurait pas dû dire ça. J'avais commencé à me calmer un peu, mais les dernières paroles d'Andy n'ont fait qu'attiser ma fureur de plus belle.

Prenant Bill au dépourvu, j'ai échappé à son emprise et dévalé les marches de la terrasse, puis je me suis avancée vers Andy Bellefleur au pas de charge. Je n'étais pas aveuglée par la colère au point d'en oublier son arme, mais j'étais très tentée de l'attraper entre les jambes et de serrer un bon coup. Ça ne l'empêcherait pas de tirer, mais il aurait quand même le temps de souffrir. Il m'est apparu toutefois que le principe était aussi destructeur que celui de s'abandonner à la boisson. Était-ce bien la peine ?

— Maintenant, Sookie, tu vas lire dans les pensées de ces gens et me dire qui a fait ça, m'a ordonné Andy en m'agrippant derrière la nuque avec ses grosses mains, comme on attrape un chiot par la peau du cou.

Il m'a fait brusquement pivoter pour me tourner face à la terrasse.

— Qu'est-ce que tu crois que je suis venue faire ici, espèce de crétin ? ai-je riposté. Tu penses vraiment que j'aime passer mes soirées libres avec des obsédés sexuels ?

Andy m'a secouée comme un prunier. J'ai beaucoup de force et, théoriquement, j'avais de bonnes chances de pouvoir lui échapper et de le désarmer dans le même mouvement, mais cela me paraissait encore trop hasardeux pour passer sans hésiter à la pratique. J'ai préféré réfléchir deux secondes. Bill faisait des mimiques à mon intention, mais je n'étais pas bien sûre de saisir ce qu'il voulait me dire. Eric continuait à s'amuser avec Tara, ou peut-être Eggs. Difficile à déterminer.

Un chien s'est mis à gémir à la lisière du bois. La tête bloquée par la main de fer d'Andy, j'ai juste pu tourner les yeux dans sa direction. Il ne manquait plus que ça !

— C'est mon colley, ai-je annoncé à Andy. Dean, tu te rappelles ?

J'avais bien besoin d'aide et j'aurais nettement préféré la voir s'incarner sous forme humaine, mais puisque Sam était arrivé en colley, il allait devoir conserver cette apparence, pour ne pas dévoiler sa véritable identité.

— Ouais. Qu'est-ce que ton chien vient faire ici ?

— Je n'en sais rien. Ne lui tire pas dessus, OK ?

— Jamais je ne tirerais sur un chien ! s'est exclamé Andy, profondément choqué.

— Mais sur moi, ce n'est pas grave ! ai-je répondu d'un ton amer.

Le colley s'est dirigé calmement vers nous. Je me suis demandé ce que Sam mijotait et quel degré d'humanité il conservait quand il prenait sa forme préférée. J'ai posé les yeux sur le revolver, et Sam a suivi mon regard. Était-ce vraiment de la compréhension que je décelais dans ses prunelles ? Je n'en avais aucune idée.

Le chien s'est mis à grogner. Il montrait les crocs et regardait le revolver d'un œil mauvais.

— Arrière, le chien ! a dit Andy, agacé.

Si je parvenais à immobiliser Andy un instant, les vampires pourraient le neutraliser. J'ai commencé à répéter tous les gestes mentalement. Il faudrait que j'attrape son bras à deux mains et que je l'oblige à lever le revolver vers le ciel pour qu'il ne blesse personne. Mais, tel qu'Andy était placé là, me tenant à distance à bout de bras, la manœuvre s'annonçait délicate.

— Non, mon amour, m'a lancé Bill.

J'ai automatiquement tourné les yeux vers lui. Je devais avoir l'air éberluée.

De ses yeux, Bill m'a désigné quelque chose derrière Andy. Ah.

— Oh ! Regardez qui se fait secouer les puces, comme un vilain petit toutou, a dit une voix dans mon dos. Mais c'est ma messagère !

Alors là, c'était le bouquet.

D'un pas nonchalant, la ménade a décrit un large cercle pour contourner Andy et venir se poster à sa droite, à quelques pas devant lui, prenant bien soin de ne pas se placer entre le tireur et ses cibles. Cette fois, elle n'avait pas de trace de sang sur elle – pas plus qu'elle n'avait de vêtements, d'ailleurs. J'imagine qu'elle et Sam batifolaient dans les bois quand ils nous avaient entendus. Sa longue chevelure emmêlée lui tombait jusqu'aux hanches. Elle ne semblait pas avoir froid, contrairement aux humains nus, que la fraîcheur de l'air faisait grelotter. Nous étions vêtus pour une orgie, pas pour une soirée en extérieur.

— Salut, messagère ! m'a-t-elle lancé. J'ai oublié de me présenter lors de notre dernière rencontre, comme mon ami canin me l'a fait justement remarquer. Je m'appelle Callisto.

— Bonsoir, mademoiselle Callisto, ai-je répondu, ne connaissant pas le protocole.

Je l'aurais bien saluée d'un hochement de tête, mais Andy ne m'avait pas lâchée. Ça commençait à devenir douloureux.

— Qui est cet homme brave et vigoureux qui te tient en respect ? a demandé Callisto en se rapprochant lentement.

J'ignorais quelle tête faisait Andy, mais sur la terrasse ils avaient tous l'air fascinés et terrifiés à la fois – hormis Eric et Bill, évidemment. Les deux vampires reculaient progressivement, s'écartant peu à peu des humains. Mauvais signe.

— Voici Andy Bellefleur, ai-je coassé. Il a un problème.

Mes poils se sont dressés sur mes bras. J'en ai déduit que la ménade s'était glissée encore plus près.

— Tu n'as jamais rien vu de comparable à moi, n'est-ce pas ? a-t-elle demandé à Andy.

— Non, a répondu ce dernier d'une voix ahurie.

— Me trouves-tu belle ?

— Oui, a-t-il répondu sans hésitation.

— Penses-tu que je mérite quelque hommage ?

— Oui, a-t-il répété avec la même conviction.

— J'aime l'ivresse et tu es complètement ivre, l'a félicité Callisto. J'aime les plaisirs de la chair et ces humains se vautrent dans la luxure. Je suis à ma place ici.

— Oh ! Parfait, a approuvé Andy d'un ton un peu plus hésitant. Mais l'un d'entre eux est un assassin, et je veux le démasquer.

— S'il n'y en avait qu'un… ai-je marmonné.

Je m'étais rappelée au bon souvenir d'Andy et il a cru nécessaire de me secouer de nouveau – de plus en plus lassant.

La ménade était maintenant assez près de moi pour me toucher. Elle m'a caressé doucement la joue. J'ai senti l'odeur d'humus et de vin qui imprégnait ses doigts.

— Tu n'es pas ivre, a-t-elle constaté.

— Non m'dame.

— Et tu n'as pas goûté aux plaisirs de la chair, ce soir.

— Oh ! La nuit n'est pas finie !

Elle a ri. C'était un drôle de rire, haut perché, qui semblait ne jamais devoir s'arrêter.

Andy était de plus en plus déconcerté par la proximité de la ménade, et son emprise sur mon cou se desserrait. Je ne savais pas ce que les spectateurs de la terrasse voyaient, mais Andy, lui, avait compris qu'il avait devant lui une créature de la nuit. Et, tout à coup, il m'a lâchée.

— Viens donc par là, la nouvelle, qu'on voie un peu à quoi tu ressembles, a soudain lancé Mike Spencer.

Je m'étais écroulée sur place, aux pieds de Dean, qui me léchait le visage avec enthousiasme. Prostrée sur le sol, j'ai vu le bras de la ménade s'enrouler autour de la taille d'Andy. Andy a changé son arme de main pour lui rendre la politesse.

— Maintenant, dis-moi, a-t-elle demandé à Andy, que veux-tu savoir ?

Sa voix paraissait calme, posée. Elle a agité d'un geste vague sa longue baguette terminée par une houppe. C'était un thyrse. J'avais cherché le mot « ménade » dans l'encyclopédie. Je mourrais moins bête.

— L'un d'entre eux a tué un homme qui s'appelle Lafayette et je veux savoir lequel, a répondu Andy avec l'agressivité des ivrognes.

— Mais bien sûr, mon chéri, a dit la ménade d'une voix enjôleuse. Désires-tu que je trouve le coupable pour toi ?

— Oui, je vous en prie, a dit Andy d'un ton presque suppliant.

— D'accord.

Elle a examiné l'assistance et fait signe à Ben d'approcher. Tara a essayé de le retenir par le bras, mais il s'est dégagé pour s'avancer en titubant vers la ménade, un large sourire idiot aux lèvres.

— Vous êtes une fille ? a-t-il demandé.

— Pas le moins du monde. Tu as beaucoup bu.

Elle l'a effleuré de l'extrémité de son thyrse.

— Oh, oui ! a reconnu Ben.

Son sourire s'était évanoui. Il a levé les yeux vers Callisto. Lorsque leurs regards se sont croisés, il a tressailli et s'est soudain mis à trembler. Les prunelles de la ménade luisaient comme des braises. J'ai jeté un coup d'œil vers Bill. Il regardait obstinément le sol. Quant à Eric, il avait tourné la tête en direction de sa voiture. Manifestement ignorée de tous, j'ai commencé à ramper vers Bill.

Situation délicate.

Le chien marchait à côté de moi. Il me poussait du museau comme s'il voulait me faire avancer plus vite. Quand je suis enfin arrivée près de Bill, je me suis agrippée à ses jambes, et j'ai senti sa main me caresser les cheveux. J'étais terrorisée à l'idée que le seul fait de me lever attire l'attention de la ménade sur moi.

Callisto avait enlacé Ben de ses bras maigres et chuchotait à son oreille. Il a opiné du bonnet et lui a murmuré quelque chose à son tour. Elle l'a embrassé. Il s'est figé. Quand elle l'a quitté et s'est dirigée vers le chalet, il est resté pétrifié, le regard tourné vers la forêt.

Callisto s'est arrêtée à la hauteur d'Eric, qui se tenait plus près de la terrasse que nous. Elle l'a examiné de haut en bas et a souri, de son sourire terrifiant. Eric gardait les yeux rivés sur sa poitrine, évitant soigneusement de croiser son regard.

— Charmant, a-t-elle commenté. Tout à fait charmant. Mais ce morceau de choix n'est pas pour moi. Je n'aime pas la viande morte.

Quand elle a rejoint les autres sur la terrasse, elle a pris une profonde inspiration, inhalant les odeurs d'alcool et de sexe. Elle flairait l'air comme si elle suivait une piste. Puis elle s'est tournée vers Mike Spencer. Il frissonnait et n'avait pas fière allure, avec son corps bedonnant de quinquagénaire. Mais Callisto a semblé le trouver à son goût.

— Oh ! s'est-elle exclamée joyeusement, comme si elle venait de recevoir un cadeau. Quel orgueil ! Es-tu un roi ? Un grand chef de guerre, peut-être ?

— Non, a répondu Mike. Je gère une entreprise de pompes funèbres. Qu'est-ce que vous êtes, madame ?

Il n'avait pas l'air très sûr de lui, pour une fois.

— As-tu jamais rien vu de comparable à moi ?

— Non.

Tous les autres ont secoué la tête en même temps que Mike.

— Ne te souviens-tu pas de ma première visite ?

— Non, madame.

— Tu m'as pourtant déjà fait une offrande.

— Je vous ai fait une offrande, moi ?

— Oh, oui ! Quand tu as tué le petit homme noir si fin, si gracieux. C'était l'un de mes enfants de moindre importance, et un parfait tribut pour moi. Je te remercie de l'avoir laissé devant le débit de boissons : les bars sont mes lieux de prédilection. N'as-tu pas réussi à me trouver dans les bois ?

— Mais, madame, on n'a pas fait d'offrande, a protesté Tom Hardaway.

Il avait la chair de poule, et son pénis recroquevillé pendait lamentablement entre ses jambes.

— Je vous ai vus.

Soudain, le silence a envahi la clairière. Les bois d'habitude bruissants et toujours agités des infimes mouvements de la vie animale autour du lac étaient devenus parfaitement immobiles. Je me suis levée très prudemment pour me tenir contre Bill.

— J'aime la violence de la luxure et la puanteur de l'alcool, a repris Callisto d'une voix rêveuse. Je peux parcourir des kilomètres pour assister au sacrifice final.

La terreur qui s'écoulait en torrents de leurs esprits a commencé à remplir le mien, avant de déborder. Je me suis enfoui le visage dans les mains, tout en levant les plus puissants boucliers de protection mentale que j'aie jamais invoqués. Pourtant, je pouvais à peine contenir le torrent d'épouvante. Le dos arqué, je me suis mordu la langue pour ne pas gémir. J'ai senti Bill se tourner vers moi, Eric se rapprocher dans mon dos, puis la soudaine étreinte de leurs deux corps écrasant le mien. Il n'y a vraiment rien d'érotique à être coincée entre deux vampires dans ces circonstances. Leur désir absolu de silence de ma part ne faisait qu'accroître ma terreur : qu'est-ce qui pouvait bien effrayer des vampires ? Le chien s'était collé à nos jambes comme s'il nous offrait sa protection.

— Tu l'as frappé pendant que tu forniquais avec lui, a affirmé la ménade en pointant l'index sur Tom. Tu l'as frappé parce que tu es fier : sa servilité te dégoûtait et t'excitait.

Elle lui a caressé le visage d'une main décharnée. Je voyais le blanc de ses yeux.

— Quant à toi, a-t-elle poursuivi en tapotant Mike de son autre main, tu l'as battu aussi, sous l'emprise de la folie. Puis il vous a menacés de tout dévoiler...

Sa main a quitté Tom pour venir frotter sa femme, Cléo. Celle-ci avait mis un gilet pour sortir, mais il était resté ouvert.

Comme elle semblait avoir échappé à l'attention de la ménade, Tara a commencé à battre en retraite. Elle était la seule à ne pas avoir été frappée par la terreur collective. Je sentais la fragile lueur d'espoir qui vacillait en elle, son désir de survie. Elle s'est glissée sous la table en fer forgé de la terrasse, s'est roulée en boule et a fermé les yeux en serrant les paupières de toutes ses forces. Je l'ai entendue faire un tas de promesses à Dieu sur la conduite exemplaire qu'elle adopterait à l'avenir, s'il la tirait de là. Ses prières sont venues s'ajouter au flot d'épouvante qui me submergeait. La puanteur de

322

l'effroi des autres a atteint son apogée. J'ai brusquement été prise de tressaillements irrépressibles. Les autres projetaient leur épouvante avec une telle violence que, sous la pression, toutes mes barrières mentales se sont effondrées. Je n'étais plus que terreur. Eric et Bill se sont empoignés par les bras pour me soutenir et m'empêcher de trembler.

Janet, elle, était totalement ignorée par la ménade. Sans doute n'y avait-il rien en elle qui puisse séduire la créature. Janet n'avait aucun orgueil. Elle était pathétique et n'avait pas bu une goutte d'alcool de la soirée. Elle s'adonnait au sexe pour d'autres raisons que le besoin de se perdre, qui n'avaient rien à voir avec le désir de s'oublier dans un moment de merveilleuse folie. Tentant, comme à son habitude, d'être le point de mire, Janet, le sourire aguicheur et l'œil humide, a tendu la main pour prendre celle de la ménade. À son contact, elle s'est mise à convulser, tandis que d'affreux gargouillements s'échappaient de sa gorge. L'écume aux lèvres, les yeux révulsés, elle s'est effondrée sur le sol. Ses talons martelaient le plancher de bois.

Puis le silence est retombé. Mais, au sein du groupe réuni sur la terrasse, quelque chose a commencé à monter. Quelque chose de terriblement beau, quelque chose d'horriblement pur. L'épouvante des uns et des autres refluait, et la tension qui m'habitait me quittait. L'étau qui me broyait le crâne s'est desserré. Mais, à mesure que la terreur se dissipait, une nouvelle force naissait, une force d'une indicible beauté : le mal absolu.

C'était de la folie à l'état pur, de la folie sans âme. De la ménade s'échappaient fureur aveugle, soif de saccage, orgueil démesuré. J'ai été submergée en même temps que les autres. Je gesticulais, je me débattais, sous les flots de démence que vomissait Callisto dans leurs esprits torturés. Seule la main d'Eric, qui me bâillonnait, m'a empêchée de hurler avec eux. Je l'ai mordue. J'ai senti le goût de son sang dans ma bouche et je l'ai entendu grogner de douleur.

Et l'horreur ne cessait de croître, de s'amplifier. Puis il y a eu les cris et ces bruits atroces, humides et moites. Le chien, collé contre nos jambes, geignait plaintivement.

Et, brusquement, tout s'est arrêté. C'était fini.

Je me suis sentie toute molle, comme une marionnette dont on aurait coupé les fils. Bill m'a couchée sur le capot de la voiture d'Eric. J'ai ouvert les yeux. La ménade me regardait. Elle souriait de nouveau, baignée de sang. C'était comme si quelqu'un lui avait versé un seau de peinture rouge sur la tête; ses cheveux trempés dégoulinaient, chaque centimètre carré de sa peau nue était enduit de sang, et elle empestait cette odeur cuivrée caractéristique.

— Tu l'as échappé belle, m'a-t-elle glissé d'une voix douce et flûtée.

Elle se déplaçait posément, presque lentement, comme quelqu'un qui sort de table après un repas trop copieux.

— Tu es passée tout près, a-t-elle insisté. Plus près peut-être que tu ne le seras jamais. Ou peut-être pas. Je n'avais jamais vu personne être contaminé ainsi par la folie des autres. L'idée est plaisante.

— Plaisante pour vous, ai-je hoqueté, pantelante.

Le chien m'a mordu la jambe pour me rappeler à l'ordre. La ménade a tourné son regard vers lui.

— Mon cher Sam, a-t-elle murmuré, mon chéri, je dois te quitter.

Le chien a levé les yeux vers elle. Ses prunelles pétillaient d'intelligence.

— Nous avons passé de belles nuits ensemble à courir les bois, a-t-elle déclaré en lui caressant la tête. À chasser côte à côte le petit gibier…

324

Le chien a agité la queue.

— ... et à faire d'autres choses...

Le chien s'est mis à haleter en tirant la langue.

— Mais il est temps pour moi de partir, mon chéri. Le monde est plein de bois et de gens qu'il faut rappeler aux convenances. Je tiens à recevoir les hommages qui me sont dus. Il ne faut pas qu'ils m'oublient. J'exige mon tribut, a-t-elle affirmé de sa voix assouvie. Un tribut de folie et de mort.

Elle a commencé à dériver en direction du bois.

— Après tout, a-t-elle lancé par-dessus son épaule, la saison de la chasse n'est pas éternelle...

11

Même si je l'avais voulu, je n'aurais pas pu aller voir ce qui s'était passé sur la terrasse. Bill et Eric semblaient très silencieux et, quand des vampires ont cet air-là, il est préférable ne pas en savoir plus.

— Il va falloir incendier le chalet, a annoncé Eric. Callisto aurait pu faire le ménage elle-même avant de partir.

— Elle ne l'a jamais fait, d'après ce que j'ai entendu dire, lui a répondu Bill. Callisto est la folie incarnée, et la folie se moque bien d'être découverte.

— Hum... possible, a dit Eric d'un ton léger.

Il semblait occupé à soulever quelque chose. J'ai entendu le bruit mat d'une masse tombant sur le bois.

— J'ai vu des gens qui étaient totalement fous et qui le dissimulaient avec brio.

— C'est exact, a répondu Bill. Et si nous en laissions quelques-uns sur la véranda ?

— Comment tu as su ?

— Pour une drôle de soirée, c'est une drôle de soirée... a repris Bill.

— C'est elle qui m'a appelé pour me demander de l'accompagner, s'est aussitôt défendu Eric, qui avait parfaitement décrypté le message codé.

— Dans ce cas, d'accord. Mais tu n'as pas oublié notre accord, n'est-ce pas ?

— Comment aurais-je pu l'oublier ?

— Sookie nous écoute, tu sais.

— Pas de problème, en ce qui me concerne, a affirmé Eric.

Et il a éclaté de rire.

Les yeux perdus dans l'obscurité de la nuit, je me suis vaguement demandé de quoi ils pouvaient bien être en train de parler. Je n'étais pourtant pas un territoire que des dictateurs se disputent. Sam se reposait par terre, à côté de moi, sous sa forme humaine et nu comme un ver. Mais en cet instant, je m'en moquais éperdument. Et Sam ne risquait pas d'avoir froid : c'était un métamorphe.

— Oups ! Il y en a un de vivant, nous a crié Eric.

— Tara ! s'est exclamé Sam.

Tara a descendu les marches de la véranda d'une démarche chancelante et nous a rejoints. Elle s'est jetée dans mes bras et a éclaté en sanglots. Accablée de lassitude, je l'ai instinctivement enlacée et je l'ai laissée pleurer tout son saoul, moi dans mon short minuscule et elle dans sa lingerie incendiaire. Je me suis forcée à me redresser tout en la serrant contre moi.

— Il n'y aurait pas une couverture qui traînerait dans le chalet, par hasard ? ai-je lancé à Sam.

Il est parti en courant vers la maison. J'ai noté le spectacle intéressant qu'il offrait ainsi, vu de dos. Après quelques instants, il est revenu, toujours en courant. Le panorama était carrément imprenable, vu de face. Il nous a enveloppées toutes les deux dans une couverture.

— La vie vaut vraiment la peine d'être vécue, ai-je marmonné en secouant la tête.

— Pourquoi dis-tu ça ? m'a demandé Sam, intrigué.

Le reste de la soirée ne semblait pas l'avoir surpris outre mesure.

328

Comme je pouvais difficilement lui avouer que c'était à cause de son anatomie, j'ai préféré changer de sujet.

— Comment ça va, Ben et Andy?

— On dirait un numéro de cirque, a fait Tara en pouffant.

Ses gloussements ne me disaient rien qui vaille.

— Ils sont toujours là où Callisto les a laissés, m'a répondu Sam. Debout et raides comme des piquets.

— *I'm still standing*, a chantonné Tara, reprenant la chanson d'Elton John. *I'm still standing, yeah, yeah, yeah...*

Eric a éclaté de rire.

Bill et lui étaient sur le point de mettre le feu à la maison. Ils sont venus nous rejoindre pour une vérification de dernière minute.

— Dans quelle voiture êtes-vous arrivée, Tara? a demandé Bill.

— Oh! Un vampire! s'est extasiée Tara. Toi, tu es le chéri de Sookie, c'est ça? Qu'est-ce que tu fichais, l'autre soir, au match, avec un boudin comme Portia Bellefleur?

— Et gentille, avec ça, a lâché Eric en dévisageant Tara, un petit sourire indulgent mais déçu aux lèvres, comme un éleveur de chiens de race auquel on présente un chiot adorable mais de race inférieure.

— Dans quelle voiture êtes-vous venue? a répété Bill. S'il vous reste une once de bon sens, c'est le moment de le prouver.

— Je suis venue dans la Camaro blanche, a finalement répondu Tara d'un ton plus sérieux. Je vais la prendre pour rentrer. Quoique... Sam?

— Bien sûr, Tara, je vais te reconduire chez toi, a dit l'intéressé. Bill, as-tu besoin d'un coup de main, ici?

— Je pense qu'on pourra y arriver tous les deux, avec Eric, a répondu Bill. Pourrais-tu nous débarrasser du sac d'os ?

— De Ben ? Je vais voir ça.

Tara m'a embrassée sur la joue et s'est dirigée, en suivant une trajectoire plus ou moins directe, vers sa voiture.

— J'ai laissé les clés sur le contact ! m'a-t-elle lancé.

— Et ton sac ?

La police s'interrogerait sans doute si elle trouvait le sac de Tara dans le chalet avec tout un tas de cadavres.

— Oh ! Il est resté à l'intérieur.

Un simple coup d'œil de ma part a suffi. Bill est revenu avec un sac à bandoulière assez gros pour contenir une panoplie de maquillage, tous les articles habituels et également une tenue de rechange.

— C'est le vôtre ? a-t-il demandé à Tara.

— Oui, merci.

Elle lui a pris le sac du bout des doigts, comme si elle avait peur de le toucher. Elle ne s'était pas montrée si regardante, un peu plus tôt dans la soirée...

Eric avait chargé Ben sur son épaule et se dirigeait avec son fardeau brinquebalant vers la voiture blanche.

— Il ne se souviendra de rien, a-t-il annoncé à Tara, comme Sam ouvrait la portière de la Camaro pour permettre à Eric de coucher Ben à l'arrière.

— J'aimerais bien pouvoir en dire autant, a soupiré Tara.

Son visage a brusquement semblé s'affaisser sous le poids de toutes les horreurs auxquelles elle avait assisté pendant la nuit.

— Je voudrais n'avoir jamais vu cette... chose, quelle qu'elle soit. Je voudrais n'être jamais venue

330

ici, déjà, pour commencer. Ça me dégoûtait de faire ça. Je croyais que Ben en valait la peine.

Elle a jeté un regard morne à la forme inerte allongée sur la banquette arrière.

— Mais non. Personne ne vaut la peine de faire des trucs pareils.

— Je peux effacer votre mémoire aussi, lui a proposé Eric avec désinvolture.

— Non. Il faut que je me souvienne. Certaines des choses que j'ai apprises, ce soir, méritent d'être retenues, même si ça doit peser des tonnes sur la conscience.

À l'entendre, elle paraissait avoir vieilli de vingt ans. Il arrive, parfois, qu'on vieillisse prématurément en un instant. J'ai vécu ça quand j'avais sept ans, à la mort de mes parents. Tara venait d'en faire la cruelle expérience.

— Mais... ils sont tous morts. Tous sauf Ben, Andy et moi, a-t-elle repris. Vous n'avez pas peur qu'on parle? Vous allez venir nous tuer?

Eric et Bill se sont consultés du regard. Eric s'est insensiblement rapproché de Tara.

— Écoutez, Tara... lui a-t-il lancé d'un ton raisonnable.

Elle a eu le malheur de lever les yeux vers lui. À peine son regard avait-il croisé celui d'Eric qu'il commençait déjà à effacer de sa mémoire tous les événements de la nuit. J'étais trop fatiguée pour protester. De toute façon, je n'aurais rien pu y changer. Il ne fallait pas lui laisser ce fardeau. J'espérais seulement que, désormais ignorante du prix qu'elles lui avaient coûté, Tara ne répéterait pas les mêmes erreurs. Mais effectivement, on ne pouvait pas prendre le risque qu'elle aille tout raconter.

Conduits par Sam (qui avait emprunté à Ben son pantalon), Tara et Ben prirent le chemin du centre-ville tandis que Bill organisait un incendie d'aspect accidentel. Quant à Eric, il semblait occupé à compter les os sur la terrasse pour s'assurer que les corps étaient bien au complet. Le contraire n'aurait pas manqué d'éveiller les soupçons des enquêteurs. Son inventaire terminé, il a traversé la clairière pour aller voir ce que devenait Andy.

J'en ai profité pour revenir à la charge.

— Pourquoi Bill déteste-t-il tant les Bellefleur, au fait?

— Oh! C'est de l'histoire ancienne. Cela remonte à l'époque où Bill était encore humain.

L'état d'Andy a paru le satisfaire, et il est retourné aider Bill.

C'est à ce moment-là que j'ai entendu une voiture arriver. Bill et Eric sont immédiatement revenus dans la clairière. Un craquement de bois sec, provenant de l'autre côté de la maison, nous a annoncé que le feu avait pris.

— Nous ne pouvons pas créer plusieurs foyers d'incendie en même temps, ils seraient capables d'en déduire que ce n'est pas un accident, a dit Bill à Eric. Ces progrès de la police scientifique m'exaspèrent.

— Si nous n'avions pas décidé de sortir de la clandestinité, ils seraient bien obligés d'accuser un humain, a répondu Eric. Mais, les choses étant ce qu'elles sont... Et puis, c'est tellement tentant de faire de nous des boucs émissaires! C'est rageant, quand on pense à la facilité avec laquelle nous pourrions les écraser.

Je n'ai pas pu tenir ma langue plus longtemps.

— Hé! Je suis là! Et je ne suis pas une Martienne. Je suis humaine, et je vous entends très bien.

Je les fusillais tous les deux du regard. Ils me regardaient d'un air un peu gêné quand Portia Bellefleur est sortie de sa voiture pour se précipiter vers son frère.

— Qu'est-ce que vous lui avez fait? s'est-elle écriée d'une voix rauque. Saletés de vampires!

Elle inspectait le cou d'Andy sous toutes les coutures, à la recherche de marques de dents.

— Ils lui ont sauvé la vie, Portia.

Eric l'a longuement dévisagée, comme s'il la jaugeait, puis il est parti fouiller les autres voitures garées devant la maison. Il avait récupéré les clés de tous les véhicules des noceurs – je préfère ne pas imaginer comment.

Bill s'est approché d'Andy.

— Réveillez-vous, lui a-t-il dit, si doucement que j'ai eu du mal à l'entendre, alors que je n'étais qu'à quelques pas de lui.

Andy a cligné des paupières. Il s'est d'abord tourné vers moi, probablement étonné de ne plus me tenir prisonnière. Il a ensuite aperçu Bill, si près de lui qu'il en a frémi, comme s'il craignait des représailles. Il a enfin remarqué la présence de Portia à ses côtés, puis a tourné les yeux vers le chalet.

— Il y a le feu, a-t-il calmement constaté.

— Oui, a confirmé Bill d'une voix tout aussi calme. Et ils sont tous morts. Tous sauf deux d'entre eux, qui sont retournés en ville. Et ils n'étaient au courant de rien.

— Alors, ils ont vraiment tué Lafayette?

— Oui, ai-je dit. Mike Spencer et les Hardaway. Et Janet devait le savoir, même si elle n'a pas directement participé.

— Mais je n'ai aucune preuve.

— Oh, je crois que si, a lancé Eric.

Il se tenait penché au-dessus du coffre de la Lincoln de Mike Spencer. Nous l'avons tous rejoint. La vue perçante des vampires permettait à Bill et à Eric de repérer aisément le sang dans le coffre. Il contenait également des vêtements souillés et un portefeuille, qu'Eric a ouvert.

— À qui appartient-il ? lui a demandé Andy.

— Lafayette Reynold.

— Donc, si on laisse les voitures là, la police n'aura qu'à les examiner pour trouver les coupables. L'affaire sera classée et je serai mis hors de cause.

— Oh ! Merci, mon Dieu ! s'est exclamée Portia avec un sanglot dans la voix. Oh ! Andy, rentrons à la maison, je t'en prie.

— Portia, est intervenu Bill, regarde-moi.

Elle a commencé à lever les yeux vers lui, puis s'est brusquement détournée.

— Je suis désolée de t'avoir manipulé de cette façon, a-t-elle dit précipitamment.

À l'évidence, elle avait honte de devoir demander pardon à un vampire.

— Je cherchais juste à me faire inviter ici dans l'espoir d'innocenter mon frère, a-t-elle ajouté.

— Sookie s'en est chargée pour toi, a aimablement rétorqué Bill.

Portia m'a décoché un regard indécis.

— J'espère que cela n'a pas été trop pénible, Sookie, a-t-elle déclaré.

Plutôt surprenant de sa part.

— C'était horrible. Mais j'ai fait ce que j'avais à faire.

On aurait dit qu'elle se ratatinait sur place.

— Merci pour l'aide que vous avez apportée à Andy, a-t-elle dit avec courage.

— Ce n'était pas pour Andy, ai-je riposté. C'était pour Lafayette.

Elle a respiré un grand coup avant de me répondre, se drapant dans sa dignité :

— C'est compréhensible, c'était votre collègue de travail.

— Lafayette était mon ami.

Elle s'est raidie.

— Votre ami.

Le feu s'était engouffré dans le chalet. La police et les pompiers n'allaient pas tarder à arriver. Il était plus que temps de partir.

Je me suis tournée vers Andy – auquel, ai-je songé tout à coup, ni Bill ni Eric n'avaient proposé un lavage de cerveau salvateur.

— Tu ferais mieux de décamper tout de suite, Andy, lui ai-je conseillé. Rentre chez toi avec Portia et demande à ta grand-mère de jurer que vous n'avez pas bougé de chez vous de la soirée.

Sans un mot, le frère et la sœur sont tous les deux montés dans l'Audi de Portia et ont filé. Eric a grimpé dans sa Corvette pour retourner à Shreveport, et j'ai traversé les bois avec Bill pour rejoindre sa voiture, cachée derrière les arbres, de l'autre côté de la route. Bill me portait, comme il aimait à le faire. Je dois avouer que ça ne me déplaisait pas, quand l'occasion se présentait. Et, justement, celle-là me paraissait plutôt bonne.

L'aube était proche. Une des plus longues nuits de ma vie était sur le point de s'achever. Je me suis laissée aller contre le dossier du siège avant, épuisée.

— Où est allée Callisto, d'après toi ?

— Je n'en ai pas la moindre idée. Elle se déplace constamment. Rares sont les ménades qui ont survécu à la disparition de leur dieu. Ces rescapées trouvent des bois ou des forêts qu'elles hantent pendant un temps. Elles changent d'endroit avant que leur présence ne soit découverte. Elles sont douées pour ça. Elles aiment la guerre et sa folie destructrice. On en trouve toujours à proximité d'un champ de bataille. J'imagine qu'elles éliraient toutes domicile au Moyen-Orient, si ce n'était pas une contrée désertique.

— Et elle était venue ici pour…

— Elle ne faisait que passer. Elle n'a pas dû rester plus de deux mois. J'ignore quelle sera sa prochaine destination.

— Je ne comprends pas comment Sam a pu… euh… copiner avec elle.

— Ah ? Tu appelles ça comme ça, toi ? Alors, c'est ce qu'on fait, nous aussi ? On copine ?

Je lui ai donné un petit coup de poing dans le bras. C'était comme si j'avais frappé un tronc d'arbre.

— Peut-être qu'il était juste en quête de sensations fortes, a repris Bill. Après tout, ça ne doit pas être facile pour Sam de trouver quelqu'un qui soit capable d'accepter sa véritable nature.

Il a marqué une pause. Un silence éloquent.

— Eh bien, ça peut être un peu compliqué, oui, ai-je admis.

Puis j'ai eu brusquement la vision de Bill revenant chez Stan, le teint rose. J'ai dégluti avant d'ajouter :

— Mais il en faut plus pour séparer ceux qui s'aiment.

J'ai repensé à ce que j'avais ressenti quand j'avais appris qu'il fréquentait Portia et à la façon dont j'avais réagi lorsque je l'avais vu avec elle au match de foot. J'ai posé ma main sur sa cuisse et j'ai refermé mes doigts doucement.

Il n'a pas quitté la route des yeux, mais il a souri. Ses crocs sont apparus à la commissure de ses lèvres.

— As-tu résolu le problème avec les métamorphes de Dallas ? lui ai-je demandé au bout d'un moment.

— J'ai réglé ça en une heure. Ou, plutôt, Stan a réglé ça : il leur a proposé son ranch pour les nuits de pleine lune, durant les quatre mois à venir.

— Oh ! C'est gentil de sa part.

— Eh bien, en fait, ça ne lui coûte rien. Et puis, comme il n'a pas le temps de chasser et que la population de gibier sur ses terres a besoin d'être régulée…

— Ah… ah booon ! ai-je dit en comprenant brusquement.

336

— Ils chassent.

— Oui. Très bien.

Quand nous sommes arrivés à la maison, le soleil n'allait plus tarder à pointer le bout de son nez. Eric atteindrait Shreveport de justesse. Pendant que Bill prenait une douche, je me suis préparé une tartine de beurre de cacahuète et de confiture – je n'avais rien mangé depuis plus d'heures que je ne pouvais compter –, puis je suis allée me brosser les dents.

L'avantage, maintenant, c'est que ce n'était plus la course contre la montre : Bill avait passé plusieurs nuits, le mois précédent, à s'aménager un pied-à-terre chez moi. Il avait découpé le fond du placard de mon ancienne chambre, celle qui avait été la mienne pendant des années, avant que ma grand-mère meure et que je m'installe dans la sienne. Il y avait installé une trappe, de telle manière qu'il pouvait entrer dans le placard, se glisser sous terre et refermer la trappe derrière lui. Ni vu ni connu. Si j'étais encore debout quand il s'enterrait, je mettais une vieille valise et une ou deux paires de chaussures dans le placard pour que ça ait l'air plus naturel. Bill s'était confectionné une grande boîte pour dormir, dans le boyau qu'il avait creusé, parce que c'était plutôt sale, là-dessous. Il n'y allait pas souvent, mais ça se révélait pratique, de temps à autre.

— Sookie ! a-t-il lancé. Viens, que je te lave.

— Si tu me laves, je vais avoir du mal à m'endormir.

— Pourquoi ?

— Parce que je serai frustrée.

— Frustrée ?

— Parce que je serai propre, mais... en manque.

— Il ne me reste pas beaucoup de temps, a-t-il reconnu en sortant la tête de la douche. Mais nous nous rattraperons la nuit prochaine.

— Si Eric ne nous envoie pas je ne sais où, ai-je marmonné, une fois certaine qu'il avait la tête sous le jet d'eau.

Il allait me vider mon ballon d'eau chaude, comme d'habitude. Je me suis extirpée de ce maudit short en me jurant qu'il irait à la poubelle dès le lendemain. Puis j'ai enlevé mon débardeur et je me suis allongée sur le lit en attendant Bill. Heureusement, mon nouveau soutien-gorge était sorti intact de l'aventure. Je me suis tournée sur le côté : la lumière de la salle de bains, qui filtrait par la porte entrebâillée, me faisait mal aux yeux.

— Sookie ?

— Tu es sorti de la douche ? ai-je bredouillé, encore à moitié endormie.

— Oui, ça fait douze heures.

— Quoi ?

J'ai brusquement ouvert les yeux et j'ai regardé par la fenêtre. La nuit n'était pas encore tout à fait tombée, mais il faisait déjà sombre.

— Tu t'es endormie.

J'avais une couverture sur moi, mais j'étais toujours vêtue de mon ensemble de lingerie bleu acier. Je me sentais aussi fraîche que du pain rassis. J'ai levé la tête. Il ne portait rien du tout.

— Ne bouge pas ! lui ai-je lancé, avant de me précipiter aux toilettes.

Quand je suis revenue, Bill m'attendait, allongé sur le lit, en appui sur un coude.

— As-tu remarqué la tenue que tu m'as offerte ? ai-je minaudé, en tournant sur moi-même pour qu'il puisse mesurer l'étendue de sa générosité.

— C'est ravissant, mais je pense que tu es un peu trop habillée pour l'occasion.

— Quelle occasion ?

— La plus belle nuit d'amour de ta vie.

338

J'ai senti un brusque afflux de pur désir me traverser le corps.

Mais je n'en ai rien laissé paraître.

— Et comment peux-tu savoir que ce sera la plus belle?

— Oh! C'est absolument certain, a-t-il affirmé de sa voix fraîche et lisse comme l'eau qui coule sur des galets. Tu peux en être sûre.

— Prouve-le, ai-je lancé avec un petit sourire.

Ses yeux étaient dans l'ombre, mais j'ai vu la courbe de ses lèvres tandis qu'il me rendait mon sourire.

— Avec un immense plaisir.

Quelque temps plus tard, son bras en travers de mon ventre et sa jambe en travers des miennes, j'essayais de reprendre mes esprits... et des forces. Ma bouche était si fatiguée que j'arrivais à peine à déposer un baiser sur son épaule. Sa langue léchait doucement les petites marques qu'il m'avait faites dans le cou.

— Tu sais quoi? ai-je murmuré d'un ton paresseux.

— Mmm?

— Il faudrait qu'on jette un coup d'œil au journal.

Après un long moment de réflexion, Bill a fini par démêler nos corps enlacés et s'est dirigé vers la porte d'entrée pour récupérer le journal sur la véranda – en échange d'un énorme pourboire, ma livreuse remonte l'allée et jette le quotidien auquel je suis abonnée en direction de la véranda.

— Regarde.

J'ai ouvert les yeux. Bill me tendait une assiette recouverte de papier aluminium. Il avait le journal plié sous le bras.

J'ai roulé hors du lit, et nous sommes allés discuter dans la cuisine. J'ai enfilé mon peignoir rose au passage, tout en le suivant à pas feutrés. Il jouait toujours les naturistes. J'appréciais le spectacle.

— Tu as un message sur ton répondeur, m'a-t-il annoncé, pendant que je préparais du café.

Cette priorité accomplie, j'ai pris l'assiette mystérieuse et j'ai soulevé la feuille d'aluminium. J'ai alors découvert un gâteau à deux étages recouvert d'un glaçage au chocolat, avec une étoile en noix de pécan sur le dessus.

— Mais c'est le gâteau au chocolat de la vieille Mme Bellefleur! me suis-je exclamée, les papilles en émoi.

— Tu peux le reconnaître rien qu'en le regardant?

— Oh, oui! C'est un gâteau célèbre! Légendaire, même. Il n'y a rien de meilleur au monde que le gâteau au chocolat de Mme Bellefleur. Lorsqu'elle concourt à la foire régionale, le prix est gagné d'avance. Elle en apporte un à chaque veillée funèbre. Jason dit toujours que ça vaut le coup que quelqu'un meure rien que pour avoir un morceau du gâteau de Mme Bellefleur.

— Cette odeur! Quelle merveille! a dit Bill, à mon grand étonnement.

Il s'est penché pour humer l'assiette. Bill ne respire pas. Je me suis donc toujours demandé comment il pouvait sentir, mais c'est pourtant le cas.

— Si tu portais ça en parfum, je te mangerais.

— C'est déjà fait.

— Eh bien, je recommencerais.

— Je ne crois pas que je pourrais supporter ça deux fois de suite.

Je me suis servi une tasse de café et j'ai considéré le gâteau d'un œil émerveillé.

— Je ne savais même pas qu'elle connaissait mon adresse!

Bill a appuyé sur la touche de lecture du répondeur.

— Mademoiselle Stackhouse, a dit la voix d'une très vieille aristocrate du Sud. Je suis venue frapper

340

à votre porte, mais vous deviez être occupée. Je vous ai laissé un gâteau au chocolat parce que je ne savais comment vous manifester autrement ma gratitude. Portia m'a dit ce que vous aviez fait pour mon petit-fils Andrew. Certaines personnes ont eu la gentillesse de trouver cette modeste pâtisserie à leur goût et de m'en faire compliment. J'espère que vous l'aimerez. Si je peux vous rendre quelque service que ce soit, n'hésitez pas à me contacter.

— Elle n'a pas dit son nom, s'est étonné Bill.

— Caroline Holliday Bellefleur n'a pas besoin de dire son nom.

— Qui ça ?

J'ai levé les yeux vers lui. Il était debout à côté de la fenêtre. Je m'étais assise à la table de la cuisine pour boire mon café dans une des tasses à fleurs de ma grand-mère.

— Caroline Holliday Bellefleur.

Bill n'aurait pas pu être plus pâle qu'il ne l'était déjà naturellement, mais il était indubitablement en état de choc. Il s'est brusquement laissé tomber sur la chaise qui me faisait face.

— Sookie, rends-moi service, tu veux ?

— Bien sûr, mon bébé.

— Va chez moi et rapporte-moi la Bible rangée dans le cabinet vitré de l'entrée.

Il semblait tellement secoué que je n'ai pas hésité une seconde. J'ai juste pris le temps d'attraper mes clés avant de courir à ma voiture en peignoir, en espérant que je ne rencontrerais personne de ma connaissance en chemin. Mais à 4 heures du matin, je ne risquais pas grand-chose.

J'ai trouvé la Bible en question exactement à l'endroit indiqué. Je l'ai sortie avec précaution. Elle ne datait manifestement pas d'hier. J'étais si nerveuse en la rapportant à la maison que j'ai failli trébucher sur les marches de la véranda. Bill était toujours assis à la même place. Quand j'ai posé la vieille Bible devant lui, il l'a regardée longtemps sans la toucher. J'ai commencé à me demander s'il pouvait la toucher. Mais puisqu'il ne me demandait pas de l'ouvrir, j'ai attendu sans broncher. Enfin, il a tendu la main. Ses longs doigts exsangues ont caressé la couverture de cuir usé. C'était un gros volume, massif, richement orné de lettres dorées.

Il l'a ouvert doucement, puis a tourné un feuillet pour consulter la page de garde. Elle était couverte d'inscriptions à l'encre passée. Plusieurs écritures différentes se succédaient.

— C'est moi qui ai écrit ça, a-t-il murmuré en désignant de l'index quelques lignes. Ça, là.

J'avais la gorge serrée lorsque j'ai fait le tour de la table pour regarder par-dessus son épaule. J'ai posé la main sur son épaule, pour le rattacher physiquement au présent, au réel.

J'avais du mal à déchiffrer les lettres penchées. *William Thomas Compton*, avait écrit sa mère (ou peut-être son père). *Né le 9 avril 1840*. Et, dans une écriture différente : *Mort le 25 novembre 1870*.

— Tu as un anniversaire, alors.

C'était une réflexion idiote, mais je n'avais jamais pensé que Bill pouvait avoir un anniversaire, comme tout le monde.

— J'étais le deuxième fils de la famille. Le seul que mes parents ont vu grandir.

Je me suis alors rappelé que son frère aîné, Robert, était mort vers douze ans et que deux autres enfants étaient morts en bas âge. Toutes ces naissances et ces décès étaient consignés là, sur cette feuille de papier qu'effleuraient les doigts de Bill.

— Ma sœur Sarah n'a pas laissé de descendance, a-t-il poursuivi.

Je m'en souvenais.

— Son fiancé est mort à la guerre. La plupart des jeunes gens de l'époque sont morts à la guerre. J'ai survécu. Pas très longtemps. Voici la date de ma mort. Pour les miens, du moins. C'est l'écriture de Sarah.

Je serrais les lèvres, de crainte de briser le silence. Il y avait dans l'intonation de Bill, dans ses paroles, dans la façon dont il touchait cette Bible, quelque chose de déchirant, à la limite du supportable. Je sentais les larmes me monter aux yeux.

— Ça, c'est le nom de ma femme, a-t-il repris d'une voix de plus en plus sourde.

Je me suis penchée pour lire. *Caroline Isabelle Holliday*. Pendant une fraction de seconde, j'ai cru que la pièce basculait. Puis je me suis rendu compte que c'était tout bonnement impossible.

— Nous avons eu des enfants. Trois enfants.

Leurs noms étaient inscrits là aussi: *Thomas Charles Compton, né en 1859*. Elle était donc tombée enceinte juste après leur mariage.

Je ne porterais jamais l'enfant de Bill.

Sarah Isabelle Compton, née en 1861. On lui avait donné les prénoms de sa tante paternelle et de sa mère. Elle était née au moment où Bill partait pour la guerre. *Lee Davis Compton, né en 1866*. Un cadeau de retrouvailles. *Mort en 1867*, avait ajouté une autre main.

— Les nouveau-nés tombaient comme des mouches, en ce temps-là, a chuchoté Bill. On était si pauvres après la guerre. Et puis, il n'y avait pas de médicaments…

Je m'apprêtais déjà à évacuer ma misérable carcasse larmoyante de la cuisine quand j'ai soudain eu conscience que, si Bill pouvait endurer ça, je devais être capable d'en faire autant.

— Et tes deux autres enfants? ai-je demandé d'un ton hésitant.

Ses traits se sont un peu détendus.

— Ils ont survécu. Je les avais déjà quittés. Tom n'avait que neuf ans quand je suis mort, et Sarah sept. Elle était blonde, comme sa mère…

Il a ébauché un sourire, un sourire que je n'avais jamais vu sur son visage avant. Un sourire plein d'humanité. C'était comme si je découvrais un homme nouveau dans ma cuisine – une personne différente de celle avec laquelle j'avais fait l'amour si intensément il n'y avait même pas une heure, en tout cas. J'ai pris un Kleenex dans la boîte posée sur le micro-ondes pour m'essuyer les joues. Bill pleurait aussi, et je lui en ai tendu un. Il l'a regardé d'un air surpris, comme s'il s'attendait à autre chose (un mouchoir avec ses initiales brodées dessus, peut-être). Il s'est essuyé les yeux. Le Kleenex est devenu rose.

— Je n'ai jamais cherché à savoir ce qu'ils étaient devenus, m'a-t-il avoué d'un air songeur. J'ai coupé les ponts définitivement. Je ne suis jamais retourné là-bas tant qu'il existait une chance de les retrouver en vie, bien sûr. Cela aurait été trop douloureux.

— Jessie Compton a été la dernière de ma famille en ligne directe. C'est d'elle que je tiens la maison où je vis aujourd'hui. Du côté de ma mère non plus, la descendance n'a pas été très prolifique… a-t-il poursuivi en continuant à parcourir la liste des naissances et des décès. Il ne reste plus que la famille Loudermilk, qui est assez éloignée. Mais Jessie descendait en droite ligne de mon fils Tom et, apparemment, ma fille, Sarah, s'est mariée en 1881. Elle a eu un enfant en… Sarah ! Sarah a eu un bébé ! Quatre bébés ! Mais… Ah ! L'un d'entre eux est mort à la naissance…

Je ne pouvais même plus le regarder. J'avais tourné les yeux vers la fenêtre. Il s'était mis à pleuvoir. Ma grand-mère adorait son toit en tôle ondulée.

Lorsqu'il avait fallu le refaire, nous avions repris de la tôle. D'ordinaire, le crépitement de la pluie avait un effet souverain pour me détendre. Mais pas cette nuit-là.

— Regarde, Sookie! s'est soudain écrié Bill, le doigt pointé sur la Bible. Regarde! La fille de Sarah, Caroline, a épousé un de ses cousins, Matthew Phillips Holliday. Et son deuxième enfant était une fille: Caroline Holliday!

Il rayonnait littéralement.

— Donc, la vieille Mme Bellefleur est ton arrière-petite-fille?

— Oui.

Il semblait incrédule.

— Alors, ai-je dit très rapidement, Andy est ton… euh… ton arrière-arrière-arrière-petit-fils, ai-je enchaîné. Et Portia…

— Oui.

Il avait l'air nettement moins heureux.

Je ne savais pas trop quoi dire. Au bout d'une ou deux minutes de silence, j'ai estimé que je devrais le laisser seul. Alors, j'ai essayé de me faufiler derrière Bill, pour quitter discrètement la petite cuisine.

— De quoi ont-ils besoin? m'a-t-il subitement demandé, en me retenant par la main.

Bien.

— D'argent, ai-je répondu sans hésiter. Tu ne pourras pas régler leurs problèmes personnels, mais ils n'ont pas un rond. La vieille Mme Bellefleur ne veut pas lâcher sa maison et elle leur mange jusqu'au dernier cent.

— Est-ce qu'elle est fière?

— Ça s'entend rien qu'en écoutant son message, non?

J'ai coulé un regard vers Bill avant d'ajouter:

— Ça doit être de famille…

Maintenant que Bill savait qu'il pouvait faire quelque chose pour ses descendants, il semblait aller beaucoup mieux. Je me doutais bien que son passé lui trotterait dans la tête quelque temps, et je ne pouvais lui en vouloir. Mais s'il décidait d'adopter la cause d'Andy et de Portia de façon permanente, les choses n'allaient pas être faciles.

— Tu n'avais pas l'air d'aimer beaucoup les Belle-fleur, avant. Pourquoi ?

J'étais moi-même surprise d'oser enfin aborder le sujet.

— Tu te souviens du jour où j'ai fait cette conférence pour l'association de ta grand-mère, le Cercle des héritiers des glorieux défunts ?

— Oui, bien sûr.

— J'ai raconté cette histoire du soldat blessé, celui qui avait appelé à l'aide pendant des heures… Tu te rappelles ? Celui que mon ami Tolliver Humphries avait essayé de sauver.

J'ai hoché la tête.

— Tolliver y a laissé sa peau, a-t-il poursuivi d'une voix blanche. Et ce soldat, qui s'était remis à crier et qu'on a finalement réussi à tirer de là pendant la nuit, s'appelait Jebediah Bellefleur. Il avait dix-sept ans.

— Oh ! La vache ! Et c'était tout ce que tu savais des Bellefleur jusqu'à maintenant ?

Il a acquiescé d'un geste.

J'ai essayé de trouver quelque chose d'intelligent à dire. Sur les voies impénétrables du Seigneur ou du destin, mais rien ne m'est venu à l'esprit.

Comme je tentais de m'éclipser, Bill m'a, une fois de plus, attrapée par le bras.

— Merci, Sookie, m'a-t-il dit en m'attirant contre lui.

C'était bien la dernière chose à laquelle je m'attendais.

— Pourquoi ?

— Tu m'as fait faire une bonne action sans en attendre la moindre récompense.

— Bill, tu sais pertinemment que je ne peux rien te faire faire.

— Tu m'as fait agir et penser comme un humain, comme si j'étais encore vivant.

— Le bien que tu fais est en toi, pas en moi.

— Je suis un vampire, Sookie. Et j'ai été beaucoup plus longtemps vampire qu'humain. Je t'ai souvent choquée. Pour ne rien te cacher, parfois, je ne comprends pas pourquoi tu agis comme tu le fais. Il y a tant d'années que je n'ai plus rien d'humain... Et ce n'est pas toujours agréable de se rappeler ce que c'était qu'être un homme. Parfois, je ne veux pas m'en souvenir.

Nous commencions à nager en eaux très profondes.

— Je ne sais pas si j'ai tort ou raison. Je ne saurais pas comment agir différemment. Tout ce que je sais, c'est que je serais trop malheureuse sans toi.

— Si jamais il m'arrive quelque chose, va voir Eric.

— Tu me l'as déjà dit. Si jamais il t'arrivait quelque chose, je n'aurais pas à aller voir qui que ce soit. Je n'ai besoin de personne. J'ai l'habitude de prendre mes décisions toute seule et de faire ce que je veux quand je le veux. À toi de te débrouiller pour qu'il ne t'arrive rien.

— La Confrérie va multiplier ses actions contre nous, dans les années à venir. Des mesures devront être prises. Des mesures qui pourraient te heurter, en tant qu'être humain. Sans compter les risques du métier, en ce qui te concerne...

Et il ne parlait pas de mon job de serveuse au bar.

— Pour le moment, on n'en est pas là.

C'était un vrai bonheur, pour moi, d'être assise sur ses genoux. D'autant plus qu'il était toujours nu. La vie n'avait pas toujours été tendre avec moi avant que je rencontre Bill. Mais, maintenant, chaque jour me réservait un petit bonheur. Ou deux.

Dans la pénombre de la cuisine, qu'embaumaient le café frais et le gâteau au chocolat, avec la pluie qui tambourinait sur le toit, je vivais un merveilleux moment avec mon vampire, ce qu'on aurait pu appeler un moment de chaleur humaine...

« Mais peut-être que je ne devrais pas dire ça », ai-je songé en frottant ma joue contre la sienne. Ce soir, Bill m'avait semblé presque humain. Mais un peu plus tôt, pendant que nous faisions l'amour dans nos draps propres, j'avais remarqué que, dans l'obscurité, la peau de Bill brillait de son étrange éclat, un merveilleux éclat irréel.

Et la mienne aussi...